Felicitas Kind

Markt der Weihnachtswunc

PIPER

Zu diesem Buch

Anteas Plan, Johann mit der Veranstaltung eines Weihnachtsmarktes zu helfen, macht im Dorf schnell die Runde. Doch die meisten Bewohner sind zunächst skeptisch und packen nur zögerlich mit an. Allen voran sind die temperamentvolle Kölnerin Gabriela und der wortkarge Ostfriese Wilko dabei. Zusammen übernehmen sie das künstlerische Konzept und den Bau der Buden. Oft gerät das ungleiche Paar dabei aneinander, aber neben kleiner Streitigkeiten werden bald auch ganz große Gefühle zwischen den beiden entfacht. Ein wunderbares Weihnachtsfest wartet auf sie und das ganze Dorf!

Hinter *Felicitas Kind* verbergen sich die Autorinnen *Gitta Edelmann* und *Regine Kölpin*. Sie publizieren sowohl allein bereits seit mehreren Jahren als auch im Team im Geschenkbuchbereich und schreiben Weihnachtsromane wie »Winterzauber in den Dünen«. Mit einem ihrer gemeinsamen Adventskalenderbücher stand das erfolgreiche Autorinnen-Duo wochenlang auf der SPIEGEL-Bestsellerliste.

Felicitas Kind

Der Markt der Weihnachts-wunder

Roman

PIPER

Mehr über unsere Autorinnen, Autoren und Bücher:
www.piper.de

Wenn Ihnen dieser Roman gefallen hat, schreiben Sie uns unter Nennung des Titels »Markt der Weihnachtswunder« an *empfehlungen@piper.de*, und wir empfehlen Ihnen gerne vergleichbare Bücher.

Von Felicitas Kind liegen im Piper Verlag vor:
Winterzauber in den Dünen
Der Markt der Weihnachtswunder

Unser Versprechen für mehr Nachhaltigkeit
• Klimaneutrales Produkt
• FSC®-zertifiziertes Papier
• Hergestellt in Europa

FSC www.fsc.org MIX Papier | Fördert gute Waldnutzung FSC® C083411

Originalausgabe
ISBN 978-3-492-31972-0
Oktober 2023

Redaktion: Christine Neumann
Umschlaggestaltung: zero-media.net, München
Umschlagabbildung: Getty Images (DenisTangneyJr; Stephan Langhans / 500px; joe daniel price); Alamy (mikolajn); FinePic®, München
Satz: psb, Berlin
Gesetzt aus der Calluna
Druck und Bindung: CPI Books GmbH, Leck
Printed in the EU

Kapitel 1

Antea brauchte frische Luft. Der Tag in der Tourist-Info war überaus anstrengend gewesen, denn es ging auf Weihnachten zu, und überall wurden die Märkte geplant. Hier fehlte was, dort fehlte was, und immer wieder gab es neue Fragen. Da die meisten Veranstaltungen nur jeweils ein Wochenende in verschiedenen Dörfern stattfanden, waren Koordination und Werbung stets eine Heidenarbeit. Antea war immer froh, wenn das Jahr vorbei war und es im Januar etwas ruhiger zuging.

Zur Entspannung tat an diesem Abend ein kleiner Spaziergang sicher gut.

Draußen herrschte leider das typisch norddeutsche Schietwedder. Von weihnachtlichem Schneegestöber waren sie an der Küste meist so weit entfernt wie der Mars von der Erde, obwohl schon bald der erste Advent ins Haus stand und sich alle nach einem echten Winter sehnten.

Antea schlüpfte in ihren dicken Mantel. Sie hatte ihn aus wunderbar weichem Walkloden genäht, und er erhellte mit seinem satten Gelb sogar solch trübe Tage wie heute.

Ein weiterer Griff ging zum passenden Schal und zu ihrem selbst gestrickten Beanie. Alles passte perfekt zusammen. Es harmonierte mit ihren roten Locken, die sich durch nichts bändigen ließen und auch jetzt wie kleine Flammen unter der Mütze hervorlugten.

Draußen war die Luft zum Schneiden dick. Der Nebel hielt sich zäh in den Gassen von ihrem Rundwarfendorf Himmelshusen in der Binsenlohne. Wenn sie den Straßennamen nannte, wurde sie oft gefragt, was Lohne bedeutete, denn geläufig war den »Außerfriesischen«, wie sie Gäste gern nannte, der Begriff nicht. Eine Lohne war ein schmaler Weg, meist von Hecken gesäumt, der aufwärts in Richtung Kirche führte, alles andere war eben eine Straße, ein Weg oder ein Padd.

In Himmelshusen war ohnehin einiges anders als im übrigen Ostfriesland. Vergleichbar war das Nachbardorf Rysum, bei dem es sich ebenfalls um ein Rundwarfendorf handelte. Davon gab es eben nicht viele. In Himmelshusen war der Kirchturm allerdings ein kleines bisschen erhabener als in Rysum, also kam man dem Himmel näher, was auch der um zwei Meter höheren Warf geschuldet war. Daher stammte der Name des Dorfes. Der Draht nach oben war hier also etwas kürzer als in den anderen Ortschaften.

Antea lief zunächst die Binsenlohne hinauf bis zum Karkpadd, hielt sich dann zu De Markt und schaute wehmütig auf den Platz, auf dem früher der jährliche Weihnachtsmarkt stattgefunden hatte. Heute stand dort ihr neues Wahrzeichen. Ein Petrus mit Fischernetz, ihr Piet, den die Himmelshuser auf einen Findling gebaut hatten, weil Wilko Lüttjemann, der Vorsitzende des Bürgervereins, der Ansicht gewesen war, das Denkmal könnte, ähnlich wie der Cristo Redentor in Rio de Janeiro oder der in Lissabon, Massen von Besuchern nach Himmelshusen locken. Bei Emden gab es zudem das Dorf Suurhusen mit einem Kirchturm, der schiefer war als der Turm von Pisa. Das konnte ihr Petrus doch locker toppen.

Leider war es nicht so gekommen, obwohl die Statue sogar

feierlich enthüllt worden war und seitdem in allen Touristikbeilagen gewürdigt wurde.

Antea störte das nicht, sie hatte es ohnehin lieber ruhig.

»Himmelshusen ist einfach unschlagbar schön«, murmelte sie. »Selbst im dichten Nebel hat es Charme.«

Es wurde dennoch Zeit, dass die Dörfler ihre Weihnachtsbeleuchtung anbrachten, dann würden die zahlreichen Sprossenfenster in den roten Backsteinhäusern anheimelnd mit vielen kleinen Lichtern erstrahlen.

Antea umrundete die Kirche und gelangte zur Mühle, die sich unscharf im Dunst abzeichnete und deutlich machte, warum Nebel hier auch Lüttje Welt genannt wurde. Heute konnte man keine zehn Meter weit sehen.

Sie rieb sich die Schultern, denn die feuchte Kälte fraß sich selbst durch ihren dicken Mantel.

Ich schau nur kurz bei Johann vorbei, beschloss sie. Ihr Freund war zwar Ende siebzig, aber ein enger Vertrauter von Antea. Da ihr Großvater schon früh gestorben war, hatte der alte Seebär schnell die Rolle des Ersatzgroßvaters eingenommen, und sie war stets dankbar, dass sie einen Anlaufpunkt hatte.

Johanns Haus in der Karklohne war dunkel. Wie ungewöhnlich. Der alte Mann mochte Licht und Wärme, weshalb sein Ofen auch immer gut geheizt war.

Da stimmte etwas nicht! Anteas Herz schlug vor Sorge schneller.

Zum Glück schloss in Himmelshusen keiner ab, und sie konnte sofort ins Haus.

»Moin!« Antea betrat den Flur. Es roch abgestanden nach Erbsensuppe, aber auch nach kaltem Rauch aus dem Kamin.

Anteas Bauch grummelte leicht.

Sie wartete kurz, ob sie eine Antwort bekam, doch als es still blieb, ging sie beherzt in die Küche.

Dort saß Johann tatsächlich mit aufgestütztem Kopf an seinem großen rechteckigen Eichentisch, den wie immer ein weißes Deckchen mit Lochstickerei zierte. Er schaute sie nicht einmal an.

Das passte so gar nicht zu ihm.

»Was ist los?« Antea machte einen Schritt auf ihn zu.

Endlich sah er auf. Seine Augen waren rot unterlaufen, sein Blick wirkte verzweifelt.

»O nein«, entfuhr es Antea. »Nun sag bloß nicht, dass du krank bist!«

Johann presste die Lippen aufeinander. Er atmete schwer durch. »Ik bün nich krank, min Deern. Ik muss hier bloß wech.«

Antea runzelte die Stirn. Was wollte Johann ihr mitteilen?

»Wie, du musst weg?«

»Nach Emden. Ist beschlossene Sache«, erklärte er.

Antea bekam es noch immer nicht zusammen. Weil es nicht sein konnte!

Himmelshusen ohne Johann, das war ... das war wie Kuchen ohne Zucker. Wie Bockwurst ohne Senf. Oder wie Weihnachten ohne Kerzen. Kurzum: unvorstellbar.

»Aber warum?«

Jetzt nahm Johann eine aufrechte Haltung ein. »Meine Tochter hat eben angerufen.«

»Na, das tut sie ja selten genug«, entfuhr es Antea. Johanns Tochter Stine lebte in Amerika und ließ sich nur alle Jubeljahre mal in Himmelshusen blicken; bei Johann rief sie nicht gerade oft an. »Was wollte sie?«

»Sie hat mir einen Platz im Emder Seniorenhaus ›Moi Diek‹ besorgt. Immerhin am Fehntjer Tief. Mit Blick aufs

Wasser. Hat ja auch nicht jeder.« Johann bemühte sich, zuversichtlich zu klingen. »Ist ja kein richtiges Altenheim. Nur zum Wohnen.«

»Du brauchst das doch nicht. Du brauchst Himmelshusen!«, rief Antea aus.

»Es ist, wie es ist«, widersprach Johann. »Ich kann das große Haus nicht halten, siehst ja selbst, dass hier dringend mal wieder renoviert werden müsste. Allein der Garten. Er verwildert. Stine meinte, so ginge das alles nicht mehr. Sie kommt kurz vor Wiehnacht hergeflogen und dann bekakeln wir das. Zum Fest bin ich schon in Emden.«

Antea nahm sich einen Stuhl, ließ sich darauf plumpsen und schaute Johann fassungslos an. Sie hatte mit allem gerechnet, aber nicht damit, dass das Urgestein Johann jemals aus Himmelshusen fortgehen würde.

»Ist ja hier sowieso nicht mehr dasselbe wie früher«, resümierte er. »Denk nur dran, dass sie da jetzt so einen ollen Piet hingebaut haben. Wat för een malle Gedoo!«

Antea musste grinsen, auch wenn ihr nicht nach Lachen zumute war. Aber es war wirklich ein albernes Treiben, das sah sie genauso.

Sie wurde schnell wieder ernst. »Johann, das akzeptiere ich nicht. Petrus hin oder her. Du musst bei uns bleiben.«

Johann zuckte ergeben mit den Schultern. »Wenn Stine sich was in den Kopf setzt, hilft kein Lamentieren«, sagte er. »Und vielleicht ist es wirklich die beste Lösung, bevor hier mit mir noch een Malör geschieht.«

»Ich pass doch auf dich auf. Welches Unglück soll denn da kommen?«

»Ich könnt stürzen, seggt Stine. Und ich krieg Essen.«

»Niemals! Soll ich einmal mit ihr reden?«

Johann schüttelte den Kopf. »Das wird wohl nicht viel helfen. Ist ja schon alles festgezurrt.«

Antea schluckte. »Ich mach uns jetzt einen Tee, und dann schnacken wir noch mal. Himmelshusen ohne Johann – das geht jedenfalls nicht.«

*

Mit einem tiefen Seufzer schloss Gabriela die dicke Glastür zu ihrer Galerie ab. Eigentlich gab es nichts zu seufzen, mahnte sie sich. Sie hatte heute zwei Bilder verkauft, und die alte Dame, die sich für die kleine Bronzestatue interessierte, würde gewiss wiederkommen. So wie ihre Augen beim Anblick der Meerjungfrau aufgeleuchtet waren, würde sie sich das Stück nicht entgehen lassen.

Gabriela konnte ihren Kundinnen und Kunden fast immer ansehen, wenn sie einen Bezug zu einem Kunstwerk entwickelten und sich davon fesseln ließen. Und nur selten verließen diese Menschen die Galerie Schmitz endgültig, ohne das Objekt ihrer Begierde mitzunehmen.

Dennoch.

Gabriela schob ihre Mütze tiefer ins Gesicht und wickelte sich den Schal ein drittes Mal um den Hals. Sie ließ die Schlüssel in die Jackentasche gleiten und zog ihre dicken Wollhandschuhe an. Es war nicht weit bis zu dem Sträßchen, in dem sie ihren Wagen geparkt hatte. Aber das Wetter heute war ganz besonders usselig – nasskalt und ungemütlich. Dazu schlug ihr, anders als im heimischen Köln, ein scharfer Wind entgegen, sobald sie um die Ecke bog.

Sie legte einen Zacken zu und erreichte schließlich ihr knallgrünes Autochen, das wie eine exotische Blume zwischen den grauen und schwarzen Wagen hervorzublinzeln schien. Mit einem erneuten Seufzer der Erleichterung ließ sie sich auf den Fahrersitz fallen und zog rasch die Tür hinter sich zu. Jetzt aber schnell nach Hause!

Gabriela steckte das Handy in die Halterung, verband es mit dem Autoradio und stellte Musik an. Die energischen Rhythmen von Kasalla tönten aus dem Lautsprecher, und mit einem lauten »Kölle ahoi!« scherte Gabriela aus der Parklücke.

Sie hatte Emden noch nicht hinter sich gelassen, als die Musik jäh von einem Klingelton unterbrochen wurde. *Lis*, stand auf dem Display.

»Hallo, Lisbet, wie isset?«, begrüßte sie ihre Freundin.

»Weihnachtlich. Ich hab mal angefangen, Geschenke einzupacken, bevor die Kleinen von meiner Mutter zurückkommen. Ach, was bin ich froh, dass die mir die Pänz ab und zu abnimmt. Sonst käm ich zu gar nichts mehr. Und du so?«

»Hab heut ganz gut verkauft.«

Gabriela reihte sich hinter einem Transporter ein, der sich ihrer Meinung nach unendlich langsam fortbewegte.

»Schade!«

»Ey, gönnst du mir meinen Lebensunterhalt nicht?«

Lisbet lachte. »Doch, natürlich. Obwohl er dich davon abhält zurückzukommen.«

»Wenn ich in Köln erschwingliche Räumlichkeiten für meine Galerie finde, bin ich sofort wieder da! Ich hab inzwischen noch einen zweiten Makler darauf angesetzt, aber eine Lage wie hier in Emden, fast direkt neben der Kunsthalle, die den Leuten Appetit macht, sich selbst eine Skulptur oder ein Gemälde zu gönnen …«

»Ich weiß, ich weiß. Aber ich hoff doch, du kommst wenigstens über die Feiertage her.«

»Hab ich geplant. Sogar schon etwas früher – ich will mal wieder so richtig mit dir auf den Weihnachtsmarkt gehen!

Am liebsten wäre mir der auf dem Neumarkt. Die hatten da immer so guten Glühwein.«

»Gibt's das bei euch im Norden etwa nicht?«

Gabriela druckste herum. »Nicht so.« Das war nicht geflunkert. Natürlich gab es auch hier ganz nette kleine Weihnachtsmärkte, aber eben nicht schon ab Mitte November durchgehend bis zum Heiligen Abend. Und selbst der große Engelkemarkt in Emden schloss abends bereits um 20 Uhr, wenn man in Köln oft erst losging. Vor allem jedoch hatte sie hier keine Freundin, mit der sie sich die Stände ansehen und anschließend Glühwein trinken konnte, um sich aufzuwärmen.

Endlich, das Ortsschild! Hoffentlich fuhr der Transporter vor ihr jetzt ein wenig schneller! Gabriela sehnte sich nach einem heißen Bad, einer Pizza Diavolo aus dem Tiefkühlschrank mit einem Gläschen Rotwein und nach einem spannenden Krimi.

»Sonst was Neues?«, fragte sie.

»Nä.«

»Dann leg auf, Liebelein, ich muss jetzt nämlich mal überholen.«

Lisbets Lachen tönte aus dem Lautsprecher. »Lass dich nicht stören. Ich meld mich wieder. Oder du.«

»Tschö, Lis.«

»Tschö, Gabi.«

Mit einem letzten Blick in den Rückspiegel setzte Gabriela zum Überholmanöver an und zog zufrieden an dem Transporter vorbei. Die Freude währte allerdings nur kurz, denn wieder einmal lag Nebel über der Krummhörn. Aber immerhin war es jetzt nicht mehr allzu weit nach Hause. Na ja, besser gesagt dorthin, wo sie wohnte.

Ein richtiges Zuhause war das nicht, zumindest nicht, seit

Geert sich im Frühjahr Hals über Kopf entschlossen hatte, die angebotene Position in Dubai anzunehmen. Er hatte sie nicht einmal gefragt, ob sie mitkommen wollte!

Natürlich wäre sie nicht mit ihm in den Orient gezogen – was sollte sie dort? War es nicht genug, dass sie Geert erst vor zweieinhalb Jahren aus dem Rheinland nach Ostfriesland gefolgt war und ganz neu angefangen hatte?

Zu Beginn hatte es ihr hier auch richtig gut gefallen, es gab viele malerische Ecken anzuschauen, und die Luft war an der Nordsee einwandfrei besser als in der Kölner Bucht. Die Miete für die Galerie war nicht allzu hoch, und sie hatte im vergangenen Jahr zwei sehr interessante regionale Künstlerinnen entdeckt, die sie nun online auch international anbot. Aber sollte sie etwa nur deswegen ihren Lebensabend hier verbringen?

Zugegeben, bis zum Lebensabend war es einige Zeit hin, sie war schließlich erst zweiundfünfzig.

Gabriela bog von der Hauptstraße in den Seeschwalbenweg ab, der nach Himmelshusen hineinführte, und fuhr nun im Schritttempo weiter. Hier sprangen häufig Kinder beim Spielen auf die Fahrbahn, weil nur selten Autos entlangkamen und sie daher nicht damit rechneten. Aber heute in der Dunkelheit und bei diesem Nebel waren keine Pänz zu sehen.

Und während sich Geert in Dubai tummelte, saß sie hier in Ostfriesland fest! Wenn auch ihre Galerie und der Kunsthandel erfreulich gut liefen, so war ihr Privatleben doch alles andere als befriedigend. Sie hatte nie richtigen Kontakt zu ihren Nachbarn gefunden und weder hier noch in Emden Freundschaften geschlossen. Woran es auch liegen mochte, denn untereinander waren alle stets miteinander im Gespräch, allerdings oft auf Platt. Das war eine eigene

Sprache, und sie unterschied sich oft von Ort zu Ort. Da war es nicht einfach, mitzukommen. Obwohl die Himmelshuser sie immer freundlich grüßten und sie sich anfangs durchaus willkommen gefühlt hatte, blieb sie irgendwie außen vor.

Geert schien das nur recht zu sein, er neigte zur Eifersucht und hatte sie gern für sich allein. Anfangs hatte ihr das geschmeichelt, aber zum Schluss war sie fast froh gewesen, als er gegangen war. Doch so beschränkten sich ihre sozialen Kontakte seit Längerem überwiegend auf Videogespräche mit alten Bekannten. Und ab und zu besuchte sie die Besitzerin des kleinen Wollgeschäfts in Emden, mit der sie wenigstens nett plaudern konnte, während sie sich Garn für ihr nächstes Handarbeitsprojekt aussuchte.

Die Gassen von Himmelshusen innerhalb der Äußeren Ringstraße lagen im Dunkeln, nur aus wenigen Fenstern drang ein milchig-heller Schimmer. Anders als im fröhlichen Rheinland, wo sicher schon wieder Weihnachtsmänner an den Fassaden hingen und überall bunte Lichter blitzten, gab es hier immer noch keine einzige weihnachtliche Beleuchtung. Das schien einfach nicht die Himmelshuser Art zu sein. Die meisten fingen erst nach dem Totensonntag oder Ewigkeitssonntag, wie man im Norden sagte, damit an, für das Fest zu schmücken.

Als Gabriela endlich ihr Auto parkte und ausstieg, entrang sich ihr erneut ein tiefer Seufzer.

Nein. Ein Zuhause war dies nicht. Niemand wartete auf sie. Die ganze Sache mit Geert und der angeblich so großen Liebe war eine Schnapsidee gewesen. Wie hatte sie nur glauben können, dass auf ihren kölschen Topf ein ostfriesischer Deckel passen würde?

Kapitel 2

Nun erzähl bitte mal, wie Stine darauf kommt, dich wie ein altes Flaggschiff aufs Trockendeck zu legen?«, fragte Antea. Das Wasser im Kessel war inzwischen heiß, und sie goss den Tee auf.

Zum Glück kannte sie sich bei Johann aus und wusste, wo sie Tassen, Kluntjes und Sahne finden konnte. Mit flinken Fingern stellte sie alles auf den Tisch.

Johann saß wie gelähmt auf seinem Stuhl und rieb die Wangen, als müsse er sich auf diese Weise deutlich machen, dass er noch lebte und fühlte. Antea kam es vor, als wäre ihr Freund seit gestern um Jahre gealtert. Der Kummer fraß ihn sichtlich auf.

Es dauerte, ehe Johann antwortete. »Sagte ich doch eben schon. Das Haus müsste renoviert und der Garten auf Vordermann gebracht werden. Stine findet auch, dass es mit dem Einkaufen ein Unding ist.«

Antea verstand nicht recht. »Warum das? Ich nehme dich doch gern mit oder besorge, was fehlt. Wo liegt das Problem?«

Sie nahm das Teesieb aus der Kanne und stellte sie aufs Stövchen. Dann setzte sie sich ebenfalls und saß nun Johann gegenüber. Sie schaute ihn abwartend an.

»Weil ich nicht selbstständig bin«, erklärte der.

»Bist du in Emden erst recht nicht«, meinte Antea. »Da kümmern sich außerdem Wildfremde um dich.«

»Aber dafür bezahl ich.«

Antea rollte mit den Augen und legte Johann ein Kluntje in die filigrane Tasse, auf der die typische Teerose prangte. Sie goss beiden ein und reichte ihm den Rahm.

Johanns Hand zitterte, als er mit dem Sahnelöffel das Wulkje hineinlaufen ließ. Am liebsten hätte Antea den alten Mann jetzt in den Arm genommen und abwechselnd gedrückt und geschüttelt. Er konnte es unmöglich akzeptieren, hier fortzugehen!

»Wir leben in Himmelshusen, und da ist jeder für den anderen da«, stieß sie schließlich hervor.

Johann seufzte. »Das war einmal, min Deern. Als du een lüttje Wicht warst, da war die Welt noch in Ordnung. Aber nun? Allens dreiht sück, und es hat sich viel verändert. Auch in Himmelshusen.«

Das wollte sie nicht akzeptieren. »Es stimmt. Als ich ein kleines Mädchen war, haben die Himmelshuser mehr zusammengehalten und sind viele Dinge gemeinsam angegangen. Es gab Feste und Zusammenkünfte. Das ist heute anders. Das bedeutet jedoch nicht, dass die Nachbarschaft auch gelitten hat. Wir sind für dich da! Und das weißt du.«

Johann spitzte die Lippen und schien zu überlegen, was er darauf antworten sollte.

»Ik seh das ja allens nicht so dramatisch wie Stine. Nun ist es, wie es ist. Ab morgen muss ich wohl beginnen zu packen. Ich kann nicht viel mitnehmen – der Rest wird verschenkt oder verschleudert.«

Antea nahm einen Schluck Tee, das beruhigte sie ein wenig. »Pass auf! Ich finde eine Lösung für dein Haus und den Garten. Es wäre doch gelacht. Kein Himmelshuser wird zulassen, dass man dich aus dem Dorf vertreibt. Du gehörst in die Karklohne wie die Ruten an die Mühlen.«

»Die Flügel sind aber auch schon einmal ab gewesen und mussten neu gemacht werden, als der gescheckte Nagekäfer die Flügelwelle beschädigt hat. So ist das nun mal. Das Alte muss dem Neuen weichen.«

Johanns Stimme kippte. Dann liefen ihm Tränen über die runzlige Wange.

»Ich finde eine Lösung!«, versprach Antea. Ihr brach bei Johanns Anblick beinahe das Herz. »Ich finde eine!«

*

Gabriela hatte eine ganze Weile im duftenden Melissenbad verbracht. Inzwischen war das Wasser deutlich abgekühlt, und sie begann zu frösteln. Also stieg sie aus der Wanne und hüllte sich in ein dickes Badetuch.

Während sie ihr kurzes Haar mit den lila Strähnen frottierte und danach zurechtzupfte, machte sie in Gedanken einen Haken an den ersten Punkt für diesen Abend: ein heißes Bad nehmen.

Sie trocknete sich ab und schlüpfte in schwarze Thermoleggings und das knallbunte Oberteil, das für ein Kleid zu kurz aber für ein Shirt zu lang war. Dies waren die idealen Klamotten für einen Zuhause-Abend. Sie sah auch anständig aus, wenn noch jemand klingelte und sie an die Tür gehen musste.

Wenn jemand klingelte …

Wer zum Teufel sollte das tun? Der Paketbote lieferte alles, was sie sich schicken ließ, in die Galerie. Vielleicht war das ein Fehler? Falls eine Himmelshuser Nachbarin ihre Pakete annehmen würde, hätte Gabriela einen Grund, sich bei ihr zu melden, und es würde sich möglicherweise ergeben, dass …

»Schluss!«, rief sie sich laut zur Ordnung. »So einsam bist

du nun auch nicht, dass du dich bei den Nachbarn anbiedern musst.«

Mit einem tiefen Seufzer verließ sie das Bad und marschierte in die Küche. Die Pizza stand schon im Ofen bereit, sie brauchte den nur noch einzuschalten. Dazu ein Gläschen Primitivo.

Gabriela öffnete die Flasche und goss sich ein. Dann stellte sie sich sicherheitshalber den Kurzzeitwecker. Nicht dass sie auf dem Sofa einnickte wie letzte Woche, als die Pizza ziemlich schwarz geworden war. Hoffentlich gab es eine spannende Krimiserie zu streamen, die sie bisher nicht kannte.

Als in der Küche der Wecker rasselte und die Pizza fertig war, durchsuchte sie immer noch die verschiedenen Streamingdienste und Mediatheken. Verdammp. Wie konnte es sein, dass sie alle britischen und skandinavischen Serien, die sie besonders liebte, schon kannte?

Ja, sie musste sich eingestehen, dass ihr Film- und Serienkonsum seit Geerts Abreise deutlich gestiegen war. Also setzte sie sich mit dem Teller auf den Knien aufs Sofa, nahm das erste Stück Pizza in die Hand und verfolgte zunächst einmal kauend die Nachrichten.

Wenn sie abends aus der Galerie kam, war es kalt und dunkel, und die einzigen Hobbys, denen sie dann noch nachgehen mochte, waren Häkeln oder Stricken. Dazu passte hervorragend ein gemütlicher oder auch ein richtig schön gruseliger Krimi. Und beim Essen fühlte man sich ebenfalls nicht so allein, wenn der Fernseher lief.

Ein leises Weinen ließ sie zusammenzucken. Es schien direkt aus ihrem Garten zu kommen. Hatte sich ein Kind verirrt? War es misshandelnden Eltern weggelaufen? Oder Entführern? Nein, hier war Himmelshusen, kein TV-Krimi.

Gabriela legte vorsichtig das angebissene Pizzastück ab, stellte den Teller zur Seite und ging zur Terrassentür. Niemand war zu sehen. Doch wieder hörte sie einen kurzen Schrei.

Irritiert öffnete sie die Tür und spähte in den Garten. Nichts.

Plötzlich stolzierte ihr aus den Büschen eine getigerte Katze entgegen und maunzte laut.

Gabriela fing an zu lachen.

»Jetzt hab ich dich doch glatt für ein Baby gehalten!«, erklärte sie der Katze, die ein paar Meter entfernt von ihr stehen blieb und mit einem »Mau« erwiderte, dass sie selbstverständlich kein Baby war. Zumindest interpretierte Gabriela das so.

»Wer bist denn du?«

»Mau«, antwortete die Katze wieder.

»Angenehm, Herr oder Frau Mau. Ich bin die Gabriela Schmitz und wohne hier. Was kann ich für Sie tun? Haben Sie Hunger? Ist Ihnen kalt? Ich nehme nicht an, dass Sie Kölsch verstehen? Bleiben wir bei Hochdeutsch? Platt kann ich nämlich nicht so gut.« Oder gar nicht, fügte sie in Gedanken hinzu.

»Mau.«

»Das habe ich mir schon gedacht. Ein paar Streicheleinheiten gefällig?«

Gabriela hockte sich hin und streckte die Finger der rechten Hand aus. Schnuppernd kam die Katze zwei Schritte näher. Dann aber reckte sie den Schwanz, drehte sich um und trabte in Richtung Straße davon.

Unter der Straßenlaterne spazierte dort gerade eine Frau in einem leuchtend gelben Mantel vorbei. Obwohl sie ihren Namen nicht wusste, kannte Gabriela sie vom Sehen. Beim

Bäcker hatte sie auch schon gelegentlich ein paar Worte mit der Himmelshuserin gewechselt. Sie war stets freundlich und wirkte aufgeschlossen. Dennoch zuckte Gabriela nun unwillkürlich zusammen und eilte ins Haus zurück, bevor die Frau sie entdecken konnte. Hoffentlich hatte die nicht gehört, wie idiotisch und albern sie mit der Katze gesprochen hatte. So langsam wurde sie in diesem Ostfriesenland wunderlich. Es wurde Zeit, über eine Veränderung nachzudenken.

Verdammp, vor lauter Miauen hatte sie die Tür weit offen stehen lassen. Gabriela fluchte. Nun war es kühl im Haus, und die Pizza war auch nur noch lauwarm. Aber zum Glück schmeckte sie ja kalt fast genauso gut wie heiß, vor allem, wenn man sie mit Rotwein begleitete. Und dazu würde sie jetzt einfach mal, passend zur baldigen Adventszeit, einen Weihnachtsfilm auswählen. Einen, der hoffentlich nicht so kitschig war, dass man hinterher das Schmalz vom Bildschirm wischen musste, wie ihr Vater das immer genannt hatte. Vielleicht kam sie dann in bessere Stimmung.

Und dazu konnte sie den Ärmel für den tannengrünen Zopfmusterpullover beginnen, den wollte sie bis Weihnachten unbedingt fertig haben. Sie liebte diese Farbe. Vor allem in Kombination mit ihrer winterroten Hose würde der Pulli toll aussehen. Allerdings müsste sie wohl ihre Haare ein wenig umfärben. Der augenblickliche Lilaton biss sich mit dem Rot.

Gabriela wollte eben die Tür schließen, als die Katze plötzlich wie wild über die Auffahrt tobte.

Ob sie ein Zuhause hatte?, überlegte Gabriela. Wahrscheinlich. Hier in Himmelshusen hatten alle irgendwie ein Zuhause, nur sie nicht. Außerdem hatte das Tierchen weder ungepflegt noch hungrig gewirkt.

Sie griff nach ihrer Pizza und biss hinein. Warum hatte sie

eigentlich nicht die Gelegenheit genutzt und die Frau in Gelb gefragt, ob sie wusste, wohin die Katze gehörte?

*

Antea hatte es nach ihrem Besuch bei Johann eilig, nach Hause zu kommen. Sie wollte nicht, dass ihr Freund in eine Seniorenanlage ziehen musste, nur war ihr selbst klar, dass es beinahe unmöglich war, das zu verhindern. Sie verfügte nicht über die finanziellen Mittel, die nötig wären, um das Haus instand zu setzen. Und ihr handwerkliches Geschick war auch eher als rudimentär einzustufen. Sie allein würde folglich gar nichts ausrichten können.

Antea war es unangenehm, dass sie so große Töne gespuckt hatte, denn jetzt musste sie liefern. Nur wie?

Sobald ich zu Hause bin, rufe ich Thore an, beschloss sie. Er hat vielleicht eine Idee.

Thore Hansen war seit Kindesbeinen ihr bester Freund, und sie konnte alles, wirklich alles mit ihm besprechen. Er tröstete Antea, wenn sie beruflichen Ärger hatte, aber auch, wenn sie von Liebeskummer geplagt wurde. Versank die Welt um sie herum, war er an ihrer Seite. Umgekehrt verhielt es sich genauso.

Es gab in ihrer beider Leben keinen anderen Menschen, auf den sie sich ähnlich stets und immer verlassen konnten.

Wenn Antea an Thore dachte, kam ihr oft das Lied *Land-unter* von Herbert Grönemeyer in den Sinn, in dem er in der Nacht das Licht anzündete, weil er der Fixpunkt war und zur Rettung bereitstand. Genauso verhielt es sich mit Thore und ihr. Sie hielten füreinander die Wacht.

Endlich stand Antea vor ihrer kleinen Kate, die immer ein wenig schüchtern zwischen den zum Teil sehr ansehnlichen ostfriesischen Gehöften wirkte. Während die von großen Bauerngärten umgeben waren und mindestens ein, manchmal zwei Stockwerke hatten und wundervolle Giebel ihr Eigen nannten, duckte sich ihre kleine Kate dazwischen. Antea lebte im Erdgeschoss, ein winziger Dachboden schloss sich nach oben hin an. Für sie allein reichte es, war gemütlich und schenkte ihr die Behaglichkeit, die sie brauchte.

Sie schloss auf, trat ins Haus und hängte den Mantel an den Garderobenhaken.

Gerade als sie das Telefon von der Ladestation nahm, um Thore anzurufen, klopfte es, und ihr Freund kam herein.

»Hast du geahnt, dass ich eben mit dir telefonieren wollte?« Antea fiel Thore um den Hals und gab ihm das obligatorische Küsschen auf die Wange.

»Ich ahne so etwas doch immer.« Er feixte und schob sich eine blonde Locke aus seinem braun gebrannten Gesicht. Obwohl Thore im Hafenamt in Emden tätig war, hielt er sich so oft im Freien auf, dass er stets den Anschein vermittelte, er käme gerade aus dem Urlaub zurück.

Manchmal neckte Antea ihn und nannte ihn »meinen Wikinger«, denn muskelbepackt war er zudem, und er fuhr gern mit seinem Segelboot auf der Nordsee herum.

»Jetzt mal im Ernst, warum bist du gekommen?«, fragte sie.

Thore ließ sich in den roten Samtohrensessel fallen und kreuzte die Beine. Er verschränkte die Hände hinter dem Hals, legte den Kopf hinein und schloss die Augen. »Rieke«, sagte er nur.

Antea verstand sofort. Rieke und Thore, das war so etwas wie »Die unendliche Geschichte«. Es war eine ständige On-off-Beziehung, und Rieke machte ihm das Leben mit Eifersucht und Überwachung schwer. Sie konnte da ziemlich penetrant sein und forderte ständig Thores Zuwendung.

»Willst du drüber reden?«, bot Antea an.

Thore schüttelte den Kopf. »Ne, ich bin froh, bei dir zu sein und meine Ruhe zu haben. Das Gekeife war eben nervig. Ich habe genug Stress auf der Arbeit, da muss das nicht auch noch sein.«

Antea stand auf und holte zwei Malzbier. Das war schon immer ihr beider Lieblingsgetränk gewesen. Sie mochten den Malzgeschmack und das leichte Schäumen im Gaumen.

Als Thore ein paar Schlucke genommen hatte, atmete er tief durch. »So – und nun zu dir. Warum wolltest du mich anrufen?«

Antea fasste das Drama um Johann mit wenigen Worten zusammen und schloss damit, dass sie ihm Hilfe angeboten hatte.

»Er ist doch so etwas wie mein Großvater. Aber ich habe null Plan, wie ich ihm wirklich helfen soll.«

Thore nagte an der Unterlippe. »Benefiz!«, schlug er schließlich vor. »Wir müssen in Himmelshusen was auf die Beine stellen, womit Geld reinkommt. Und der Erlös geht an Johann.«

Antea lachte bitter auf. »Du weißt, dass Himmelshusen so gut wie tot ist! Da hat kein Mensch mehr Lust, was auf die Beine zu stellen, seit das Ding mit dem Piet gescheitert ist.«

Thore trank nachdenklich einen weiteren Schluck. »Es führt kein Weg daran vorbei, es zu ändern. Wenn es jemand kann, dann du: Antea Grotelüschen.«

Sie wiegte den Kopf. Nett, dass Thore so dachte, aber hatte sie wirklich einen solchen Einfluss?

»Hast du eine Idee? Ein Basar bringt nicht genug. Es muss was Größeres sein. Etwas, das auch Leute aus Emden, Greetsiel und Rysum herlockt.«

»Das ist richtig«, antwortete Thore. »Du bist doch vom

Fach. Schlaf eine Nacht darüber, und ich bin sicher, dass dir im Traum eine wunderbare Erleuchtung kommt. Manchmal hast du ja so was wie das Zweite Gesicht und kannst in die Zukunft schauen.«

»Blödmann.« Antea knuffte ihn in die Seite.

Bevor Thore antworten konnte, ging sein Handy. »Rieke«, sagte er nur, als erklärte das alles.

Antea rollte mit den Augen. Ihrer Meinung nach sollte Thore sich endlich von dieser Frau lösen. Sie tat ihm nicht gut. Da gab es bestimmt andere, die ihren Freund glücklich machen könnten.

»Ja doch, ich komme sofort. Entspann dich, ich bin nur bei Antea!«, erklärte Thore. »Malzbier trinken.«

Er debattierte eine Weile hin und her, stand schließlich im Gespräch auf und kippte sich während einer Schimpftirade von Rieke den letzten Rest Bier in den Hals.

»Du musst los?«, fragte Antea. »Wenn du meine Meinung zu dem Thema hören willst ...«

Thore winkte ab. »Du hast recht. Aber jetzt braucht sie mich. Ihr PC spinnt.«

»Wenn es nicht der PC ist, dann das Handy, ein anderes Mal glaubt sie, die Maus in der Scheune hat Flöhe. Mann, Thore, sie nutzt dich aus!«

Er zuckte mit den Schultern. »So langsam habe ich auch keinen Bock mehr. Ich werde sie gleich auf den PC-Doktor verweisen und mir allein einen schönen Abend machen.«

»Dein Wort in Gottes Ohr«, sagte Antea. Sie glaubte nicht daran, aber ihr Freund musste das schließlich selbst wissen.

Sie brachte Thore zur Tür und setzte sich an den Tisch.

Dort schrieb sie alles auf, was ihr durch den Kopf schoss, um an Geld für Johann zu kommen. Das meiste konnte sie gleich wieder durchstreichen, weil es unrealistisch war, zu aufwendig oder zu wenig bringen würde.

Am Ende blieb nur ein Wort auf ihrem Zettel und das lautete: Weihnachtsmarkt.

Weihnachtsmärkte zogen immer, und da kamen die Menschen in Scharen. Im Nachbardorf Grootsiel veranstalteten sie jährlich ein Riesenfest, es gab sogar eine beleuchtete Kutterfahrt. Okay, damit konnten sie in Himmelshusen nicht dienen, weil sie weder einen Hafen noch Kutter hatten. Aber es gab den kleinen Marktplatz mit der Wiese, wo jetzt der Piet stand. Himmelshusen war ein wunderschönes historisches Warfendorf. Jede Straße konnte miteinbezogen werden. Antea dachte an einen Kunsthandwerkermarkt, Nostalgie rund um die Kirche und das Museum in der Kornmühle. Man könnte die Flügel des Galerieholländers beleuchten, das wäre mindestens so schön wie der mit Lichtern geschmückte Kutter.

Antea schmunzelte, als sie daran dachte, wie hübsch sich leuchtende Sternchen in Piets Fischernetz machen würden. Endlich käme er zu ausreichender Beachtung, denn sie könnten den Weihnachtsmarkt den Pietmarkt nennen. Dann wäre auch der Bauunternehmer Wilko Lüttjemann mit im Boot, schließlich hatte er als Vorsitzender des Bürgervereins einen großen Anteil an der Existenz des neuen Himmelshuser Wahrzeichens. Aber der Name war doof.

»Wilko könnte die Buden zimmern und den Verein motivieren!«, sagte Antea zu sich. »Ich geh da jetzt hin. So spät ist es noch nicht, da kann ich ihm gleich auf den Zahn fühlen.«

Sie bedankte sich innerlich bei Thore für den Input und schlüpfte in ihre Jacke.

Kapitel 3

Es war noch immer kühl und ungemütlich, zudem frischte nun ein leichter Wind auf. Der würde die Nebelschwaden zwar vertreiben, aber das Wetter wäre nicht besser.

Ein Blick zum Himmel zeigte Antea, dass es in Kürze regnen würde, denn von der Nordsee her schoben sich dunkle Wolkengebilde auf Himmelshusen zu.

Sie beschleunigte ihren Schritt, und schon bald stand sie vor dem großen Haus des Bauunternehmers, das sich außerhalb der historischen Gassen und des äußeren Ringes befand und ein wuchtiges Anwesen war. An das Wohnhaus gliederten sich ein Bürotrakt und eine mächtige Scheune an. Der Hof stand voll mit seinen Baufahrzeugen, hinten befand sich eine weitere Halle, die in dunklem Grün gehalten war.

Antea betätigte den mächtigen Türklopfer, der wie ein Nasenring in einem Löwenkopf steckte und so gar nicht zu dem Neubau mit Krüppelwalmdach und den weißen Sprossenfenstern passte.

Kurz darauf öffnete Wilko bedächtig.

»Moin, Antea«, begrüßte er sie. »Was führt dich um diese Zeit hierher?« Er kratzte sich am Kopf.

»Kann ich kurz reinkommen? Ich möchte was mit dir besprechen.«

»Jo, denn komm mal rein.« Wilko machte einen Schritt zur Seite.

Im Haus roch es nach Kohl und ungelüftet. Auf dem Couchtisch stand eine Flasche Jever Pils, und über den Bildschirm flimmerte »Lassie«.

Antea musste ein Grinsen unterdrücken. In ihrer Generation kannte man den Filmcollie gar nicht mehr, aber Wilko war dafür bekannt, dass er nur so alte Schinken schaute. Er hatte oft genug Vorträge darüber gehalten. Irgendwie hatte es ja auch etwas Sympathisches, wenn ein Mann mit Mitte fünfzig Tierfilme von früher ansah.

Wilko drückte schnell die Fernbedienung. »Kann ich später weitergucken«, murmelte er. »Ist ja Video.«

Erneut musste Antea ein Lachen unterdrücken. Wer zum Teufel besaß noch einen Videorekorder? Sie sah sich um und dachte, dass das alles zu Wilkos spießiger Einrichtung passte. Ein mächtiger Eichenschrank dominierte die linke Wand. Darauf waren seine Filmhelden in goldenen Rahmen verewigt. Auf dem Tisch lag eine weiße Spitzendecke, die bestimmt seine Oma gefertigt hatte. Und auf der Fensterbank fristeten Kunstblumen ihr verstaubtes Dasein, während die vergilbten Stores darüber dem Ganzen die Krone aufsetzten.

Wilko, der Bauunternehmer, wohnte in einem Neubau mit moderner Solaranlage und allen technischen Finessen, und seine Einrichtung hatte den Status von: alt!

Gut, das war jetzt nicht Anteas Problem.

»Du weißt, dass Johann ins *Moi Diek* nach Emden soll?«, begann sie.

Das wusste Wilko natürlich nicht, und er wirkte tatsächlich erschüttert. Wieder erzählte Antea die ganze Geschichte. Sie hoffte, Wilko zu berühren, doch als sie mit ihrer Idee aufwartete, einen Weihnachtsmarkt zugunsten von Johann zu initiieren, winkte er ab. »Wie soll denn das gehen, min Deern?«

»Du baust die Buden, und als Vorsitzender vom Bürgerverein kannst du doch die Leute dazu bringen, mitzumachen.«

Wilko stöhnte auf. »Vergiss es. Meine Auftragsbücher sind voll. Ich habe so viel zu tun und keine Leute, die für mich arbeiten, weil Fachkräftemangel herrscht. Dir muss ich wohl nicht vertellen, was das bedeutet. Trotzdem: Tolle Idee, und ich wünsche dir Glück. – So, und nun will ich weiter Lassie gucken.«

Als Antea wieder auf der Straße stand, hatte sich der Nebel aufgelöst, und der Wind trieb heftige Regenböen übers Land.

Sie zog sich die Kapuze tief ins Gesicht und eilte nach Hause. Der Weihnachtsmarkt war eine wunderbare Idee, und sie würde Mitstreiter finden! So schnell würde Antea nicht aufgeben.

*

Wilko seufzte. Da wollte er nach einem anstrengenden Tag nichts weiter als in Ruhe bei einem Bierchen und einem positiv stimmenden Film ausspannen, und dann kam diese Antea Grotelüschen mit so einer Schnapsidee. Ein Weihnachtsmarkt in Himmelshusen! Das konnte nicht mehr funktionieren. Die Zeiten waren vorbei.

Wilko ließ sich aufs Sofa fallen und wollte eben Lassie erneut über den Bildschirm rennen lassen, immerhin jagte die Hündin gerade in einem wichtigen Einsatz, als ihn wehmütige Gedanken überfielen.

Ja, früher hatte es hier immer Buden und eine fröhliche Weihnachtsstimmung gegeben. Schon ab Oktober hatten die Himmelshuser mit Feuereifer den jährlichen Weihnachtsmarkt geplant. Allein deshalb, weil er schöner sein sollte als der im Nachbardorf Grootsiel. Aber das war Jahre her. Es war inzwischen schwierig genug, die Leute im Dorf überhaupt für irgendwas zu motivieren, das hatte man ja im Sommer beim Tag der offenen Tür in der Kornmühle gesehen. Zwar waren erfreulich viele Touristen gekommen, um das wunderbare Himmelshusen und die alte Mühle zu besichtigen, und die meisten waren sogar im Mühlencafé eingekehrt. Aber die Leute dafür zu finden, vor Ort aufzupassen und eventuelle Fragen zu beantworten, hatte sich als schwierig erwiesen. Es hatte ihn so viel Mühe und Überredungskunst gekostet, dass er eine ähnliche Aktion im nächsten Jahr gewiss kein weiteres Mal anstoßen würde.

Ein Weihnachtsmarkt! Niemals!

Wilko nahm einen großen Schluck aus seiner Bierflasche und drückte auf die Fernbedienung.

Lassie wedelte mit dem Schwanz und machte sich auf den Weg, ein verschwundenes Kind zu retten.

Das Schöne an diesen alten Filmen war, dass er sie auswendig kannte und nicht wirklich aufpassen musste. Und sie hatten so etwas Positives, Optimistisches. Es entspannte ihn ungemein, gefühlsmäßig in die glückliche Kindheit zurückzuschlüpfen.

Morgen früh hatte er wieder ein schwieriges Gespräch mit einem neuen Bauherrn in Emden, der einfach nicht einsehen wollte …

»Halt, Wilko«, ermahnte er sich laut. »Keine Grübeleien!«

Er würde nicht an seine Arbeit denken. Nicht an irgendwelchen Orga-Kram für den Bürgerverein. Nicht an den bevorstehenden Todestag seiner Mutter und auch nicht an frühere glückliche Adventstage, als Elke noch lebte. Aber vor allem nicht an Anteas Weihnachtsmarkt. Es gab ohnehin genug solche Veranstaltungen in der Gegend.

Wobei – die Sache mit Johann war schon traurig. Er würde

fehlen. Jeder hier kannte den alten Keerl, der früher bei Festen so herrliche Geschichten aus seiner Zeit als Kapitän erzählte.

In den vergangenen Wochen hatte Wilko ihn allerdings tatsächlich gar nicht gesehen, Johann lebte wohl deutlich zurückgezogener als früher. Auch bei der letzten Sitzung des Bürgervereins hatte er gefehlt. Nun ja, er war nicht mehr der Jüngste – wurde er nicht demnächst 80? Dann waren ein großer Blumenstrauß vom Verein und eine Ehrennadel fällig, Wilko durfte das auf keinen Fall vergessen.

Eigentlich, überlegte er, sollte er ohnehin mal wieder bei Johann vorbeischauen, solange der noch hier wohnte, und ein Weilchen mit ihm klönen.

Nun lief im Fernseher der Abspann. Wilko erhob sich. Er würde sich ein zweites Bier holen und sich oben im Arbeitszimmer an den PC setzen. Mal schauen, ob noch einmal eine Frau auf sein Profil im Datingportal geantwortet hatte. Die letzte war im Chat ganz nett gewesen, allerdings beim Treffen in einem Café in Emden doch eine Enttäuschung. Nicht weil sie älter war, als ihr Foto verhieß, sondern weil sie so lispelte, dass er sich überhaupt nicht darauf konzentrieren konnte, was sie sagte. Andererseits war das nicht allzu schlimm gewesen, sie hatten ohnehin kaum ein Gesprächsthema gefunden.

Wilko ging in die Küche, nahm eine weitere Flasche Bier aus dem Kühlschrank und entschied sich, ein Glas mitzunehmen. Falls er heute mit einer Dame in den Videochat wechselte, würde das einen besseren Eindruck machen. Umziehen würde er sich allerdings nicht. Er war nun mal kein geschniegelter Unternehmer im feinen Anzug, sondern ein Handwerksmeister, der zupacken konnte, ein Maurer und Zimmermann, der die Firma über Jahre hinweg aufgebaut hatte.

Und als solcher trug er mit Stolz seine schwarze Breitcordhose und dazu ein kariertes Flanellhemd. Außer natürlich, er musste mit einem neuen, schnöseligen Bauherrn verhandeln wie morgen.

Eine Frau würde ihn so akzeptieren müssen, wie er war. Elke hatte das schließlich auch getan.

Wilko betrat sein Arbeitszimmer und schaltete den PC an. Natürlich hatte er sein Büro eigentlich in der Firma nebenan, aber es war praktisch, das eine oder andere gleich hier erledigen zu können.

Dies war sein eigenes Reich mit schlichten hellen Möbeln, die dem Raum etwas Leichtes und Luftiges gaben, Regalen voller Bücher und einer himmelblauen Wand hinter den halbhohen Aktenschränken, die ihn auch an trüben Tagen aufmunterte.

Das Logo von *Golden Hearts* ploppte auf, und Wilko fragte sich beim Einloggen wieder einmal, warum heute alles englische Bezeichnungen bekam. Hätte es der Name *Goldene Herzen* nicht ebenso getan?

Er hatte tatsächlich eine Nachricht. Gundula wollte ihn kennenlernen.

Gundula war achtundvierzig und geschieden, erfuhr er aus ihrem Kurzprofil. Auf dem Foto lächelte ihm eine freundliche, gut aussehende Frau mit blonden Locken entgegen. Ein kleines, blinkendes Symbol neben ihrem Namen zeigte an, dass sie gerade online war.

Moin Gundula, schrieb er in den Chat. *Ich freue mich, von dir zu hören.*

Nach einer kurzen Pause machte es *Ping*, und ihre Antwort erschien.

Zwar kannst du mich nicht hören, sondern nur lesen, aber ich weiß, was du meinst. Hallo Wilko.

Wilko zögerte.

Hallo, bist du noch da? kam die Frage, bevor er sich entschieden hatte, was er antworten wollte.

Jo, bin ich.

Dann erzähl mir doch mal von dir. Ich weiß aus deinem Profil, dass du verwitwet bist. Ist das erst kürzlich passiert?

Nein, meine Frau ist vor acht Jahren gestorben.

Na, dann wird es ja Zeit!

Wilko nahm die Hände von der Tastatur. Was sollte denn das heißen?

Ich kann einen Mann sehr glücklich machen, las er nun. *Gerade für einen Unternehmer bin ich die Richtige, denn ich habe viel Erfahrung bei gesellschaftlichen Anlässen und kann charmant mit Gästen plaudern.*

Ach wirklich?, fragte Wilko überrascht von ihrem Gedankengang. Gesellschaftliche Anlässe klang gut, nur verstand Gundula vermutlich etwas anderes darunter als er. Sicher dachte sie nicht an ein Mühlen- oder Scheunenfest. Oder die jährliche Zusammenkunft vom Heimatverein oder der Feuerwehr.

Ja. Meine drei Ex-Ehemänner haben alle durch mich ihre Geschäfte deutlich erweitern können.

Ein wenig enttäuscht und dennoch amüsiert hakte Wilko Gundula innerlich ab.

Beachtlich, schrieb er. *Was würdest du sagen, sind deine größten Stärken?*

Die Antwort kam sofort:

Ich sehe gut aus und weiß mich gesellschaftlich zu bewegen. Als Gastgeberin bin ich fast unschlagbar. Doch im Schlafzimmer kann ich ebenfalls einiges bieten. Das sollte jedoch nicht der Schwerpunkt einer Beziehung sein, wir sind ja keine Teenager mehr, nicht wahr?

Nein, das nicht, aber natürlich gehört auch der körperliche Aspekt dazu.

Was schrieb er da für ein geschraubtes Zeug? Sollte es, wenn es zu einer Romanze mit Zukunft kam, nicht selbstverständlich sein, dass man einander in die Arme nahm und schaute, was sich daraus ergab?

Schnell schob er noch eine Frage hinterher.

Hast du Hobbys?

Wie gesagt, ich liebe gesellschaftliche Ereignisse. Und ich kann hervorragend kochen, besonders vegan, das ist auch gut für die Linie.

Wilko blickte zu seinem gerundeten Bauch und atmete tief durch. Gundula nach weiteren Details zu fragen, konnte er sich wohl sparen.

Sie war allerdings schneller mit ihren nächsten Zeilen.

Sollen wir nicht zum Videochat wechseln? Ich finde den immer so viel intensiver, wenn man sich kennenlernen möchte.

Wilko zögerte. Er wusste jetzt schon, dass Gundula nicht die Richtige für ihn war, warum also eine Stufe weitergehen?

Ich muss leider Schluss machen, meine Mutter ruft. Sie lebt bei mir zu Hause. Kennst du dich mit Altenpflege aus?

Gespannt wartete er auf Gundulas Antwort, die ungewöhnlich lange auf sich warten ließ.

Okay. Tschüs dann.

Tschüs.

Zufrieden schloss Wilko das Chatfenster. »Danke für die Ausrede, Mutti«, flüsterte er.

Zwar war seine Mutter bereits während des vergangenen Weihnachtsfestes im Alter von sechsundachtzig Jahren friedlich eingeschlafen, doch hatte er ihr tatsächlich die letzten elf Monate ihres Lebens, als sie nicht mehr allein zurechtkam, ein Zuhause geboten. Er hatte sogar ihre alten Möbel in sein

Wohnzimmer gestellt, damit sie eine vertraute Umgebung hatte. Noch hatte er es nicht übers Herz gebracht, sie einem Entrümpelungsunternehmen anzubieten, auch wenn er die Atmosphäre inzwischen als sehr bedrückend empfand.

Wilko fuhr den Computer runter und erhob sich, um die leere Bierflasche in die Küche zu bringen. Er würde jetzt ins Bett gehen, morgen stand gleich am Vormittag die Besprechung mit Wesseling auf dem Programm. Und auf der Baustelle der Heinzelmann AG musste er auch nach dem Rechten sehen und Wogen glätten. Da lief gerade einiges schief.

Er hatte wirklich gar keine Zeit für Frauen wie Gundula, die sich offenbar nur selbst profilieren wollten. Und erst recht nicht für eine solche Schnapsidee wie Anteas Weihnachtsmarkt.

Kapitel 4

Thore schlenderte nach Feierabend durch Himmelshusen. Er liebte dieses kleine idyllische Dorf mit den engen gepflasterten Gassen, die alle leicht anstiegen und auf die Dorfmitte mit der Kirche zuliefen. Der alte Teil von Himmelshusen war geprägt von den typisch ostfriesischen Häusern. Hier war eine kleine Kate zu finden, daneben stand ein Gulfhof oder sogar ein fast herrschaftlich anmutendes Gebäude aus rotem Backstein mit geschwungenem Scheingiebel, dessen Ränder weiß gestrichen waren. Sprossenfenster ließen die Gebäude heimelig erscheinen. Allen Häusern war gemein, dass sie von gepflegten und zugleich blühenden Gärten umgeben waren – zumindest im Frühling, Sommer und Herbst. Aber selbst im Winter war die Vielseitigkeit sichtbar.

Und dann diese Ruhe! Auf andere mochte das langweilig wirken, aber Thore schätzte es, dass kaum ein Auto fuhr, der Himmel sich in der Nacht mit seinen prächtigen Sternen zeigte und tagsüber bei schönem Wetter mit der strahlenden Sonne und einem herrlichen Blau. Manchmal glaubte er, es gäbe an keinem anderen Ort der Welt ein so wunderbares Blau wie in Himmelshusen. Der Name war Programm. Er konnte das alles bei jedem seiner Besuche genießen.

Als er am Dorfplatz angekommen war, blieb er stehen und schüttelte beim Anblick von »diesem Piet« heftig den Kopf. Er mochte die Skulptur nicht, und was sollte das überhaupt?

Ein Wahrzeichen wie Suurhusen es hatte, dessen Kirchturm als schiefster Turm der Welt galt, der schiefer als der von Pisa war, was sogar im Guinnessbuch der Rekorde einen Eintrag gefunden hatte? Oder diese andere verrückte Idee, sogar mit Rio de Janeiro oder Lissabon mithalten zu wollen.

Hier war Himmelshusen! Klein, aber fein und keine Weltstadt.

Er schrak zusammen, als Johann auf ihn zutrat und ihm auf die Schulter klopfte. »Moin, min Jung!«

»Moin, Johann! Wie geiht di dat?«

»Muss ja.«

»Dat segg du man. Nützt jo nix.«

»Jo.«

Versonnen starrte Johann zum Fischer-Piet. »Die sollten sich lieber mal wieder um einen Wiehnachtsmarkt kümmern«, meinte er. »So wie früher! In Grootsiel schippern sogar die Kutter beleuchtet durch den Hafen. Dammich, was soll so eine tote Skulptur, wenn man hier doch Leben haben könnte!«

»Du hast so recht, Johann. Aber in eurem Dorf kommt ja keiner aus dem Quark. Das weißt du selbst.« Thore machte eine ausschweifende Handbewegung. »Dabei ist das hier so schön wie ... wie im Himmel.«

»Jo, so sieht dat aus«, stimmte Johann Thore zu. »Aber unser Himmelshusen macht seinem Namen momentan keine Ehre.«

Eine grelle Stimme ertönte, und sie schraken zusammen.

»Huhu, einen schönen guten Abend!«

Johann rollte mit den Augen, als er Gabriela Schmitz erkannte, die an der Kirche vorbeieilte.

»Bunt wie een Pfau und kann nicht mal Moin sagen«, maulte Johann. »Dabei wollte sie sogar hier einheiraten.«

Thore schwieg dazu. Er kannte Gabriela nur vom Hörensagen.

Johann aber kam richtig in Fahrt. »Die quatscht in einer Tour Tünkram, und das viel zu schnell. Das erschlägt einen ja förmlich.«

»Jeder wie er eben ist«, antwortete Thore vage. Er wollte sich jetzt nicht über Frau Schmitz unterhalten. Lästern und Tratsch waren so gar nicht sein Ding.

»Ich wollte gerade zu Antea. Möchtest du mitkommen?« Er sah Johann fragend an. Der hatte sich offenbar wieder beruhigt.

»Ik geh lieber na Huus. Aber bestell Gröten und Söten.«

Thore verabschiedete sich und schlug den Weg zu Anteas Haus ein. Als er in den Flur trat und sie ihm entgegenkam, erkannte er sofort an ihrer Körperhaltung, wie bedrückt sie war. Den Kopf leicht nach vorn geneigt, die Schritte schlurfend und nicht so fest wie sonst.

»Moin, was ist denn mit dir los? Raus mit der Sprache«, forderte er sie auf.

Antea begann noch einmal mit ihrem Besuch bei Johann und endete mit ihrer Idee von einer Wiederbelebung des Weihnachtsmarktes. »Aber ich finde keinen, der sich dafür begeistern lässt«, schloss sie. »Ich war bei Wilko, der will nicht einmal seinen Bürgerverein ins Boot holen.«

Thore rieb sich das Kinn. »Ich bin Johann gerade begegnet. Merkwürdig, aber er trauert tatsächlich den früheren Weihnachtsmärkten nach, und ich muss ihm recht geben. So etwas fehlt hier einfach.«

Antea sah ihn hoffnungsfroh an. »Das siehst du genauso?«

»Ja, das sehe ich genauso«, bekräftigte Thore. »Ich finde die Idee sogar grandios und werde dir natürlich helfen, wenn du Unterstützung benötigst.«

Über Anteas Gesicht glitt ein Leuchten, ihre Haltung veränderte sich zusehends.

»Wie packen wir es an?«, fragte Thore.

»Ich stelle bei der Gemeinde den Antrag, das muss ja nun fix gehen, so lange ist es bis Weihnachten nicht mehr. Dann brauchen wir Buden und natürlich ein Konzept. Wie soll der Markt aussehen, welche Stände sind sinnvoll ... All so was.«

Thore überlegte kurz. »Ich schlag mal vor, wir machen am nächsten Sonnabend im Dorfgemeinschaftshaus eine konstituierende Sitzung, wo wir das alles planen. Oder vorstellen, welche Ideen uns bis dahin gekommen sind.«

»Wir können es versuchen, und ich hoffe, dass auch jemand kommt!« Antea seufzte.

»Absagen kann man das alles ja immer noch. Den Markt können wir nur durchziehen, wenn wir genug Mitstreiter haben.«

»Okay«, gab Antea nach. »Kümmerst du dich um die Einladung? Ich erstelle ein Konzept, was ich zur Diskussion stellen kann.«

Thore hob den Daumen. »Ich sag auch Johann Bescheid, was wir genau planen! Schließlich geht es um ihn. Ich vermute mal, er wird Feuer und Flamme sein!« Er verabschiedete sich mit einem Kopfnicken.

Sein Herz klopfte in freudiger Erwartung! Endlich wieder eine Aktion mit Antea!

*

Antea war mächtig aufgeregt, ob überhaupt jemand zu der Versammlung kommen würde. Thores Optimismus konnte sie nicht teilen, denn gleichgültig, wen sie gefragt hatte, die Resonanz war stets verhalten gewesen. Thore hingegen behauptete, das halbe Dorf würde erscheinen. Er hatte extra einen einfachen Flyer in Form eines DIN-A4-Blattes mit den wichtigen Eckdaten erstellt und für alle im Copyshop ausdrucken lassen.

Das mochte zwar sein, nur befürchtete Antea, dass sie eher kamen, um mal wieder was zu erleben, als dass sie wirkliches Interesse an der Orga eines Weihnachtsmarktes hatten.

»Nun bleib ganz ruhig«, machte sie sich selbst Mut, aber die Nervosität wollte einfach nicht weichen. Sie war froh, dass Thore sein Kommen zugesagt hatte und sie nicht allein vor allem stand. Es war notwendig, einen großen Teil der Himmelshuser von ihrem Vorhaben zu überzeugen – sonst würde es nicht funktionieren.

Von draußen waren Stimmen zu hören. Die Tür zum Saal öffnete sich, und die Leute strömten hinein. Thore hatte ganze Arbeit geleistet und einen Teil der Dorfbewohner tatsächlich motivieren können, an der Zusammenkunft teilzunehmen. Vielleicht gab es Hoffnung für Johann.

Ihn konnte Antea allerdings nicht entdecken, was sie sehr verwunderte.

»Bestimmt hat er schon aufgegeben«, flüsterte sie und schwor sich, für ihn mitzukämpfen.

Der Raum war schnell gefüllt, es waren immerhin vierzig Leute gekommen. Das war nicht viel, aber ein Anfang!

Hardy Folkers, der Vorsitzende vom Mühlenverein, hatte sich bereit erklärt, die Getränkeversorgung zu übernehmen, weshalb Antea mit ihrer Rede warten musste, bis alle ein Wasser oder ein Bier in der Hand hielten. Sie hatte sich genau überlegt, wie sie beginnen wollte, trotzdem zitterte ihre Stimme, als sie die ersten Worte sprach.

»Moin in die Runde! Warum ihr hier seid, hat euch Thore ja erklärt, und wir haben es auch in den Flyer geschrieben.

Es geht um den Weihnachtsmarkt, den wir Johann zu Ehren wiederbeleben möchten, damit wir sein Haus erhalten können.«

Zunächst fasste Antea zusammen, was ihrem alten Freund genau bevorstand, und sie war froh, dass sie keiner unterbrach, sondern alle an ihren Flaschenhälsen nuckelten. Ab und zu gab es ein zustimmendes Nicken, dann wieder konnte sie nicht erkennen, was in den Köpfen der Himmelshuser vor sich ging.

Wurde sie unsicher, schaute Antea zu Thore, der sie aufmunternd anlächelte oder ab und zu den Daumen hob. Davon motiviert, gelang es Antea, die Dringlichkeit ihres Handelns deutlich zu machen. Als sie geendet hatte, klatschten die Himmelshuser. Nicht gerade frenetisch, aber das hätte zu den Dörflern ohnehin nicht gepasst.

»Wie soll das denn aussehen in Himmelshusen?«, fragte Wilko dann mit säuerlicher Miene. »Immerhin haben die Grootsieler doch ihren Markt mit Karussell und Bratwurstbude.«

»Matjes gibt es da ebenfalls«, warf Hardy ein. Er lachte wiehernd, als hätte er einen guten Witz gemacht. »Und die Kutterfahrt mit Lichtern.«

»Jo, das müssen wir schließlich nicht nachmachen, wir haben auch gar keinen Hafen. Wer das möchte, kann dort hinfahren.« Grete Wilkenjohanns nickte sich selbstbestätigend zu, und ihre Nachbarin Tant Foline ergänzte, dass sie da schon Glühwein und Kinderpunsch gekauft hätte.

»Wir könnten etwas anderes machen!«, schlug Antea vor. Sie hatte sich ein wunderbares Konzept überlegt, das sie gleich vorstellen wollte.

»Und was? Wiehnacht ist Wiehnacht, oder soll es bei uns Ostereier geben?« Hardy schlug sich jetzt vor Lachen auf die

Oberschenkel, dabei schwappte sein inzwischen viertes Bier über.

Antea versuchte, sich von dem Gelaber nicht beeindrucken zu lassen, und fuhr mit ruhiger Stimme fort. Obwohl sie am liebsten Reißaus genommen hätte.

»Wir leben in einem alten Rundwarfendorf. Diese Historie machen wir uns zunutze und werden eine Alternative zu den herkömmlichen Weihnachtsmärkten wie dem Engelkemarkt in Emden oder dem Steernmarkt in Grootsiel bieten. Ich dachte an Kunsthandwerk, an alte ostfriesische Gerichte. War schon mal jemand von euch in Bremen an der Schlachte zum mittelalterlichen Weihnachtsmarkt? So etwas in diese Richtung. Nur nicht kommerziell, sondern so, dass wir uns selbst engagieren und einen Teil eigenhändig gestalten. Der Erlös kann dann abzüglich der Fixkosten eins zu eins Johann gegeben werden. Zusätzlich könnten andere Kleinkünstler auftreten und Kunsthandwerker ihre Sachen anbieten. Wir verdienen auch an den Standmieten. Rechtlich habe ich das geklärt.«

Antea schaute abwartend in die Runde, aber noch immer blieben die Gesichter abweisend.

»Wir haben den Strick- und Häkelclub, die Spinngruppe, und bei Grete wird getöpfert. Tant Foline stellt Seifen her, und unsere Kinderflötengruppe könnte aufspielen. Es gibt so viele Möglichkeiten, wenn sich jeder einbringt.«

Antea wusste selbst, wie flehend sie klang. Sie holte tief Luft. Irgendwie musste sie die Himmelshuser doch erreichen!

»Die Landfrauen könnten ihre Kuchen und Milchprodukte wie Käse anbieten.«

Antea beschloss nun spontan, die Rheinländerin direkt anzusprechen, denn die wirkte ein wenig verloren. Aber es wäre doch eine wunderbare Chance, sie endlich in die Dorfgemeinschaft einzugliedern. »Und du, Gabriela, du hast über deine Galerie Kontakte zu Malern und Bildhauern!«

Gabriela runzelte die Stirn. »Liebelein, ich bin eine berufstätige Frau und bewege mich in anderen Kreisen als solchen, die auf Weihnachtsmärkten ausstellen. Ich bin Galeristin!«

Antea biss sich auf die Unterlippe. Einen letzten Versuch wollte sie noch wagen, auch wenn klar war, dass er zum Scheitern verurteilt war.

»Was meint ihr anderen?« Alle senkten den Kopf und taten so, als ginge es sie nichts an.

»Jo, min Deern«, sagte Hardy dann. Er stand jetzt extra auf, schwankte allerdings leicht und musste sich an der Tischkante festhalten. »Das klingt alles ganz wunnerbaar, ist aber bannig viel Arbeit und kostet Tied, die ich nicht habe!« Er schaute sich Beifall heischend um und setzte sich wieder.

Wilko räusperte sich. »Ich habe dir das auch schon gesagt, Antea. Wir sind alle beschäftigt, und das ist so kurzfristig. Das kriegt man nicht mehr hin.«

Nun trat Thore neben Antea ans Rednerpult. »Ich kenne euch gar nicht wieder. Es geht um Johann! Da könnt ihr doch nicht tatenlos zusehen und ihn einfach so ziehen lassen. Wir müssen es auf die Reihe kriegen, Haus und Garten instand zu setzen. Dazu benötigen wir Geld, das wir mit diesem Markt erwirtschaften können, und danach jede Menge Eigenleistung, um ihm unter die Arme zu greifen. Auch wenn ich inzwischen in Greetsiel lebe, bin ich Himmelshuser durch und durch und weiß, wie wichtig euch Gemeinschaft ist.«

Wieder ergriff Wilko das Wort. »Wäre das alles so einfach, würden wir es tun. Vorschlag zur Güte: Ich lass meinen Hut rumgehen, jeder schmeißt da was rein und gut ist.«

Thore rollte mit den Augen. »Das reicht doch nicht, Wilko.

Wir brauchen eine Menge mehr als das, was hier zusammenkommen kann.«

Antea atmete tief durch. Es war zwecklos. Die Himmelshuser waren wie erwartet nur gekommen, weil endlich mal was los war und sie ein paar Worte dazu sagen konnten. Aber sie waren nicht bereit, ihren Teil beizutragen und dem Dorf wieder Leben einzuhauchen. Nicht mal für ihr Urgestein Johann, der sich jahrelang für sie ein Bein ausgerissen hatte. Nicht einmal für ihn!

Ungeachtet von Thores Einwand ließ Wilko seinen Hut durch die Reihen gehen, und es klimperte jedes Mal, wenn jemand eine Münze hineingab.

Thore machte einen Schritt nach vorn. »Dann erleichtert eben euer Gewissen, indem ihr ein paar Kröten in Hüte werft. Ich für meinen Teil beginne morgen damit, eine Bude zu zimmern. Und wenn die fertig ist, kommt die zweite. Antea wird sich darum kümmern, dass die Kunsthandwerker kommen. Die Standmieten müssen eben so angesetzt werden, dass sie genug einbringen.«

Er ging zu seinem Stuhl und setzte sich wieder. Es war totenstill im Saal. Doch im nächsten Moment standen die Leute auf, verabschiedeten sich freundlich, nicht ohne noch ein paar Euro in Wilkos Hut geworfen zu haben, drückten sämtlich ihr Bedauern aus und gingen.

*

Als Gabriela nach Hause kam, saß das getigerte Kätzchen vor ihrer Tür.

»Na, du kleiner Bartputzer«, begrüßte sie es mit einem Lächeln, doch das Tierchen sah sie nur groß an, sprang auf und rannte davon.

Gabriela zuckte mit den Achseln und kramte in der Handtasche nach ihren Schlüsseln. Warum war sie überhaupt zu dieser Dorfversammlung gegangen? Sie hatte andere Probleme und stand ohnehin kurz vor dem Absprung gen Heimat. Erst heute Morgen hatte sie nach einem Tipp von Lisbet wegen passender Räumlichkeiten für eine neue Galerie in Köln-Ehrenfeld mit einem potenziellen Vermieter telefoniert, und es sah nicht allzu schlecht aus. Sie würde noch mal alles durchrechnen müssen, aber vielleicht ...

Andererseits war es bewundernswert, wie diese Frau – Antea, endlich kannte sie ihren Namen – sich für den alten Johann einsetzte. Und im Grunde war ihre Idee mit so einem Weihnachtsmarkt nicht übel. Doch wenn Gabriela ehrlich war, hatte sie in diesem Jahr einfach kein bisschen Lust auf das ganze adventliche Tralala von Frieden und Freude.

Verdammp, wo waren die Schlüssel?

Gesprächsfetzen drangen durch die Stille zu ihr, weil sich eine Frau und ein Mann näherten.

»Danke, Thore. Schade, dass es nicht mehr solche Menschen wie dich gibt.« Das war Anteas Stimme. Sie klang traurig, und ein bisschen tat sie Gabriela leid. Aber das war alles nicht ihr Bier!

»Für dich immer.«

Wenigstens hatte sie ja wohl ihren Thore. Ein attraktiver Mann. Die beide würden ein schönes Paar abgeben. Aber auch das war nicht ihre Sache, und sie würde den Teufel tun, sich in diesem Kaff irgendwo einzumischen.

Endlich fühlten Gabrielas Finger den vertrauten Schlüsselanhänger. Hastig schloss sie die Tür auf und betrat das Haus. Nicht dass sie noch einmal auf ihre Mithilfe angesprochen wurde. Sie hatte wirklich gar keine Zeit dafür. Obwohl ihr Organisationstalent bei dem Projekt bestimmt eine Bereicherung wäre. Hatte sie doch dreimal das Straßenfest in ihrem Veedel in Köln fast eigenhändig auf die Beine gestellt.

Gabriela schüttelte den Kopf. Was dachte sie da? Nicht einmal die Himmelshuser waren bereit, sich einzubringen, der Weihnachtsmarkt würde also ohnehin nicht stattfinden.

»Et es, wie et es«, zitierte sie laut das kölsche Grundgesetz. Ja, es war, wie es war – und wer war sie, daran zu rütteln?

Kapitel 5

Was für eine eingebildete Pute hatte Geert hier angeschleppt und dann zurückgelassen, dachte Wilko zum wiederholten Mal. Die schnippische Antwort, sie bewege sich in anderen Kreisen als solchen, die auf Weihnachtsmärkten ausstellen, war ja wohl das Letzte. Er hatte sich so darüber geärgert, dass diese Gabriela Schmitz ihn sogar bis in seine wirren Träume verfolgt hatte. Und prompt hatte er verschlafen! Jetzt war es zu spät, um in die Kirche zu gehen, dabei hatte er das für den heutigen Sonntag fest eingeplant.

Und nun? Am Nachmittag würde er sich mit einem alten Schulfreund treffen, der seit Jahren im Ausland lebte und gerade seine Verwandten in der Gegend besuchte. Bis dahin blieb aber genug Luft, noch etwas Sinnvolles zu tun. Es wurde Zeit, den Schrank seiner Mutter auszuräumen und ihre Sachen auszusortieren. Und danach konnte er sich wieder ins *Golden-Hearts*-Portal einloggen. Der Chat mit Marion gestern Abend war vielversprechend gewesen, obwohl ihn die lila Haarsträhne auf ihrem Foto unangenehm an Gabriela Schmitz und deren Farbexperimente bei ihrer Frisur erinnert hatte.

Da war diese Frau schon wieder in seinen Gedanken. Verdammt! Sie passte einfach nicht hierher mit ihren bunten Wallegewändern und ihrer unerträglichen Arroganz.

Wilko stellte seine leere Kaffeetasse in die Spüle und ging in sein früheres Gästezimmer, in dem seine Mutter ihre letzten Monate verbracht hatte. Er öffnete den Kleiderschrank. Ein zarter Hauch ihres Parfüms schwebte plötzlich im Raum. Sie hatte Tosca geliebt, und diesen Duft würde er immer mit ihr verbinden.

Wilko schluckte und schloss die Schranktüren wieder. Es ging einfach noch nicht. Die Räumaktion konnte er auch später noch angehen – die lief nicht weg. Draußen schien die Sonne, und eigentlich hatte er sich ja vorgenommen, sich mehr zu bewegen, weil die Hosen in der letzten Zeit doch deutlich spannten. Da war ein Spaziergang richtig gut für den Beginn eines aktiveren Lebens.

Auf der Äußeren Ringstraße begegnete er niemandem, und auch der Weg am Vogelschutzgebiet entlang war menschenleer. Zwar versuchte Wilko, tief durchzuatmen und die Stille zu genießen, doch konnte er nicht verleugnen, dass so ein einsamer Ausflug ziemlich langweilig war. Er hätte gestern einfach mal Ja sagen sollen, als Marion im Chat nach einem Treffen gefragt hatte. Mit ihr zusammen hätte es vielleicht angenehm werden können, hier entlangzuschlendern und die Vögel zu beobachten.

Wilko bog in einen kleinen Padd zwischen zwei Viehweiden ein und erreichte schließlich den Seeschwalbenweg, der wieder nach Himmelshusen hineinführte. Er durchquerte das Dorf, und als er die Kirche passierte, erklang lautes Hämmern aus Johanns Schuppen in der Karklohne. Was war denn da los? Neugierig betrat Wilko den Hof. Die Tür stand offen.

Thore kniete auf einer alten Decke und nagelte zwei Bretter zusammen.

Wilko trat näher.

»Moin«, grüßte Thore, ohne aufzusehen.

»Moin.« Wilko zögerte. Seltsamerweise fühlte er plötzlich so etwas wie ein schlechtes Gewissen. Ausgerechnet dieser Nicht-Himmelshuser setzte sich so stark für Johann ein, während er selbst das gleich vehement abgelehnt hatte.

»Was hat die Sammelaktion gebracht?«, fragte Thore und hob den Hammer, um einen weiteren Nagel einzuschlagen.

»251 Euro.«

»Nicht viel. Das reicht vorn und hinten nicht.«

»Nein.«

Bumm. Der Nagel versank im Holz.

Wilko sah sich um. An der Wand rechts stand ein großes Regal mit allerlei Kisten und einem offenen Werkzeugkasten. Daneben lag ein Stapel Bretter.

»Viel Material ist das ja nicht«, stellte Wilko fest.

»Nein.«

»Du könntest dir bei mir an der Firma was holen. Ich lasse Bretter bereitlegen. Also, wenn du willst.«

Halt, was tat er da? Es hatte doch keinen Zweck, Anteas Schnapsidee zu unterstützen. Allerdings war Thores Entschlossenheit beeindruckend. Und ein bisschen Holz zur Verfügung zu stellen, tat ihm nicht weh. Hauptsache, er musste keine Zeit investieren.

Thore schaute skeptisch. »Mein Auto ist zu klein. Da muss ich erst einen Kumpel fragen, der einen Anhänger hat. Sonst kriegen wir den Kram nicht her.«

»Einer meiner Leute kann hier vorbeifahren und was abladen«, hörte Wilko sich sagen.

»Cool, das würde helfen.« Thore schlug den nächsten Nagel ein. »Kümmerst du dich darum, dass es morgen vor Ort ist?«

»Jo, sonst hätte ich das ja nicht vorgeschlagen.« Wilko kratzte sich am Kopf.

»Danke!« Thore hob grüßend die Hand und holte ein neues Brett.

Wilko nickte. »Da nich für! So mok wi dat jetzt. Holl di munter!«

Thore hob noch einmal grüßend die Hand und holte ein neues Brett.

Wilko hätte sich am liebsten selbst in den Hintern getreten. Wie hatte er sich zu einem solchen Versprechen hinreißen lassen? Nun hing er doch in der Sache drin. So een Schiet! Mit einem Seufzer trat er den Heimweg an.

»Moin, Wilko«, grüßte Tant Foline, die ihm mit ihrem Dackel entgegenkam und sofort stehen blieb. »Ich habe dich in der Kirche vermisst!«

»Hatte zu tun.«

Tant Foline nickte und sah zu ihrem Hund, der sich hinhockte, um sein Geschäft zu erledigen.

»Überarbeite dich nicht! Jetzt kommt doch der Advent – da muss man innehalten und sich besinnen.« Sie nickte erneut, wie um ihren Worten Nachdruck zu verleihen.

In diesem Moment hatte ihr Dackel sein Geschäft beendet, und Tant Foline kramte in der Tasche nach einer Tüte. Wilko nahm die Gelegenheit wahr, verabschiedete sich und eilte weiter. Innehalten und sich besinnen. Pah, dazu hatte er viel zu wenig Zeit.

*

Der erste Arbeitstag in der Woche war immer anstrengend. Antea hatte es sich eben auf dem Sofa gemütlich gemacht und den Fernseher eingeschaltet. Heute verspürte sie richtig Lust auf das Vorabendprogramm. Sie war so müde von der Arbeit, dass sie auf gar keinen Fall etwas von Buden oder anderem Lichterzauber hören wollte. Im Büro hatte es sogar richtig Stress deswegen gegeben.

Kaum hatte sie ihrer Kollegin Mieke aus Grootsiel nämlich von ihrer Idee erzählt, war die alles andere als begeistert gewesen. Richtig aufgeplustert hatte sie sich!

»Seit Jahren kommen die Leute nach Grootsiel! Und jetzt wollt ihr direkt im Nachbardorf einen konkurrierenden Markt aufmachen? Ich will keinen Ärger, aber den wird es geben. Konkurrenz unter den Dörfern! Antea, Antea!«

Es war zwecklos gewesen, weiter mit Mieke zu diskutieren, und so hatte Antea schnell aufgegeben. Schließlich war unklar, ob sie es überhaupt würden stemmen können. Bislang waren nur sie, Thore und Johann im Boot. Eine magere Ausbeute.

Antea griff nach dem Glas Weißwein, einem Weißburgunder aus der Pfalz, und klickte sich durch die Programme, bis sie beim Regionalsender hängen blieb. Dort war die nahende Vorweihnachtszeit schon Thema. Eine Reportage zeigte Carolinensiel mit dem schwimmenden, beleuchteten Tannenbaum im Hafen, dann folgte ein Schwenk zum Engelkemarkt in Emden. Er verdankte seinen Namen der Figur des goldenen Jungfrauenadlers über der Stadtmauer im Emder Stadtwappen. Dat »Engelke up de Muer« nannten sie es.

»Einen Namen für unseren Markt brauchen wir auch noch«, murmelte Antea. »Und schon bin ich meinem heutigen Vorsatz untreu geworden!« Kopfschüttelnd stellte sie den Fernseher wieder aus. »Ich gehe kurz zu Johann. Mal sehen, ob Thore da ist und ob er weiter an den Buden baut.«

Miekes Gezeter hing ihr schon wieder im Ohr, aber sie verdrängte es lieber. Die sollte sich mal nicht so haben! Die Grootsieler waren ständig verärgert, wenn was nicht lief, wie sie es sich dachten. Ihre Eifersucht und Konkurrenz zu Himmelshusen fußte auf einem jahrhundertealten Streit. Damals hatten die Manningas, ein ostfriesisches Häuptlingsgeschlecht, ihre Macht ausgebaut und auch Herrschaft über die Nachbarorte Woquard und Grootsiel erworben. Nur war später der letzte Häuptling der Linie, Hoyko Manninga, hoch verschuldet gewesen und musste alles verkaufen. Die Grootsieler waren bis heute der Ansicht, dass die Himmelshuser damals ihren Anteil daran hatten, dass sie kein Teil der Herrlichkeit mehr sein durften. Denn ein Cousin des Häuptlings sollte Hoyko »tüchtig über den Tisch gezogen haben«.

Das war natürlich blanker Unsinn, denn die Gründe für die Schulden lagen ganz woanders, aber die Grootsieler beharrten darauf und waren nachtragend. Das würde sich vermutlich auch in den nächsten Jahrhunderten nicht ändern. Der Zwist zwischen den Dörfern war ein leidiges Thema und so etwas wie eine unendliche Geschichte.

Antea zog sich die Jacke an und lief los. Die frische Luft würde ihr guttun. Heute war der Himmel klar, und am Firmament funkelten die Sterne.

In der Äußeren Ringstraße waren bereits die ersten Tannenbäume beleuchtet. In einem Haus standen in den Fenstern filigran gestaltete Holzlichterbögen und verbreiteten Behaglichkeit. Antea besaß selbst drei davon in verschiedenen Größen. Es war eine wunderbare Idee, nachher selbst ein wenig für Weihnachtsstimmung in ihrer Kate zu sorgen. Sie könnte zumindest schon mal alles sichten und überlegen, wie sie in diesem Jahr dekorieren wollte.

Antea atmete tief durch. Danach ging es ihr schon viel besser.

Kurz darauf stand sie vor Johanns Haus. Im Schuppen brannte Licht, und sie hörte jemanden hämmern. Thore hielt also Wort und zimmerte an einem Stand.

Antea klopfte, aber da er einen solchen Lärm veranstaltete, hörte er sie nicht. Kurzerhand öffnete sie die Tür.

Thore schaute auf, ein Strahlen glitt über sein Gesicht. »Du?« Dann zwinkerte er ihr zu.

Und da war der magische Moment auch schon vorbei. Antea schluckte.

»Ich habe mir fast gedacht, dass du noch kommst.« Er schlug den letzten Nagel ein. »Die erste Bude ist fertig.«

Sie trat näher und betrachtete sein Werk. »Super! Ich finde es echt gut, dass du uns unterstützt. Wenigstens einer«, fügte sie hinzu.

»Ich habe es dir doch versprochen.« Thore wirkte plötzlich verlegen. Er stand auf und schabte mit der Fußspitze über den Boden, ehe er sagte: »Das hier macht mir viel Spaß. Es erinnert mich an die Märkte früher. Weißt du noch, damals habe ich mit meinem Vater solche Buden gebaut.«

Antea grinste. »Und einmal hast du mir auf dem Weihnachtsmarkt eine Zuckerstange gekauft. Sie war weiß-rot, und meine Mutter war stinksauer, weil ich so einen Kram nicht essen sollte.«

»Und du hast mir am nächsten Tag einen Liebesapfel geschenkt. Der Ärger war derselbe.«

Beide prusteten los.

»Es gibt übrigens auch gute Nachrichten! Hast du die Bretter auf dem Hof gesehen? Wilko hat Holz bringen lassen.«

»Wilko? Wow«, entfuhr es Antea. Vielleicht gab es noch Hoffnung. Wenn der Bauunternehmer was sponserte ...

Thore kickte ein Holzstück in die Ecke. »Bist du denn sonst weiter mit der Planung?«

»Nicht wirklich«, meinte Antea. Sie erzählte kurz von ihrem Zusammenprall mit Mieke.

»Harrijasses nej, die Grootsieler sollen sich mal nicht so haben! Wir machen schließlich keine Kutterfahrt, da haben sie doch ihr eigenes Ding. Und wie ich dich verstanden habe, soll es bei uns weder Autoscooter noch Krake geben.« Er lachte kurz auf. »Wobei – das wäre ja mal eher mein Ding. Mit dir im Autoscooter. Aber ist ja noch nie gut gegangen.« Er deutete auf seinen Nacken.

»Ich fahre eben immer Volldampf.« Antea boxte ihn in die Seite. Dann wurde sie wieder ernst. »Wir werden schon einen Weg finden, damit die Grootsieler nicht sauer sind, sondern kooperieren. Das viel größere Problem wird sein, mehr Himmelshuser ins Boot zu bekommen. Und da sehe ich schwarz. Mit einer Bude kommen wir wohl nicht weit, das nützt Johann gar nichts.«

Thore stimmte ihr zu. »Und die zweihunderteinundfünfzig Flocken, die Wilko gesammelt hat, sind auch nur ein Tropfen auf den heißen Stein.« Sein Handy summte. Er warf einen kurzen Blick aufs Display. »Da muss ich ran, sorry!«

Thore nahm das Gespräch an, nickte ein paarmal und kommentierte das Gesagte mit einem knappen »Oje«. Dann noch einmal mit einem »Ich kümmere mich darum!«. Als er fertig war, sah er Antea geknickt an.

»Schlechte Nachrichten?«

»Wie man's nimmt. Es war mein Chef vom Hafenamt.«

Antea legte fragend den Kopf schief.

»Gibt Stress im Außenhafen. Das kostet Überstunden. Ich werde in den nächsten Tagen keine Zeit zum Weiterbauen haben. Echt doof.«

»Das ist wirklich übel«, bestätigte Antea. »Aber uns fällt schon was ein.« Überzeugt war sie davon zwar nicht, doch bisher hatte sie immer einen Ausweg gefunden, und es nützte keinem, wenn sie jetzt Trübsal blies.

»Wir können ja die Grootsieler beklauen«, schlug Thore lachend vor. »In dem Fall hätten die wenigstens einen Grund, stinkig zu sein.«

Antea war nicht zum Scherzen zumute. Nun stand sie wieder allein da. Am besten, sie gab auf. Es war doch alles nur eine Schnapsidee!

Kapitel 6

Gabriela legte Nele Holthusen tröstend die Hand auf den Arm.

»Nein, tut mir sehr leid, die Kundin, die sich für *Strandleben vier* interessiert hat, ist bisher nicht wiedergekommen.«

Die Künstlerin mit dem langen, blonden Pferdeschwanz biss sich auf die Lippen. Sie war sichtlich enttäuscht. Und das zu Recht.

Gabriela fühlte sich nicht weniger unglücklich, war Nele Holthusen doch ihre ganz persönliche Entdeckung des Jahres. Die junge Frau schuf expressionistische Ansichten von Strand und Meer, die Gabrielas Meinung nach auch von August Macke höchstpersönlich hätten stammen können. Nur dass der eben im rheinländischen Bonn gelebt und nie die Nordsee gemalt hatte. Aber wenn … Doch trotz aller Bemühungen war die kleine Ausstellung an einer Wand des hinteren Galerieraums bisher nicht erfolgreich gewesen. Erst *eines* der Bilder hatte einen Abnehmer gefunden.

»Aber das wird sicher noch. Ich glaube an Sie!« Gabriela bemühte sich um einen aufmunternden Ton.

»Wenn Sie meinen. Ich weiß ja, dass es dauert, bis man einigermaßen bekannt ist. Es ist nur gerade ziemlich schwer. Das Restaurant, in dem ich arbeite, wird wohl schließen. Da hätte ich, bis ich was Neues habe, ein paar Euro extra gut gebrauchen können.«

Ja, das liebe Geld, dachte Gabriela. Auch sie hatte sich vorerst von der Idee eines Neuanfangs in Ehrenfeld verabschieden müssen. Die Preise in Köln waren horrend. Nun musste sie wohl doch noch eine Weile mit der Galerie in Emden bleiben und auf ein Wunder hoffen.

»Wenn jetzt Sommer wäre, würde ich einfach ein paar kleinformatige Bilder malen, mich an eine Strandpromenade setzen und die dort an Touristen verkaufen!« Nele Holthusen zupfte an ihrem Schal. »Obwohl bei so was wahrscheinlich das Ordnungsamt mitzureden hat und das aus irgendeinem Grund gar nicht klappen würde.«

Gabriela sah sie interessiert an. »Haben Sie Erfahrung mit einer solchen Aktion?«

»Nicht wirklich, aber ich habe kurz vor dem Abi zum Schuljubiläum kleine Bilder von Haustieren gemalt. Katzen und Hunde und Wellensittiche und so. Wer wollte, konnte mir ein Foto bringen und kriegte dann seinen Liebling als Minigemälde.«

Ein Schmunzeln umspielte Gabrielas Mund. »So etwas wäre sicher kein schlechtes Geschäft, wenn ich an manche Leute und ihr Bohei um ihre Tiere denke. Bei mir im Dorf gibt es zum Beispiel eine Frau mit ihrem heiß geliebten Dackel, ich glaube, die wäre begeistert, sich sein Abbild in Öl an die Wand zu hängen.«

Nele Holthusen nickte. »Ich nehme dafür allerdings keine Öl-, sondern Acrylfarben, dann geht es schneller, weil die langen Trocknungszeiten wegfallen. Geht aber auch mit Kohle oder Bleistift, wem das besser gefällt.«

»Sehr gut durchdacht von Ihnen.«

»Das hat auch Spaß gemacht, aber ist natürlich nichts, was bekannt werden darf, wenn man als Künstlerin ernst genommen werden will. Ein Zubrot eben.«

Das konnte Gabriela nachvollziehen. »Ja, das könnte schwierig sein. Wissen Sie was – ich werde die Kundin heute noch einmal anrufen und behaupten, dass sich jemand anderes für *Strandleben vier* interessiert. Manchmal hilft das, einen Kaufentschluss zu beschleunigen.«

Nele Holthusens Augen blickten nun wieder hoffnungsvoll.

»Danke«, sagte sie. »Ich mach mich mal auf den Weg.«

Gabriela begleitete sie zur Tür und verabschiedete sich herzlich. Dann sah sie dem wippenden Pferdeschwanz nach, der in Richtung Kunsthalle verschwand, und versuchte, einen irrwitzigen Gedanken beiseitezuschieben, der sie eben überfallen hatte.

Weihnachtsmarkt.

Ein Stand mit kleinen Gemälden von geliebten Haustieren.

»Wat soll dä Quatsch?«, fragte sie laut und schüttelte den Kopf. »Ich halt mich da raus!«

Nele Holthusen brauchte selbst Geld und konnte nicht zugunsten von Johann darauf verzichten. Und vor allem gab es ja wahrscheinlich gar keinen Weihnachtsmarkt in Himmelshusen. Sogar mit besten Absichten würden Antea und ihr Freund allein nichts auf die Beine stellen können. Und nach Begeisterung der anderen Dorfbewohner hatte das bei der Versammlung wirklich nicht ausgesehen.

Gabriela konnte Nele Holthusen höchstens den Tipp mit dem Markt in Grootsiel geben. Dort bestünde vielleicht die Möglichkeit, ihre Tierbilder zu verkaufen. Allerdings musste sie, Gabriela, falls das jemals rauskam, umgehend ihre Koffer packen und fliehen. Die Feindschaft zwischen Himmelshusen und Grootsiel war schlimmer als zwischen Köln und Düsseldorf! Das würde ihr keiner verzeihen.

Aber wenn die Künstlerin die kleinen Bildchen nicht wie

ihre großen Gemälde mit N. Holthusen, sondern zum Beispiel einfach mit Nele signieren würde, würde das ihrer Karriere nicht einmal schaden, weil ja kein Mensch wusste …

Gabriela seufzte. Sie musste sich zusammenreißen und sollte sich jetzt nicht den Kopf über andere Leute zerbrechen.

»Niemand will, dass du ihm sein Leben organisierst«, hatte Geert laut und deutlich gesagt, bevor er sie verlassen hatte. Doch darum war es nicht gegangen. *Er* hatte nicht gewollt, dass sie ihm sein Leben organisierte und ihm Ratschläge gab. Vielleicht war das Geerts persönliche Sturheit gewesen, aber vielleicht auch die ostfriesische Art. In Köln hatte man ihre Meinung immer gerne gehört.

Egal. Sie kam zurecht.

Auf jeden Fall würde sie gleich mal ihre Kundin anrufen und so einen kleinen Teil, einen winzig kleinen Teil, in Nele Holthusens Leben organisieren.

Entschlossen marschierte Gabriela in ihr Büro.

*

Wilkos Termin in Pewsum war sehr erfreulich verlaufen, das neue Bauprojekt dort lief gut an. Trotz des Nieselregens fuhr er am späten Nachmittag bestgelaunt zurück. Sein Treffen mit dem alten Schulfreund Kurt gestern hatte ihm gutgetan. Der jettete zwar in der Weltgeschichte herum, aber es erschien Wilko, als wäre er nicht wirklich geerdet, weil er nirgendwo hingehörte. So wie er selbst eben ein Himmelshuser war und das auch immer bleiben wollte. Er kannte diese Statue in Rio nur von Bildern, aber eigentlich reichte ihm das auch. Es war ohnehin nirgends schöner als in Ostfriesland. Da konnte ihm niemand was erzählen.

Kurt war heute schon wieder auf dem Weg nach Namibia.

Und er eben nach Himmelshusen. Das klang ohnehin viel gemütlicher als Windhoek oder wie die ganzen Städte dort in Afrika hießen.

Kurz vor der ersten Abzweigung von der Schnellstraße nach Himmelshusen entschloss er sich, gleich noch bei Johann vorbeizuschauen, ob das mit der Bretterlieferung gestern geklappt hatte. Thore würde wohl noch bei der Arbeit in Emden sein. Wenn er ehrlich war, beneidete er ihn ein bisschen um seinen Enthusiasmus. Und auch darum, etwas mit seinen Händen zu schaffen.

Eigentlich wäre es schön, mal wieder selbst Holz und Hammer in die Hand zu nehmen. Dazu kam er, seit das Unternehmen größer geworden war, praktisch gar nicht mehr. Mal schauen, was Thore geschafft hatte.

Wilko parkte den Wagen und betrat den Hof. Der Schuppen war offen. Mal sehen, ob Johann da war. Wilko trat ein.

Es duftete herrlich nach Holz. In den Ecken stapelte sich allerlei Krimskrams, wie alte Gießkannen, Eimer, Blechwannen und Vasen. Ein Besen ohne Borsten lehnte an der Wand, darüber hatte eine Kreuzspinne ein wunderschönes Netz gewebt, in dem sich jetzt die durch das kleine Fenster einfallenden Strahlen der untergehenden Sonne brachen. Wilko bestaunte das Kunstwerk eine Weile, aber dann besann er sich, warum er wirklich hier war.

Sein Blick schweifte zur anderen Ecke.

Thore hatte einen Teil der Bretter schon reingeholt. Die erste Bude war tatsächlich fertig gezimmert!

Wilko trat näher und betrachtete sie genauer. Ganz sauber war die Arbeit nicht, aber doch erstaunlich gut für jemanden, der nicht vom Fach war. Thore hatte sogar schon mit der ersten Wand für die zweite Bude begonnen. Der Hammer und ein Schächtelchen mit Nägeln lagen auf dem Boden daneben.

Wilko runzelte die Stirn, bückte sich und griff nach dem Werkzeug. Man räumte es normalerweise ordentlich weg. Andererseits – das hier war kein Betrieb, sondern Johanns Schuppen, und es ging ihn nichts an, was wie auf dem Boden lag. Er wog den Hammer in der Hand. Ein gutes Stück, wie sich wohl damit arbeiten ließ?

Ehe er sichs versah, hatte er einen Nagel genommen und schlug ihn gekonnt in das Holz. Ein, zwei Bretter, dann würde er nach Hause fahren.

Als er gerade das vierte Brett befestigen wollte, hörte er plötzlich lautes Lachen. Er fuhr herum.

»Moin. Geiht dat een bietje leiser?« Johann klopfte ihm auf die Schulter.

Da stand Wilko nun mit dem Hammer in der einen und einem Nagel in der anderen Hand wie ein ertappter Schuljunge.

»Dass du Thore ersetzt, jetzt, wo er nicht weitermachen kann, dat is moi!«

»Thore kann nicht weitermachen?«

Johann trat näher. »Jo, hat Antea gestern erzählt. Am Hafen givt dat Malör. Der macht jetzt Überstunden.«

»Aha.«

»Aber jetzt bist ja du da!« Johanns vertrauensvoller Blick rührte Wilko, und es rutschte ihm heraus: »Ein bisschen kann ich ja mithelfen. War heute früher fertig als gedacht.«

»Wunnerbaar! Wir brauchen jede Hand!«

»Steigt Thore ganz aus?«

Johann wiegte den Kopf. »Sobald er kann, baut er weiter, und sonst beschäftigt er sich schon mal mit dem Kram für die Genehmigung und so.«

Ein kleines, unangenehmes Gefühl schlich sich in Wilkos Magen. Er musste hier helfen, gleichgültig, wie viel er sonst zu tun hatte. Es wäre eine Schande, sich als alter Himmelshuser Jung wegzuducken und so zu tun, als ginge es ihn nichts an.

»Schade, es würde besser vorangehen, wenn wir mehr wären«, rutschte es ihm heraus.

»Das sehe ich auch so«, bestätigte Johann.

»Im Grunde ist unsere Idee mit dem Weihnachtsmarkt nämlich wirklich nicht schlecht«, versuchte Wilko sein plötzliches Engagement zu begründen, obwohl er nicht sagen konnte, wann aus dem Ihr ein Wir geworden war.

Johann nickte.

»Gibt es schon einen Termin, wann das Ganze starten soll?«, fragte Wilko.

»Das dritte oder vierte Adventswochenende. Vorher schaffen wir den Budenbau und die ganze Orga, wie Antea das nennt, bestimmt nicht. Wobei wir den letzten Samstag und Sonntag vor Weihnachten natürlich bevorzugen, weil wir dann nicht mit den Grootsielern kollidieren.«

Wilko drehte den Hammer in der Hand, um Zeit zu gewinnen.

»Vielleicht sollte Antea die Leute, die helfen könnten, noch mal einzeln ansprechen – falls es ihr nicht zu viel ist. In einer großen Gruppe, die Nein sagt, auch Nein zu sagen, ist einfacher, als eine direkte Bitte abzuschlagen. Vor allem, wenn sie von Antea kommt. Sie hat schon so oft anderen geholfen, da sollten die sich mal revanchieren. Und für dich könnten die ruhig was tun. Ist schließlich Himmelshusen – unser Dorf.«

Johanns Augen leuchteten. »Jo, dann schlag ich Antea das vor!«

Wilko wandte sich wieder der angefangenen Bude zu, denn es juckte ihn in den Fingern weiterzubauen. Es erstaunte ihn selbst, als ihm herausrutschte: »Ich mach jetzt noch ein Stündchen hier weiter. Thore wird ja wohl nichts dagegen haben.«

»Bestimmt nicht. Ich ruf ihn nachher einfach mal an und sag ihm Bescheid.«

Bevor Wilko antworten konnte, war Johann zurück ins Haus gegangen.

Na gut. Dann baute er jetzt eben eine Weihnachtsmarktbude. War irgendwie auch besser, als die nächste Folge von *Lassie* zu gucken, die er ohnehin schon kannte.

*

Auf dem Heimweg von der Arbeit leuchtete Antea das Dorf schon sehr weihnachtlich entgegen. Die meisten Himmelshuser hatten ihre Sprossenfenster nun mit Lichterketten und anderem Schmuck versehen. Es blinkte und funkelte, und das sah toll aus.

Antea freute sich, denn sie wertete das als gutes Zeichen. Wenn sich Weihnachten so langsam in die Herzen der Menschen schlich und den Trübsinn der dunklen Novembertage verdrängte, würden vielleicht doch ein paar Himmelshuser beim Weihnachtsmarkt mitmachen.

Es sah im Augenblick tatsächlich etwas positiver aus. Johann hatte sie eben angerufen. Wilko zimmerte gerade die nächste Bude und hatte sogar einen richtig guten Vorschlag gemacht.

Er hatte recht: Sie musste alle einzeln ansprechen und an ihr Mitgefühl und ihre Ehre appellieren. Redete sie von Angesicht zu Angesicht mit den Menschen, gab es keinen Stinkstiefel, der die anderen aufhetzte oder sich querstellte.

Kurzerhand beschloss Antea, den Stier sofort bei den Hörnern zu packen. »Ich schiebe das nicht auf die lange Bank, ich fange gleich an«, murmelte sie.

Antea überlegte eine Weile, ob sie erst dort klingeln sollte, wo die Wahrscheinlichkeit größer war, offene Türen einzurennen, oder ob sie sich lieber gleich der Herausforderung stellen sollte. Sprich Gabriela Schmitz als Außerfriesische oder Grete Wilkenjohanns, die Vorsitzende der Landfrauen und alles andere als umgänglich. Beide Damen hatten Haare auf den Zähnen und würden es ihr nicht leicht machen. Es war sicher ein gutes Training, aber Antea befürchtete, sie könnte vollkommen frustriert aufgeben, wenn sie gar keinen Erfolg hätte.

Auf der anderen Seite wäre es grandios, wenn sie auch nur eine der beiden für die Sache gewinnen könnte. Vor allem Grete Wilkenjohanns hatte großen Einfluss auf die Himmelshuser Damenwelt. Ihre Zusage wäre die halbe Miete für ein gutes Gelingen.

Dann gab es auch noch Hardy. Er hatte bereits auf der Versammlung böse rumgestänkert. Ein echter Swienegel! Hardy war ein durch und durch negativer Mann, der ständig versuchte, diese Einstellung mit blöden Witzen zu übertünchen. Lachte mal wieder keiner, fühlte er sich bestätigt, dass die Welt eben schlecht war und man nichts Gutes mehr zu erwarten hätte.

Wo also beginnen?

Antea atmete einmal tief durch. So wankelmütig war sie doch sonst nicht. Einfach machen, war ihre Devise. Einfach machen.

Sie lief die Äußere Ringstraße weiter und wurde plötzlich vom Duft der Brauerei umwabert. Der Betrieb gehörte Harm Duden, einem geselligen und umgänglichen Typ. Sein Himmelshusen-Bräu war in der Region bekannt, und er kreierte ständig neue Sorten. Harm hatte die Versammlung nicht besucht und wusste vielleicht gar nichts von Johanns Dilemma. Dabei waren die beiden früher oft zusammen unterwegs gewesen. Seit Johann mehr ans Haus gebunden war, sah man sie nur noch selten gemeinsam.

Wenn ich Harm für den Weihnachtsmarkt gewinnen kann, stoße ich ein großes Tor auf, dachte Antea. Da fange ich an. Sie bog links in den Kiebitzweg ab. Im Kontor der Brauerei brannte noch Licht, in den Fenstern blinkten kleine Weihnachtssterne. Ein bisschen geschmacklos abwechselnd in Blau, Rot und Gold, dazwischen gingen die Lämpchen aus und sollten wohl die letzte Farbe Schwarz der ostfriesischen Flagge symbolisieren.

Da war Harm fanatisch, natürlich prangte die Fahne Ostfrieslands auch auf den Etiketten des Bieres. Genau wie sie jetzt im Garten gehisst war, an der Stange hin und her wehte und dabei leicht klackerte.

Antea betrat das Kontor. Harm saß am Schreibtisch vor seinem PC.

»Moin!«, begrüßte sie ihn.

Harm widmete Antea gleich seine ganze Aufmerksamkeit. Er hatte was von einem alten Seebären. Vollbart, stets eine Piep griffbereit, sodass ihn immer ein leicht rauchig-aromatischer Duft umgab. Man sah ihn nie ohne seinen Elbsegler, und er trug stets ein kariertes Flanellhemd mit Troyer und eine schwarze Cordhose. »Moin, min Deern. Ich kann mir schon denken, warum du gekommen bist.«

Antea sah ihn erstaunt an. »Du hast von meiner Idee gehört?«

»Jo, leider konnte ich nicht zur Versammlung kommen. Ich wollte dich noch anrufen, aber dann war hier was und da was. Wie es eben so ist. Ich bin allerdings dabei! Geht schließlich um meinen alten Freund Johann. Himmelshusen-Bräu lässt ihn und dich nicht im Stich!«

Über sein von Wind und Wetter gegerbtes Gesicht, das von tiefen Furchen durchzogen war, obwohl Harm die sechzig erst knapp überschritten hatte, glitt ein verschmitztes Grinsen.

»Ich habe mir sogar überlegt, dass ich eigens für den Markt ein Bier brauen werde. Das Johann-Bräu. Und jeder Cent, ich sag jeder Cent, geht an meinen Freund.« Harm rieb sich die Hände. »So mok wi dat.«

Anteas Herz galoppierte vor Freude. Dass es so einfach war, einen derart wichtigen Unterstützer zu finden, hätte sie sich nicht erträumen können.

»Mann, Harm, du weißt gar nicht, wie glücklich mich das macht!«, entfuhr es ihr. »Wir brauchen wirklich jede Hand.«

»So sieht das aus. Und ich benötige nicht mal eine Bude. Ich stelle meinen Bierwagen hin. Am besten vor diesen schäbigen Piet, damit man den nicht gleich sieht. Die Besucher denken ja sonst alle, wir Himmelshuser sind völlig dörnanner bei so einem Keerl op de Markt.« Er winkte ab. »Ein leidiges Thema, das will ich nicht vertiefen. Aber egal, wo mein Wagen steht: Wir werden das Johann-Bräu wie verrückt verkaufen.«

»Super, dann gehe ich mal weiter Klinken putzen«, sagte Antea. »Immerhin sind wir jetzt zu viert. Johann, Thore, du und ich. Und stell dir vor: Wilko zimmert gerade eine Bude. Er ist also auch im Boot. Zumindest mit einem Bein.«

»Denn man tau. Das wird. Nur nicht de Kopp hängen laten.«

Harm winkte und wandte sich wieder dem PC zu.

Antea verließ beschwingt das Kontor. Ihr kam es vor, als

würden in den Fenstern des Dorfes noch mehr Lichter brennen und Himmelshusen sie nun richtig freundlich dazu auffordern, ihr Ziel bloß nicht aus den Augen zu verlieren.

Jetzt wage ich es, Grete aufzusuchen, dachte Antea. Und dann Gabriela.

*

Gretes Haus war ein einziges Lichtermeer. Es gab kein Fenster, das nicht blinkte, und kaum einen Busch, der nicht glitzerte. Auf dem Rasen erstrahlte ein Schlitten, der von sechs Rentieren gezogen wurde. Eines hatte eine rote Nase, die im Sekundentakt aufleuchtete. Neben der Eingangstür wiegten sich rechts und links je ein aufblasbarer Weihnachts- und ein dicker Schneemann. Als Antea die Klingel drückte, ertönte »Jingle bells«.

Kurz darauf riss Grete schwungvoll die Tür auf. Sie taxierte Antea unfreundlich mit hochgezogenen Brauen. »Ich weiß, was du von mir willst, aber ich mach da nicht mit. Sagte ich doch schon!«

»Grete, nun warte mal! Harm ist inzwischen dabei, und Wilko zimmert gerade eine Bude«, erklärte Antea, nicht willens, kampflos aufzugeben. Sie musste Grete einfach überzeugen!

Die winkte ab. »Deren Sache. Man muss nicht überall dabei sein, bloß weil es die anderen tun.«

»Bitte, lass mich reinkommen, und wir reden darüber!« Antea verlegte sich aufs Flehen, auch wenn sie sich überaus dämlich dabei vorkam. »Du könntest als Vorsitzende der Landfrauen so viel bewirken! Wenn ich nur an die fantastischen Torten denke, die ihr früher bei den Veranstaltungen gebacken habt!«

Täuschte sich Antea, oder wurden Gretes Gesichtszüge für

einen Moment weich? Das änderte sich jedoch in Sekundenschnelle.

»Du kannst ja die Feuerwehrfrauen fragen«, brach es aus Grete heraus. »Die backen doch vor allem für ihre Männer nach dem Einsatz, und die können das übernehmen. Dazu brauchst du uns Landfrauen nicht.«

Oje, da war Antea tüchtig ins Fettnäpfchen getreten, weil sie den jahrelangen Streit zwischen den beiden Parteien kurz vergessen hatte. Ihre Argumentation drohte zu kippen. Antea rang nach Worten.

»Das werde ich auf jeden Fall noch tun, Grete. Aber ihr strickt doch auch. Und bastelt. Dann hättet ihr dafür endlich wieder Käufer!«

Grete schürzte die Lippen, trat aber keinen Zentimeter beiseite, um Antea hineinzubitten. »Jo, das stimmt. In dem Fall müsste ich die Frauen aber erst anrufen. Das kann dauern. Schließlich haben sie auf den Höfen zu tun, das weißt du.«

Antea nickte. Bloß nicht widersprechen. Bloß die bröckelige Front weiter abkratzen und nicht schnell wieder hochziehen lassen.

»Würdest du das tun?«

Grete fuhr sich durch die frisch ondulierte Dauerwelle.

Es dauerte, ehe sie antwortete und wie erwartet vage blieb. »Jo, denn wullt wi mol sehn, wa?«

Das war keine Zusage, aber auch kein Nein. Antea schöpfte Hoffnung.

Sie schwieg zunächst und schaute Grete abwartend an.

»Weil es um Johann geht«, fuhr Grete fort. »Der ist zwar ein Zausel vor dem Herrn, aber er gehört nach Himmelshusen. Nun muss ich allerdings wieder, ich habe meine Weihnachtsbeleuchtung noch nicht zu Ende angebracht.«

Grete wandte sich ab und schloss die Tür. Kurz darauf ging

in einem der oberen Fenster ein rot blinkender Weihnachtsstern an.

Antea zückte ihr Handy. Sie musste jetzt dringend mit Thore sprechen. Es ging schließlich voran. Und dann wollte sie zu Gabriela. Das würde sie heute auch noch schaffen!

*

»Harm Duden ist dabei!«, verkündete Antea, bevor Thore etwas sagen konnte. »Es wird ein Johann-Bräu geben, das er von seinem Bierwagen aus verkauft. Wir brauchen nicht einmal eine Bude für ihn!«

»Du sprudelst ja vor Begeisterung. Wie hast du das hingekriegt?«

Antea tat seine warme Stimme gut.

»Ich bin einfach zu ihm hingegangen. Er war ja nicht bei der Versammlung, wollte aber eigentlich kommen. Meine Idee hatte sich natürlich rumgesprochen, und er hatte sich schon seine eigenen Gedanken dazu gemacht.«

»Das klingt ja klasse. Vielleicht solltest du noch zu allen anderen gehen und sie dir einzeln vornehmen«, schlug Thore vor.

»Genau das hat Wilko auch gesagt.«

»Wilko?« Nun klang ihr Freund richtig erstaunt.

»Ja, Wilko. Stell dir vor, Johann hat mich angerufen, weil er ihn beim Hämmern im Schuppen ertappt hat.« Antea lachte auf. »Johann meinte, er sah aus, als ob er Spaß dabei hatte.«

»Dann ist er jetzt im Boot?«

»Zumindest halb. Versprochen hat er nichts, aber Taten zählen schließlich mehr als Worte. Bei Grete habe ich hoffentlich ebenfalls was angestoßen.«

»Grete? Die Grete von den Landfrauen? Du hast mit ihr gesprochen und das überlebt?« Thore lachte laut auf.

»So schlimm ist sie nun auch wieder nicht. Grete hat eine Menge Einfluss. Wenn sie die Landfrauen motivieren kann mitzumachen, ist viel gewonnen.«

»Also, ich habe noch ein gehöriges Trauma von damals, als sie mich hinter der Kirche mit meiner ersten Zigarette erwischt hat.«

Antea kicherte. »War doch ein gutes Werk, dass sie dir das Rauchen von Anfang an verleidet hat!«

»Hahaha.«

»So, und nun wünsche mir Glück. Als Nächstes steht Gabriela Schmitz auf meiner Liste.«

»Da wirst du mehr als Glück brauchen. Wahrscheinlich sogar sämtliche Macht aller Himmelswesen. Die Frau hat sich doch noch nie im Dorf eingebracht. Und bei der Versammlung … ne.«

»Ich weiß, aber vielleicht kriege ich sie wenigstens dazu, was zu spenden. Jedes bisschen hilft.«

»Ich drück die Daumen.«

*

Gabriela hatte es sich auf der Couch gemütlich gemacht. Heute war sie zufrieden mit sich. Sie hatte die potenzielle Käuferin von *Strandleben vier* erreicht, und diese hatte versprochen, morgen in die Galerie zu kommen, um sich das Gemälde noch einmal anzusehen und sich dann endgültig zu entscheiden. Da sie sich für Gabrielas Anruf sehr bedankt hatte, war es ziemlich wahrscheinlich, dass sie die Gelegenheit wahrnehmen würde, das Bild zu kaufen, bevor es ihr jemand wegschnappte. Meist half es doch, ein wenig an dieser Stellschraube zu drehen.

Mit einem Lächeln griff Gabriela nach dem Rotweinglas

neben der dicken Kerze, deren drei Flammen anheimelnd flackerten. Auch auf der Fensterbank standen Kerzen und hüllten den Raum in wohltuend warmes Licht.

Eigentlich hatte sie vorgehabt zu lesen – der neue Winterroman ihrer Lieblingsautorin lag auf dem Tisch bereit. Aber es war gerade so schön, einfach nur im Kerzenlicht dazusitzen, die Füße in warmen Wollsocken, und den Augenblick zu genießen.

Gabriela nahm einen Schluck Rioja und spürte dem vollmundigen Geschmack nach, der sie an frühere Sommerurlaube in Spanien erinnerte. Lange Sandstrände, Flamencomusik, Paella ...

Schrilles Gebimmel ließ sie zusammenzucken. Die Türglocke! Ein schreckliches Geräusch, doch da nur höchst selten jemand bei ihr klingelte, vergaß sie immer wieder, die Klingel auszutauschen.

Wer konnte das sein? Gabriela stellte das Glas ab, nahm die Füße vom Sofa und ging zur Tür. Hoffentlich niemand mit der Sammelbüchse! Sie tat gerne Gutes, aber nicht an der Haustür, wo man nie wusste, ob die Leute echt waren. Zögernd öffnete sie.

»Antea Grotelüschen, Sie erinnern sich?«, stellte sich die Frau im gelben Mantel vor.

Gabriela nickte. Ein eisiger Luftzug blies ihr entgegen und ließ sie erschauern. Am liebsten hätte sie die Tür sofort wieder zugeschlagen und wäre zurück auf ihr gemütliches Sofa gegangen. Aber so unhöflich konnte sie nicht sein.

»Ja, bitte?«, fragte sie.

»Haben Sie einen Augenblick Zeit?«, bat Antea.

Wenn jemand so fragte, dauerte es erfahrungsgemäß länger als einen Augenblick. Weil Gabriela nicht die Absicht hatte, weiter hier zu stehen und die Kälte hereinzulassen, trat sie kurzerhand einen Schritt zurück und bat die junge Frau einzutreten. Sie nahm ihr den Mantel ab und führte sie ins Wohnzimmer.

»Setzen Sie sich doch!« Gabriela zeigte auf den Sessel, nahm ein Weinglas aus einer Vitrine und stellte es auf den Tisch. »Falls Sie Rotwein mögen. Bier hab ich keines, aber Wasser wäre auch noch da. Eine ganze Leitung voll.«

Besonders freundlich klang sie nicht, das hörte sie selbst, aber wenn man sie in ihrem wohlverdienten Feierabend störte ... Immerhin bot sie ihrem Gast was an. Und so konnte sie die Frau etwas besser kennenlernen, das war es doch, was sie eigentlich immer gewollt hatte und was ihr so schlecht gelungen war. Sie sollte wirklich etwas zuvorkommender sein. Schließlich musste sie noch eine Weile in Himmelshusen bleiben.

»Danke, ich nehme gern ein bisschen Wein«, antwortete Antea Grotelüschen höflich.

Gabriela setzte sich ihr gegenüber auf das Sofa und goss ihr ein. Beide tranken einen Schluck und sahen sich abwartend an.

Endlich hatte Gabriela die Möglichkeit, ihren Gast genauer zu betrachten. Hübsch sah die junge Frau aus mit ihren roten Locken und den Sommersprossen. Sympathisch. Sie wirkte allerdings ein wenig verunsichert, wahrscheinlich hatte sie nicht damit gerechnet, dass sie gleich auf ein Glas Wein eingeladen wurde, nur weil sie hier klingelte.

Gabriela lächelte. »Was kann ich für Sie tun?«

»Für mich gar nichts«, sagte Antea Grotelüschen schnell. »Es geht um Johann. Ich habe es ja bei der Versammlung erklärt: Wir brauchen Geld, um ihm zu ermöglichen, dass er hier wohnen bleiben kann. Sein Haus ...«

»Ich erinnere mich.«

»Er ist doch ein echter Himmelshuser und gehört hier ins

Dorf. Aber Sie wissen vielleicht nicht, was es bedeutet, wenn er Himmelshusen verlassen muss. Wenn er an einem fremden Ort leben soll, wo man ihn nicht kennt, er vielleicht gut versorgt wird, aber doch einsam ist.«

Gabriela griff schnell nach ihrem Weinglas, um den Kloß im Hals runterzuspülen. O doch, das wusste sie.

»Sie wollen sicher, dass ich etwas spende«, sagte sie schließlich. »Hab ich aber schon. Bei der Versammlung.«

»Vielleicht könnten Sie noch etwas geben?«

Gabriela zögerte. Sie brauchte eigentlich jeden Euro, um ihn in eine neue Galerie in Köln zu investieren. Aber irgendwie berührten die Worte und das bittende Gesicht Anteas etwas in ihr.

»Haben Sie denn die Aussicht, dass die Aktion überhaupt klappt?«, fragte sie vorsichtig. »Nur mit kleinen Spenden kommen Sie bei einer Hausrenovierung nicht weit. Und so, wie ich das gesehen habe, will ja keiner bei Ihrer Weihnachtsmarkt-Idee mitmachen.«

»Das stimmt nicht mehr. Es sind noch nicht alle klar entschlossen, was sie machen wollen und wer dabei ist, aber Wilko Harms, der Bauunternehmer, hilft jetzt Thore beim Budenbau, die Landfrauen überlegen sich gerade was. Und von der Brauerei wird es ein extra Johann-Bier geben.«

Gabriela schürzte die Lippen. Das klang, als ob sich einige Leute besonnen hatten und aus dem Vorschlag der jungen Frau doch etwas werden könnte. Gabrielas Herzschlag beschleunigte sich leicht, und sie räusperte sich.

»Also, falls der Weihnachtsmarkt stattfinden würde, käme es da infrage, dass Leute, die nicht aus Himmelshusen sind, eine Bude betreiben?«

Antea starrte sie überrascht an. »Wen meinen Sie? Haben Sie jemanden im Auge?«

»Ich kenne tatsächlich eine junge Künstlerin, die auch auf Märkten ihre Bilder anbietet«, behauptete sie. »Natürlich etwas, was dorthin passt. Sie kann es sich nicht leisten, den gesamten Erlös zu spenden, aber ich könnte sie fragen, ob sie einen angemessenen Prozentsatz …«

»Das wäre wunderbar!«, rutschte es Antea heraus. Ihre Augen strahlten im Licht der Kerzen.

»Und falls Sie noch eine Frau brauchen, die Erfahrung mit dem Organisieren von Veranstaltungen hat, könnte ich Ihnen dabei helfen, Frau Grotelüschen.«

So. Nun war es gesagt. Es gab kein Zurück mehr. Außer man wollte sie, die Fremde, nicht haben.

Antea Grotelüschen hob das Glas. »Ich bin Antea«, sagte sie. »Und es wäre ganz wunderbar, wenn Sie dabei wären!«

Sie schien das ehrlich zu meinen. Gabriela lächelte.

»Und ich bin die Gabriela. Wenn wir von nun an zusammenarbeiten, können wir uns doch auch duzen.«

»Sehr gerne. Das machen wir Ostfriesen eigentlich sowieso. Wir sind gar nicht so förmlich.«

»Fein«, sagte Gabriela und atmete auf. Das war zu Hause in Köln auch nicht anders. Nur Geert hatte immer behauptet, sie müsse hier als Fremde den nötigen Abstand wahren und sich nicht anbiedern. Sie hätte doch besser nicht zu sehr auf ihn hören sollen, aber er war ein solcher Sturkopf gewesen. Schwamm drüber. Vorbei. Sie gab sich einen Ruck.

»Ich könnte mich zum Beispiel um die Gestaltung und Ausstattung der Buden kümmern«, schlug Gabriela vor. »Hast du schon ein Konzept oder ein Motto? Wir müssen ja auch was fürs Auge bieten, damit die Leute kommen und verweilen.«

»So weit war ich noch nicht, aber du hast recht. Prima, dass du an so etwas denkst.«

Gabriela fühlte sich geschmeichelt. »Gut, ich mach mir

mal ein paar Gedanken. Gib mir doch deine Nummer, dann ruf ich dich morgen an und leg meine ersten Ideen vor. Und nun stoßen wir auf unsere Zusammenarbeit an, ja?«

Antea nickte und hob ihr Glas erneut.

»Auf Johanns Weihnachtsmarkt«, sagte Gabriela. »Vielleicht wäre das sogar schon ein guter Name. Wir müssten Johann natürlich erst noch fragen, ob er damit einverstanden ist. Aber jetzt erst mal Prost!«

»Jo dann, Prost.«

Sie stießen miteinander an und tranken einen Schluck.

»Ich muss leider wieder los.« Antea trank aus und stellte ihr Glas ab. Sie erhob sich.

Gabriela nickte. »Ich verstehe. Es ist ja auch ziemlich viel zu tun. Weihnachten ist nicht mehr allzu weit weg.«

Sie begleitete ihre Besucherin zur Tür und verabschiedete sie mit einem herzlichen: »Einen schönen Abend noch.«

Dann kehrte sie zurück zur Couch und ihrem Rotwein. Sie schob das Buch beiseite, lesen konnte sie später. Zuerst würde sie Ideen sammeln. Der Abend hatte eine unerwartet wunderbare Wendung bekommen.

Eine Bewegung am Fenster ließ sie aufschauen. Neben dem Kerzenständer entdeckte sie ein kleines Katzengesicht, dessen Augen durch die Scheibe funkelten. Dann drehte sich das Kätzchen um und sprang vom Sims ins Dunkel.

Gabriela lächelte. Jetzt hatte sie in gewisser Weise sogar noch eine zweite Besucherin gehabt!

Kapitel 7

Thore war froh, eine Pause einlegen zu können, bevor er später um zwanzig Uhr noch einmal kurz nach Emden musste. Vor seinem Haus stand Riekes Wagen. Ihn überkam eine böse Vorahnung.

Die bestätigte sich, denn seine Freundin riss die Tür bereits auf, bevor er den Eingang erreicht hatte.

Thore mahnte sich zur Ruhe.

»Hallo, Rieke. Schön, dass du da bist.« Er hauchte ihr einen Kuss auf die Wange, doch sie wich zurück und ihre Worte kamen so schnell wie Salven aus einem Maschinengewehr.

»Schön, dich auch mal zu sehen. Wie viel Zeit hast du denn *jetzt* für mich? Wahrscheinlich hast du gleich wieder jede Menge Termine. Wie immer! Ich bin ja nur noch eine Nebenfigur in deinem Leben.«

Thore rollte innerlich mit den Augen. Er hasste diese Diskussionen.

»Nicht schon wieder, Rieke. Ich habe jetzt tatsächlich nur kurz Zeit, ich muss nämlich noch nach Himmelshusen.«

Das hätte er lieber nicht sagen sollen.

»Himmelshusen!« Rieke wurde lauter, sodass er sie vorsichtshalber ins Haus zog, weil bei der Nachbarin von gegenüber bereits die Gardine wackelte.

»Du willst zu Antea!«, schmetterte Rieke ihm weiter ihren

Wortschwall entgegen. »Hat sie dich mal wieder zu sich zitiert?« Ihre Augen sprühten Funken.

»Sie ist von Kindesbeinen an meine beste Freundin!« Thore versuchte, ruhig zu bleiben, um das Feuer in Rieke nicht noch mehr zu schüren. Sie wurde dann gern ausfallend, und darauf konnte er getrost verzichten.

»Kinderfreundin nennst du das also. Ich sag nur Freundschaft plus.« Rieke spie ihm ihre Eifersucht förmlich entgegen. Er hasste das, weil sie es zu oft tat. Zu grundlos. Und zu gemein. Es reichte ihm.

»Ich helfe Antea, wann immer ich will. Wenn es dir nicht passt, kannst du ja gehen!« So, nun war es heraus. Es war Thore in diesem Moment gleichgültig, wie Rieke reagieren würde und ob er das Fass dieses Mal zum Überlaufen gebracht hätte.

Rieke ballte die Fäuste und trommelte auf seine Brust ein, ehe sie innehielt und mit gepresster Stimme sagte: »Das werde ich auch. Ich will keinen Mann, der sich zwei Eisen im Feuer hält! Das war's mit uns. Es reicht mir langsam, Thore. Es. Ist. Aus.« Sie schnappte sich die Jacke und stürzte türenknallend aus der Wohnung.

Thore schaute ihr nun doch konsterniert hinterher. Er war weniger entsetzt darüber, dass seine und Riekes Beziehung endgültig den schon länger erwarteten Todesstoß bekommen hatte, als über ihre Bemerkung, er hätte zwei Eisen im Feuer. War es so?

»So ein Quatsch«, murmelte er. »Antea ist eben Antea. Sie ist *my best friend*, und daran wird sich nie was ändern. Aber mehr ist da nicht. Egal, was Rieke behauptet.«

Für einen Augenblick glaubte er, dass er sich ein bisschen zu sehr vor sich selbst verteidigte. Das hatte er doch gar nicht nötig!

Um zu beweisen, dass seine Ex keinesfalls im Recht war, entschied sich Thore für einen Spontanbesuch bei Antea. Sie war am Telefon so aufgekratzt gewesen, da verspürte er das Bedürfnis, an ihrer Seite zu sein. Außerdem würde es ihm guttun, mit ihr zu klönen und sich alles von der Seele zu reden.

Thore hätte das Ende mit Rieke lieber friedlich gelöst, aber das war mit ihr wahrscheinlich unmöglich. Sie war und blieb eine Dramaqueen.

Sein Kopf sagte ihm in einer Dauerschleife, es sei gut, dass es vorbei war, sein Herz kam allerdings noch nicht ganz mit. Antea würde ihm guttun. Sie mit ihrer umgänglichen Art war genau das, was er jetzt brauchte.

Thore schnappte sich eine Flasche Wein – einen Rosé aus Italien – und trat vor die Tür. Er ließ den Blick über das Greetsieler Hafenbecken mit den alten Fischerhäusern und bunten Kuttern schweifen und war wie jedes Mal dankbar, dass er hier in diesem pittoresken Dorf leben durfte. Auch wenn Greetsiel vor allem im Sommer von zahlreichen Touristen geflutet wurde, war es dem Ort dennoch gelungen, seinen Charme zu behalten.

Thore marschierte mit strammem Schritt zum Parkplatz, wo er den Wagen abgestellt hatte, und fuhr nach Himmelshusen. Er hoffte, dass Antea von ihrer Tour durchs Dorf schon zurück war und wirklich genug Muße hatte, ihm zuzuhören. Wobei das bohrende Gefühl im Bauch während der Fahrt bereits einem leichten Tuckern gewichen war und sich zwischenzeitlich sogar Erleichterung einstellte. Er war nun frei, musste sich zukünftig keine Schimpftiraden mehr anhören und konnte tun und lassen, was er wollte.

»Sobald ich das mit meinen Überstunden im Griff habe, werde ich Antea beim Weihnachtsmarkt so richtig unterstützen«, murmelte er. »Jetzt hindert mich keine Rieke mehr daran, ein wirklicher Freund in allen Lebenslagen zu sein.«

Ihn fröstelte, als er an ihr eiskaltes Gesicht dachte, nachdem er von der Versammlung zurückgekehrt war und sie ihm wieder einmal vorgeworfen hatte, er stelle Anteas Belange über die ihren. Es war wirklich eine ungesunde Beziehung gewesen, obwohl sie so schön angefangen hatte. Damals in Marx in der Disco. Sie hatten zu Queen getanzt und festgestellt, dass sie die Musik mochten, auch wenn sie keine ihrer Generation war. Dann tranken sie beide Charly, das Cola-Weinbrand-Gemisch, und als sie merkten, dass es auch Übereinstimmungen bei der Pizzaauswahl gab, war es um beide geschehen. Aber auf Dauer hatten diese Gemeinsamkeiten wohl nicht gereicht.

Thore parkte den Wagen und steuerte auf die kleine Kate in der Binsenlohne zu. Sie war ebenerdig mit einem runden Sprossenfenster im Giebel. Dahinter verbarg sich eine winzige, aber total gemütliche Dachkammer, in der Thore schlief, wenn er in Himmelshusen blieb. Das Haus duckte sich ein wenig schüchtern zwischen dem alten Baumbestand, dessen Äste das rote Ziegeldach ständig sanft streichelten. Antea hatte in den Fenstern bereits Lichterbögen aufgestellt, die Tanne im Vorgarten schmückte eine Sternenkette.

Thore klopfte, wartete auf das: »Ja, komm rein«, stieß die Tür auf und betrat den Hausflur. Es roch leicht nach Anteas Parfum, sie nutzte schon immer Chloe. Dezent und absolut der passende Duft.

»Moin, Antea. Gut, dass du zurück bist«, rief er ins Haus.

»Ja, ich bin in der Küche und dabei, mir einen Salat zuzubereiten.« Sie beugte sich ein Stück nach hinten, sodass Thore ihr Gesicht durch die geöffnete Tür erkennen konnte. »Was machst denn du hier?«

Er wedelte mit der Weinflasche. »Deinen Erfolg feiern und

meine Freiheit. Allerdings erst später, ich muss gleich noch einmal kurz zum Hafen.« Er hielt inne. »Aber jetzt habe ich ein bisschen Zeit.«

Antea trat in den Flur und wischte ihre Hände mit einem Geschirrtuch ab, das sie danach in Richtung Stuhl warf, und schaute ihn fragend an. Er musste nichts erklären, sie verstand auch so.

»Nein! Sag nicht, es ist aus?«

»Doch.«

Antea wirkte erleichtert, auch wenn sie es zu verbergen versuchte. Sie und Rieke, das hatte nie gepasst. Sie waren zu verschieden. Rieke war immer eine Spur »drüber«. Das fing bei der Kleidung an, die Röcke konnten nie kurz genug sein. Ihr Make-up war auffallend, während Antea sich kaum schminkte. Und dann Riekes überbordende und laute Art, mit der Antea nicht zurechtkam. Rieke redete oft, ohne zu überlegen, und war dadurch manchmal verletzend.

»Geh schon mal in die Stube, ich komme gleich. Möchtest du mit mir was essen, bevor du wieder losmusst? Hungrig arbeitet es sich so schlecht, und bis zum Wein dauert es ja noch.«

»Gern.« Thore holte zwei Gläser aus dem Schrank, ehe er sich auf den rotsamtigen Ohrensessel setzte. Das war sein absoluter Lieblingsplatz bei Antea. Er schnappte sich eine Flasche Apfelschorle und schenkte ein.

Kurz darauf balancierte Antea zwei Teller Salat mit Feta auf den Händen und stellte beides auf dem kleinen Couchtisch ab.

Thore musste als Erstes erzählen, was passiert war, aber Riekes Anschuldigungen, er würde auf zwei Hochzeiten tanzen, ließ er lieber weg. Das stimmte schließlich nicht, und es tat nichts zur Sache.

»Du weißt, wie ich die Beziehung zu Rieke gesehen habe«,

sagte Antea zum Schluss. Sie angelte sich einen Zwiebelring vom Salat und knabberte daran. »Wenn das Aus dich jetzt nicht allzu tief trifft, bin ich allerdings erleichtert.«

»Geht. Ehrlich gesagt, wird es von Minute zu Minute besser. War wohl Zeit, dass es vorbei ist. Glücklich waren Rieke und ich schon lange nicht mehr. Es fühlt sich nur ... fremd an. Waren schließlich zwei Jahre.«

Sie aßen den Salat schweigend auf, danach ging es Thore erheblich besser.

»Wenn du magst, darfst du heute Nacht wieder in der Dachkammer schlafen«, schlug Antea vor. »Dann können wir mehr als nur ein Glas von deinem Wein trinken.«

Thore hatte auf dieses Angebot gehofft. »Super, danke.« Dass er die Nacht bei Antea verbrachte, war nicht ungewöhnlich. Er hatte sogar einen Schlafanzug und seine Zahnbürste bei ihr deponiert.

Antea prostete Thore zu. »Auf deine Freiheit und meinen Erfolg.«

»Darüber möchte ich unbedingt alles wissen.« Thore nahm einen kräftigen Schluck. »Ich werde deine Planung nämlich jetzt noch stärker unterstützen. Also, schieß los, was du erreicht hast!«

Antea berichtete von ihren Besuchen. »Es ist nicht mehr hoffnungslos! Wenn sogar Gabriela und die Wilkenjohanns weich werden, haben wir sozusagen fast gewonnen. Nun fehlt nur Hardy. Das ist ein Idiot, und er hängt immer mit den Grootsielern zusammen. Die wiegeln sich bestimmt ständig auf. Es wird schwer, ihn zu überzeugen. Dabei ist es so wichtig, dass er dabei ist. Immerhin ist er Vorsitzender vom Mühlenverein.«

Thore krauste die Stirn. »Ich befürchte, den kriegen wir nicht rum. Aber – *wer* ist eigentlich Hardy?« Er grinste breit.

»Hast auch wieder recht. Mit den anderen sind wir immerhin eine starke Truppe!«

»Und das ist gut so! Wir retten Johann. Meine verbleibende Energie nach der Arbeit gilt jetzt dem Projekt Weihnachtsmarkt. Wäre doch gelacht, wenn wir den alten Keerl nicht in Himmelshusen behalten könnten. Morgen Nachmittag drehen wir die Restrunde. Da müssten die meisten zu Hause sein.«

»Aber zuvor gehen wir zu Johann. Ich möchte nach ihm sehen und ihm die Neuigkeiten erzählen.«

*

Johann hatte alles gepackt, was er mit nach Emden nehmen wollte, falls es mit dem Weihnachtsmarkt doch nicht klappen sollte und er Himmelshusen verlassen musste. Sosehr er auf einen Erfolg hoffte, musste er doch für den Notfall vorbereitet sein.

Vor ihm standen nur ein Koffer, eine Tasche mit Büchern und drei Bilder, die seine Familie zeigten. Nach reiflicher Überlegung hatte er die Spieluhr seiner Frau eingepackt. Er wollte nicht, dass Mariechens Lieblingsstück in fremde Hände fiel. Zwar hörte er die Musik schon lange nicht mehr, weil ihm dann ständig die Tränen kamen, aber sie hatte die Spieluhr so sehr gemocht.

Johann hätte im Zimmer sogar eigene Möbel aufstellen dürfen, aber er hatte beschlossen, einen radikalen Schnitt zu machen und nichts mitzunehmen, was ihn an sein Zuhause erinnerte.

Ein Blick zur Uhr zeigte ihm, dass Abendbrotzeit war und er aus seinem Sessel aufstehen konnte. Er schlurfte in die Küche. Johann hatte den alten Holzofen, auf dem er nicht nur kochte, sondern in dem er sogar das Brot buk, vor einer halben Stunde schon ordentlich eingeheizt, jetzt konnte er den Kessel auf die Eisenplatte stellen und die Teeblätter in die Kanne geben. Ihm blutete das Herz, wenn er daran dachte, dass seine Nachfolger dieses alte gute Stück bestimmt gegen einen modernen Herd tauschen würden. Mit etwas Glück konnte der Ofen in irgendeiner Diele mit Trockenblumen geschmückt noch ein trauriges Dasein fristen. Abgekühlt und nie wieder beheizt. Ein schreckliches Schicksal für einen Ofen. Aber warum sollte es dem alten Ding besser gehen als ihm selbst? Sein Feuer würde in der neuen Umgebung wahrscheinlich genauso erlöschen.

Der Kessel trötete, das Wasser war heiß. Johann ließ es etwas abkühlen und goss es in die bauchige weiße Porzellankanne. Sofort zog der angenehme Duft des Ostfriesentees durch die Küche. Johann schnitt sich eine Scheibe Schwarzbrot ab. Er hatte es vorgestern gebacken, und nun schmeckte es nach der kurzen Lagerung genau richtig.

Auch das würde ihm fehlen. Es ging nichts über dieses deftige Roggenvollkornbrot, dick mit gesalzener Butter bestrichen. Er mochte nichts Süßes, nicht einmal zum Tee. Außer Krintstuut mit ordentlich Rosinen, aber den hatte er nicht im Haus.

Wahrscheinlich gab es im *Moi Diek* nur dieses Supermarktzeugs, das für ihn schmeckte wie »Knüppel up de Kopp«.

Es klopfte. »Moin, Johann.«

Die Stimmen kannte er. Ihm wurde sofort warm ums Herz.

»Antea und Thore!«, rief er aus. »Was führt euch zu mir?«

»Gute Nachrichten«, gab Antea kund und sah sich erstaunt um, als sie die gepackten Taschen erblickte.

»Ich habe eben Tee fertig.« Johann wies einladend zu den beiden Holzstühlen am großen Küchentisch, auf dem eine rot karierte Decke lag. In deren Mitte stand ein kleines Tannengesteck. »Mehr Adventsschmuck habe ich nicht, weil ich ja bald wegmuss«, erklärte er entschuldigend. »Die paar Wochen sind fix vorbei. Wollt ihr auch ein Stück Brot mit Butter?«

Anteas Augen leuchteten. »Gern, Johann, dein Schwarzbrot schmeckt legendär.«

Thore konnte ebenfalls nicht widerstehen, und so machten sie es sich bei Kerzenschein erst einmal gemütlich. Als sie gesättigt waren, lehnte Johann sich zurück und kraulte seinen Bart.

»So, und nun rut mit de Spraak. Warum seid ihr gekommen? Was sind das für gute Nachrichten?«

Antea blickte zu Thore, und der berichtete kurz, knapp und ruhig, wie es seine Art war, was die beiden angeleiert hatten.

»Harrijasses nej, und dat allens wegen mir?« Johann schluckte. »Dat klingt so wunnerbaar. Jo, dann kann ich ja doch wieder auspacken.« Seine Augen strahlten.

»Mach das bloß. Deine Tochter war so lange nicht hier und hat sicher vergessen, was es heißt, in Himmelshusen zu leben.«

Johann rieb seinen Bart. »Die Hoffnung darf man nie aufgeben. Hätte ich das früher op See gemacht, wäre ich wohl so manches Mal abgesoffen.« Er kicherte. »Aber selbst wenn man gekentert ist, gibt es Hoffnung.«

»Die stirbt bekanntlich zuletzt. Nun werden Thore und ich versuchen, weitere Leute zu motivieren.«

»Und ich schau mal, ob ich auch noch gutes Holz habe. Für die Buden. Soll ja alles nicht viel kosten. Und wenn ich mich recht entsinne, kann ich da mit einigem aufwarten. Jo, dat is moi«, schloss er zufrieden.

Antea und Thore verabschiedeten sich, versprachen aber, ihm morgen Bericht zu erstatten, was sie erreicht hatten.

»Wir müssen schließlich schauen, was du so aufgetrieben hast.«

Über Johanns Gesicht glitt ein breites Grinsen. »Auf jeden Fall nicht nur Holz, sondern auch eine Menge Trödel. Den können wir ok verkoopen. Verbeulte Eimer finden die Städter romantisch.«

*

Antea schaute auf die Uhr. Es war gleich zehn, und Thore müsste bald aus Emden zurück sein. Sie hatte den Rosé schon kalt gestellt und eine Schüssel Erdnüsse auf dem Tisch platziert. Sie zögerte. Würde es zu romantisch wirken, wenn sie Kerzen anzündete? Dies war schließlich ein freundschaftliches Treffen und kein Date.

Aber es war Advent, und das Tannengesteck mit den dicken weißen Kerzen und den silbernen Sternen sah sehr hübsch und feierlich aus. Und es gab durchaus etwas zu feiern, nämlich dass das Weihnachtsmarktprojekt nun endlich Gestalt annahm!

Beim Gedanken an Johanns freudigen Gesichtsausdruck, als er von ihren Fortschritten gehört hatte, lächelte sie unwillkürlich. Es würde alles gut werden, sie mussten nur …

»Du bist noch auf? Ich dachte schon, ich hätte es versemmelt, und du wärst ins Bett gegangen.«

Plötzlich stand Thore in der Wohnzimmertür, und Anteas Herz machte einen kleinen Hüpfer. Vor Schreck natürlich, sie hatte ihn nicht kommen gehört. Es konnte nicht der vertraute Anblick sein, wie er die Mütze vom Kopf nahm und sein blondes Haar ihm wirr ins Gesicht fiel. Oder die fließende Bewegung, mit der er seine Jacke auszog und so die breiten Schultern in seinem Norwegerpulli besonders gut zur Geltung kommen ließ.

»Setz dich, ich hole den Wein aus dem Kühlschrank«, sagte sie schnell. »Er müsste jetzt kalt genug sein.«

Thore trat zurück in den Flur, um seine Jacke aufzuhängen, und Antea schlüpfte an ihm vorbei in die Küche.

Mit dem geöffneten Rosé in der Hand blieb sie einen Moment dort stehen und atmete einmal tief ein, hielt kurz die Luft an, dann ließ sie sie langsam wieder ausströmen. Ja, das war besser. So konnte sie zurück ins Wohnzimmer gehen.

»Und, alles gut?«, fragte sie und stellte die Weinflasche auf den Tisch. Thore hatte in »seinem« Ohrensessel Platz genommen, sie setzte sich schräg gegenüber auf das Sofa.

»Ich hoffe, das Problem ist jetzt gelöst. Dann war's das nämlich mit den Überstunden«, sagte er. »Und ab morgen ist außerdem mein Kollege aus dem Urlaub zurück.« Er griff nach der Flasche und goss ihnen beiden ein. Ein Glas schob er über den Tisch zu Antea.

»Danke«, sagte sie. »Also haben wir ja noch ein bisschen mehr zu feiern.«

Irgendwie war heute etwas anders. War es die Tatsache, dass Thore nicht mehr mit Rieke zusammen war? Oder ihrem Erfolg mit dem Weihnachtsmarkt geschuldet? Oder einfach dem Umstand, dass er mitten in der Woche noch so spät bei ihr aufkreuzte, um den Rosé zu trinken?

»Hast du zu viel Zeit mit Gabriela verbracht?«, fragte Thore.

Antea stutzte. Sie hatte mit allem gerechnet, aber nicht mit einer Frage nach Gabriela Schmitz. »Wie kommst du da drauf?«

»Sagt man nicht, dass die Kölner aus jedem Furz ein Fest machen?« Thore nahm einen Schluck und ließ ihn genüsslich im Mund kreisen.

»Das habe ich noch nie gehört«, meinte Antea, noch immer ein wenig überrumpelt. »Aber warum eigentlich nicht? Es gibt genug Kram, über den man sich ärgert, da kann man doch auch ein bisschen fröhlich sein, wenn was Gutes passiert.«

Antea streckte Thore ihr Glas zum Anstoßen entgegen. Sie wollte jetzt nicht über die Kölnerin reden. »Auf die schönen Dinge im Leben.«

Ein heller Ton erklang, und sie tranken den ersten Schluck. Der Wein war ausgezeichnet, vollmundig und ideal temperiert. Antea lehnte sich auf dem Sofa zurück und betrachtete ihren Freund genauer.

»Du siehst aber nicht besonders glücklich aus«, stellte sie fest. »Denkst du noch an Rieke?«

Thore zog eine Grimasse. »Irgendwie schon. Wir waren doch ziemlich lange zusammen, und anfangs hatte ich gedacht, sie wäre die Richtige für mich.« Er zuckte mit den Schultern. »War sie aber definitiv nicht.«

Antea nickte zufrieden. Gut, dass Thore endlich zu dieser Erkenntnis gekommen war. Sie selbst hatte Rieke nie gemocht. Zu sehr versuchte die, Thore zu beeinflussen und sogar umzuerziehen. Dabei war der Mann genau richtig, so wie er war.

»Wie heißt noch der Spruch mit ›sieben Tage Regen, sieben Tage Schnee‹?«

»Dann tut es nicht mehr weh. Ja, ich weiß. Aber solch ein Ende tut schon weh – so im Streit auseinanderzugehen ist nicht mein Ding. Auch wenn ich weiß, dass es okay ist. Eigentlich bin ich ja auch eher erleichtert.« Er griff nach der Flasche, um nachzuschenken. Antea hatte gar nicht gemerkt, dass ihre Gläser bereits leer waren.

»Soll ich ein bisschen Musik anmachen?«, fragte sie.

Musik würde sicher helfen, dass sie sich beide entspannten. Irgendwie war die Stimmung noch immer sehr seltsam, fast elektrisch aufgeladen.

»Den Wein merke ich mir.« Thore studierte das Etikett der Flasche. »Ja, leg mal 'ne Platte auf!«

»Sorry, damit kann ich nicht dienen.« Antea erhob sich, nahm ihr Smartphone vom Bücherregal und wählte die Reggae-Playlist. Sofort tönten jamaikanische Rhythmen aus dem Lautsprecher, und Bob Marley begann zu singen.

»Gut zum Chillen.« Antea ließ kurz ihre Hüften schwingen.

Thore legte den Kopf schief. »Oder zum Tanzen. So wie früher.« Er stand auf und trat mit wiegenden Schritten auf sie zu.

»Aber die ziehst du aus!« Antea deutete auf Thores dicke Winterschuhe. »Ich hätte meine Zehen nämlich gern noch ein Weilchen.«

Thore schaute auf ihre Füße in den bunten Socken und lachte. Er bückte sich, zog die Schnürsenkel auf, schlüpfte aus den Schuhen und stellte sie an die Tür – dann tanzte er Antea entgegen.

Noch bevor der erste Song zu Ende war, war es Antea so warm geworden, dass sie ihren Pullover auszog und ihn auf den Sessel warf. Thore grinste und tat es ihr nach, dann griff er nach Anteas Hand und zog sie in Tanzhaltung, um sich mit ihr gemeinsam zu drehen.

»Das war doch mal unser Lied!« Seine Stimme war tief und vertraut und rief ein kleines Kribbeln im Magen hervor.

»*No Woman, No Cry*? Wieso sollte das unser Lied gewesen sein?« Antea verstand nicht so recht.

»Damit hast du mich damals getröstet, als Lena mich abblitzen ließ.« Thore wirbelte Antea herum.

»Lena?« Antea durchforschte ihre Erinnerungen.

»Damals in der Zehnten. Die kleine Blonde«, half Thore ihr auf die Sprünge. »Mit der Piepsstimme.«

»Ach die.« Antea nickte. »Dann passt das ja jetzt super. *No Rleke, No Cry.*«

Beide brachen in Gelächter aus und ließen sich los, um nach ihren Weingläsern zu greifen.

»Auf dein neues Singleleben!« Antea stieß mit Thore an und trank das Glas in einem Zug aus.

»Durstig?« Thore legte den Kopf schief. Die Traurigkeit war aus seinen Augen gewichen, und Anteas Stimmung stieg.

»Ja. Aber da ist doch sicher noch Wein drin?«

»Ein bisschen.« Er goss ihr erneut nach. »Das war's leider schon.«

Antea nahm ihm die leere Flasche ab und betrachtete sie mit gerunzelter Stirn. »Die werden auch immer kleiner«, stellte sie fest und freute sich, als Thore über ihren lahmen Witz lachte.

»Wenn wir nichts mehr zu trinken haben, müssen wir eben tanzen«, fuhr sie fort, obwohl sie merkte, dass ihre Idee nicht unbedingt logisch war.

Thore blies die Kerzen aus. »Feuergefahr«, murmelte er.

Er trat näher und legte seine Hände an ihre Hüften, während Bob Marley versicherte, dass er nur den Sheriff, aber nicht den Hilfssheriff erschossen hatte.

Antea ließ ihre Finger zu Thores Schultern gleiten, widerstand jedoch der Versuchung, ihren Kopf an seine Brust zu legen. Seit Langem fiel ihr zum ersten Mal wieder auf, wie viel größer er war als sie und wie durchtrainiert.

»Was hältst du von *Carbonara*?«, fragte Antea plötzlich. War sie verrückt geworden? Vom Teufel geritten? Wie konnte sie ausgerechnet jetzt mit *Carbonara* kommen?

Thore biss sich auf die Lippen. Ihm schienen ähnliche Gedanken durch den Kopf zu gehen.

Carbonara, ihr alter Song aus Pfadfinderzeiten. *Das* hatte wirklich Bedeutung! Dass es damals schiefgegangen war, darüber wollte sie jetzt nicht nachdenken.

»Esse ich nicht nur gern, hat auch beim Tanzen Wumms«, sagte Thore. Seine Stimme klang verändert, und jetzt brannte die Luft wirklich.

Kurz darauf löste Spliff Bob Marley ab.

Schweigend wiegten sie sich im Rhythmus der Musik. Es war schön, sich so mit Thore zu bewegen, seinen Körper so nahe bei sich zu spüren und mit jedem Atemzug den Duft seiner warmen Haut aufzunehmen.

Der Song endete, und ein neuer begann. Thore zog Antea näher an sich und küsste sie ganz oben auf die Stirn. Antea hob ihm ihr Gesicht entgegen und lächelte.

Dieses Mal würde sie kein Stammesführer zurück zur Meute pfeifen. Sie waren allein.

Thore lächelte zurück, und sein warmer Blick hüllte sie in Vertrauen und Zuneigung und – plötzliches Begehren wie damals in der Pfadfinderzeit.

Dass seine Lippen nun die ihren berührten, war für Antea das Selbstverständlichste der Welt. Auch dass es nicht einfach nur ein freundschaftlicher Kuss war, sondern einer, der von Sehnsucht sprach, von Verlangen, von Hunger nach mehr.

Antea fühlte Thores Hände unter ihr Shirt gleiten und ihre Haut am Rücken streicheln, jedes einzelne Härchen schien ihn willkommen zu heißen. Sie intensivierte den Kuss und presste sich an ihn. Sie wollte ihn fühlen, Haut an Haut und überall.

Als hätte er ihre Gedanken gelesen, löste er sich von Antea, zog ihr das Shirt aus und ließ es zu Boden fallen. Sein bewundernder Blick traf ihren dunkelblauen Spitzen-BH, und sie war froh, dass sie kürzlich diesen Spontankauf getätigt hatte.

Er beugte sich zu ihrer Brust, und Antea erwartete begierig seine Liebkosung. Doch plötzlich klirrte es, er hielt in seiner Bewegung inne.

»Der Tisch steht direkt hinter dir«, flüsterte Antea. Sie knöpfte sein Hemd auf und zog es ihm von den Armen, ein wenig enttäuscht, dass sie darunter statt nackter Haut ein weißes T-Shirt fand. Aber es war eben Winter. »Und wahrscheinlich die Erdnussschüssel.«

»Willst du noch ein paar Nüsse knabbern? Ich könnte auch schauen, ob ich eine zweite Flasche Wein …« Seine Stimme klang heiser und nicht so, als ob er das Angebot ernst meinte.

Antea schüttelte den Kopf und schob sein T-Shirt hoch. »Ich möchte ganz was anderes knabbern.«

Ihre Lippen berührten seine Brustwarzen. Er stöhnte leise auf, eine Reaktion, die sie ziemlich anturnte. Am liebsten hätte Antea ihn einfach auf den Teppich bugsiert und …

»Komm!«, flüsterte sie, während der nächste Song begann. Sie zog Thore mit sich nach nebenan ins Schlafzimmer, wo es deutlich bequemer sein würde.

»*Is this love …*«, sang Bob Marley.

Aber das war jetzt auch egal.

*

Thore blinzelte und schlug die Augen auf. Neben ihm lag Antea. Sie gab ein wohliges Seufzen von sich, eine ihrer Brüste war entblößt.

Seine Freundin sah so unschuldig aus, und doch hatte er sie gestern Nacht wie eine Femme fatale erlebt. Er erschrak bei dem Gedanken, so etwas von Antea, seiner besten Freundin, zu denken. Er musste völlig verwirrt sein.

Antea drehte sich ein bisschen und lag nun ganz nackt im Bett. Ihr rotes Haar legte sich über ihre Schultern, die Haarspitzen streichelten sacht die weiche Haut, die er gestern überall hatte berühren und riechen dürfen.

Verdammt, was hatten sie getan?

»Dieses blöde Klischee von ›tausend Mal berührt …‹ habe ich ja in Gänze erfüllt«, grummelte er. Es war wohl besser, von hier zu verschwinden. Bevor er alles noch schlimmer machte. Bestimmt war es Antea unangenehm, dass sie sich so hatten gehen lassen. Aber da war dieser Wein gewesen, sein Ende mit Rieke, die Stimmung …

Vorsichtig schob Thore sich aus dem Bett und schaute sich um. Auf dem Boden verstreut lagen Anteas Spitzen-BH und ihr Slip – er hätte nie gedacht, dass sie so verführerische Unterwäsche trug –, seine Boxershorts, die Jeans und das weiße T-Shirt. Den Rest hatten sie wohl nebenan im Wohnzimmer gelassen.

»Guten Morgen!« Antea setzte sich im Bett auf, zog aber die Decke schnell hoch, als sie offenbar bemerkte, wie entblößt sie war. Ihr Blick wirkte leicht verstört.

Thore kniff die Lippen zusammen. Sie schämte sich also. Sonst würde sie doch anders reagieren, oder nicht?

Ach Mist, er wusste es nicht. Es war auch ausgeschlossen, zu fragen. Er und Antea waren beide übereinander hergefallen und hatten sich geliebt, als wäre es das Natürlichste der Welt und als hätten sie das schon tausendfach getan. Und doch fühlte es sich jetzt, wo sie sich vor ihm verbarg und ihm klar wurde, was das bedeutete, falsch an. Er war doch gerade erst getrennt – und jetzt das!

Thore bückte sich und schlüpfte in seine Hose, weil er

nicht weiter nackt vor Antea herumtanzen wollte. Es war eben passiert, und letzte Nacht hatte es sich auch richtig angefühlt. Vertraut und verliebt. Schöner als alles, was er sonst mit Frauen erlebt hatte. Antea war ein Teil von ihm gewesen. So wie immer, nur anders. Näher.

Aber jetzt zog sie die Decke hoch. Versteckte sich vor ihm. Und er zog sich zurück, wollte nicht, dass sie ihn im Adamskostüm sah, zumal das peinlich werden könnte, denn wenn er an die letzte Nacht dachte, ließ ihn das nach wie vor nicht unberührt.

Er wusste absolut nicht, wie er mit der Situation umgehen sollte.

»*Carbonara*«, sagte er und schaute Antea abwartend an. Doch die erhoffte Reaktion blieb aus.

»Du willst jetzt nicht ernsthaft Spaghetti essen, oder?«, gab sie flapsig zurück.

Verdammt, da hatte er wohl etwas ganz falsch verstanden. Damals wie heute. Da war nichts zwischen ihnen. Sie sollten das Ganze ziemlich schnell vergessen.

»Ich muss dann wohl los«, rang Thore sich schließlich ab, um überhaupt etwas zu sagen. »Du weißt ja: Überstunden und so.«

»Keinen Kaffee danach. Verstehe«, antwortete Antea und zog die Decke nun bis zum Kinn.

»Besser nicht. Die Arbeit ruft. Ist schon spät!« Was laberte er für einen Bullshit? Er sollte sie in den Arm nehmen. Ihr sagen, wie schön es gewesen war. Wie einzigartig.

Doch ihn beschlich das Gefühl, damit könnte er endgültig alles zerstören, was sie bislang verbunden hatte. Wenn diese Nacht nicht ohnehin der Anfang vom Ende war. Noch einmal zum Mitschreiben für sein Hirn: Er hatte mit seiner besten Freundin geschlafen!

»Dann mach zu, damit du nicht zu spät kommst!«, forderte Antea ihn auf. Ihre Stimme klang bestimmt, aber dünn, ein wenig verletzlich. Hatte Thore bislang immer gewusst, was gut für ihn und Antea war, stand er nun vollkommen auf dem Schlauch. Sie waren über Nacht sprachlos geworden.

»Ich bau dann später vielleicht noch eine Bude, wenn es passt«, sagte er, huschte ins Wohnzimmer und war entsetzt über das Chaos. Neben dem Couchtisch lagen Erdnüsse und die zerbrochene Schüssel. Thore erinnerte sich an die stürmische Flucht ins Schlafzimmer. Über dem Sessel hing sein Shirt, das Antea ihm ausgezogen hatte, weil sie an seinen Brustwarzen knabbern wollte. Die Weinflasche war leer, ein Glas war umgekippt und hatte eine Pfütze auf dem Couchtisch hinterlassen.

Thore suchte seine Schuhe, die hatte er zuerst ausgezogen, noch bevor sie angefangen hatten zu tanzen. Er dachte an Anteas Zehen, die auch jetzt im Winter rot lackiert waren, an ihre zierlichen Füße, ihre Waden, die ...

Bloß weg hier.

Er schlüpfte in seine Klamotten und flüchtete aus dem Haus.

Kapitel 8

»Das ist wirklich eine hervorragende Entscheidung«, lobte Gabriela. »Die junge Künstlerin hat eine große Zukunft, und der Wert ihrer Bilder dürfte schon bald um einiges gestiegen sein. Zudem – sehen Sie, wie ungewöhnlich sie hier die Farben einsetzt? Ich denke, Sie werden viel Freude an *Strandleben vier* haben.«

Frau von Rahe nickte zufrieden, und ihre Dauerwelllöckchen wippten.

Gabriela schlug Nele Holthusens Gemälde in dickes Packpapier ein und band eine blau-weiße Kordel darum. Dann reichte sie ihrer Kundin das Paket, begleitete sie zur Tür und verabschiedete sie herzlich.

Geschafft! Mit einem breiten Lächeln auf den Lippen schloss Gabriela ihre Galerie. Für heute war sie rundum zufrieden. Tatsächlich zog das Geschäft gerade gut an. Ob dies am bevorstehenden Weihnachtsfest lag oder daran, dass sie sich in den letzten zweieinhalb Jahren doch einen ganz guten Kundenstamm aufgebaut hatte, der sie weiterempfahl, wusste sie nicht zu sagen. Aber das war ja auch fast egal.

Sie schickte Nele Holthusen eine kurze Erfolgsnachricht, packte ihre Siebensachen zusammen und schlüpfte in den eleganten schwarzen Mantel. Es war windig und kühl draußen, und es nieselte ein wenig. Also wickelte sie ihren dicken roten Wollschal um Ohren und Hals, bevor sie sich auf den Weg zum Auto und zurück nach Himmelshusen machte.

Ihr waren in der letzten Nacht, als sie längere Zeit wach gelegen hatte, eine Menge Einfälle für Anteas, nein Johanns Weihnachtsmarkt gekommen, und sie brannte darauf, sie auszuarbeiten.

Ein zentraler Punkt auf ihrer Ideenliste war der Schmuck der Buden, für den sie ein Gesamtkonzept erstellen würde. Gabriela dachte da zunächst an einen leuchtenden weihnachtsroten oder tannengrünen Stern in der Mitte des Dachüberhangs. Die Verkaufstheken konnten dann ebenfalls die entsprechende Farbe bekommen. Sie hatte Kontakt zu einem Stoffgroßhändler, das würde sich als praktisch erweisen, weil er ihr ohnehin noch einen Gefallen schuldete und sich der Preis bestimmt im Rahmen halten würde. Dazwischen jede Menge Glitzer und kleine Lichtlein, aber in warmen Farben, damit es zum historischen Ambiente von Himmelshusen passte.

Zunächst musste sie sich allerdings die genaue Größe der Buden anschauen, anschließend mit Antea reden, wann sich das Orga-Team zusammensetzen würde, um alles abzusprechen und zu koordinieren. Am besten stellten sie eine Aufgabenliste zusammen und verteilten die einzelnen Tätigkeiten an die Mithelfenden.

Gabriela spazierte in die Karklohne. Gut, dass sie heute Morgen Antea angerufen und von ihr erfahren hatte, dass die Stände im Schuppen von Johann gebaut wurden. Mal sehen, ob jemand dort war oder zumindest eine der Buden draußen stand, damit sie sie anschauen und Maß nehmen konnte.

Gabriela stakste über den Hof zum offen stehenden Schuppen, aus dem ihr laute Hammerschläge entgegenklangen. Der Bauunternehmer Wilko Lüttjemann legte also wirklich höchstpersönlich Hand an. Nun, er verstand bestimmt etwas von Holz und seiner Verarbeitung, Geert hatte ihr einmal erzählt, dass er auch Zimmermeister war.

Wilko und Geert kannten sich natürlich von Kindesbeinen an, waren allerdings nie befreundet gewesen. Überhaupt hatte Geert mit den Leuten im Dorf nicht allzu viel Kontakt gehabt, und so war sie erst recht eine Art Fremdkörper geblieben, der – so empfand sie es zumindest – immer ein bisschen schräg angeguckt wurde. Obwohl man sie stets freundlich grüßte und zu jeder Dorfveranstaltung einlud. Nur waren ihr eben doch viele Dinge sehr provinziell vorgekommen. Schließlich kam sie aus einer Millionenstadt, und das Highlight hier war ein Mühlenfest!

»Hallo!«, rief Gabriela.

Wilko schaute auf. »Moin.«

Was für blaue Augen!, stellte Gabriela überrascht fest. Und er sah nicht so abweisend aus wie bei der Dorfversammlung. Tatsächlich wirkte er recht entspannt.

»Ich habe gehört, dass Sie, äh du, also …« Warum stotterte sie plötzlich? Eigentlich hatten sie sich doch früher schon mal geduzt, als sie bei irgendeinem Geburtstag gemeinsam eingeladen gewesen waren. Und Anteas Behauptung nach taten das im Dorf sowieso alle.

»Antea hat mir gesagt, dass du beim Budenbau dabei bist«, setzte Gabriela nun entschieden an. »Und ich helfe auch mit.«

»Soll ich dir einen Hammer geben?«, fragte Wilko. Sein skeptischer Blick musterte sie von ihrer lila Haarsträhne bis zu den Spitzen ihrer Stiefel mit den geschwungenen Zwanzigerjahre-Absätzen.

»Äh, nein, zumindest nicht jetzt. Und ich will ja auch nicht hämmern. Ich wollte mir die ganze Sache erst mal anschauen, weil ich dann für die künstlerische Konzeption und Organisation zuständig bin. Also, welche Größe die Buden haben und so, damit wir den Leuten, die den Weihnachtsmarkt besuchen, ein einheitliches und festliches Bild bieten können.«

Wilko richtete sich auf. »Soso. Die künstlerische Konzeption.«

»Ja, es reicht heutzutage nämlich nicht mehr, einfach nur ein paar Buden aufzustellen und einen Würstchenimbiss daneben zu platzieren. Man muss alle Sinne einbeziehen, braucht daher etwas Schönes zum Anschauen und zum Hören … Zugegeben, da habe ich noch keine richtige Idee, ich finde dieses schrille Weihnachtsmarktgeträller ziemlich nervend, aber irgendwie …«

Gabriela verstummte unter Wilkos kritischem Blick. Er schien ihr nicht allzu viel zuzutrauen.

»Darf ich also mal kontrollieren, wie groß so eine Bude ist, damit ich dann …«

Während sie noch sprach, deutete Wilko mit einer Handbewegung nach draußen. Gabriela drehte sich um und entdeckte neben den kahlen Büschen in einer Ecke des Hofs drei fertige Verkaufsstände. Sie hatten eine ganz passable Größe. Nicht zu klein, aber auch nicht zu ausladend.

Sie marschierte hinüber, um sie genauer zu betrachten, dicht gefolgt von Wilko. Es gab keine Tür, um sie zu betreten. Dafür war die halbhohe Wand unter dem Verkaufsfenster an einer Seite mit einem Scharnier befestigt und ließ sich wie ein Tor öffnen. Das Brett, das oben daran angebracht war, war jedoch relativ schmal. Gabriela runzelte die Stirn.

»Also, ich weiß nicht, was du dir bei der Verkaufsfläche gedacht hast, aber diese hier ist auf jeden Fall viel zu mickrig. Wir müssen den Kundinnen und Kunden doch eine Fülle von Dingen bieten, aus denen sie auswählen können.«

Wilko runzelte die Stirn. »Ach wirklich? Müssen wir?«

»Ja, bei einem Markt gilt nicht: Weniger ist mehr. Da muss man klotzen statt kleckern und …«

»Und meine Bude passt also nicht zu deinem künstlerischen Konzept.« Jetzt zogen sich auch noch die Brauen zusammen. Er sollte sich mal nicht so haben. Typisch Mann.

Gabriela fuhr einfach fort.

»Genau. Du musst das hier anders machen, das müsste vielleicht bis dahin …« Sie zeigte mit beiden Händen an, was sie sich vorstellte. »… oder mindestens …«

»Ich muss das anders machen«, wiederholte Wilko langsam, seine Mimik wirkte noch immer angespannt.

»Hab ich doch eben schon erklärt. Du musst nämlich immer bedenken …«

»Lass uns mal zusammenfassen.« Wilkos Stimme klang nun gar nicht mehr so freundlich und entspannt wie zu Beginn, und Gabriela drehte sich irritiert zu ihm um.

»Meine Buden sind dir also, so wie sie sind, nicht gut genug. Und du erklärst mir, wie ich sie zu bauen habe? Mir! Ich habe gerade ein bisschen zu oft die Worte ›du musst‹ gehört, und das mag ich gar nicht.« Er baute sich vor Gabriela auf. »Soll ich dir mal was sagen? Bau doch deinen Kram allein!«

Er drückte ihr den Hammer in die Hand.

»Ich habe fertig«, verkündete er entschieden, und der Blick aus seinen Augen wirkte eisig.

Ohne ein weiteres Wort drehte er sich um und verließ mit großen Schritten Johanns Grundstück.

Gabriela sah ihm verblüfft nach, dann ging sie langsam zurück in die Garage und legte den Hammer in den Werkzeugkasten im Regal.

Was zum Teufel war so plötzlich in den Mann gefahren? Er konnte froh sein, dass sie mit ihrer Erfahrung mithalf und ihm sagte, was er noch verbessern konnte. Ja, Männer waren empfindlich, wenn man sie auf ihre Fehler hinwies, und schnell beleidigt. Aber sie hatte doch nicht *ihn* kritisiert, sondern nur ein einziges schlecht durchdachtes Element an den Buden. Das hätte er sicher mit Leichtigkeit ändern können. Wozu also die ganze Aufregung?

Gabriela schüttelte den Kopf und verließ den Schuppen. Nach kurzem Zögern schloss sie die Tür. Wilko konnte sie ja wieder öffnen, wenn er ein wenig Dampf abgelassen hatte und zurückkam. Gabriela wollte jetzt erst mal nach Hause, ihr Magen knurrte schon. Zum Glück hatte sie noch eine leckere Gemüsesuppe vom Vortag, die sie nur schnell warm machen musste. Sie würde außerdem ein Tellerchen mit Katzenfutter neben den Eingang stellen, denn sie hatte extra eine Sechserpackung Thunfisch in Gelee besorgt. Das Lieblingsfressen von Lisbets Kater in Köln würde hoffentlich auch dem getigerten Kätzchen hier munden.

Und dann konnte sie sich gemütlich mit einem Notizblock hinsetzen und weiterplanen. Von Wilko Lüttjemann würde sie sich nicht die gute Stimmung verderben lassen.

*

Was für eine arrogante Pute diese Gabriela Schmitz doch war!

Wilko stapfte die Möhlenlohne hinauf zur Kirche, vorbei an der kleinen Grünanlage und die Binsenlohne wieder hinunter. Er wollte Antea gleich Bescheid geben, dass er aus der Nummer raus war. Schluss und aus. Mit Geerts Ex würde er auf keinen Fall in irgendeiner Form zusammenarbeiten. Kein Wunder, dass der sich abgesetzt hatte!

Dabei war Wilko zuerst positiv überrascht gewesen, als sie plötzlich neben ihm gestanden hatte. Einen Moment lang hatte er sich sogar gefreut, dass sie, die Fremde, bereit war, sich in Himmelshusen einzubringen. Und auch wenn sie immer ein wenig zu viel redete, entsprach die Idee einer gewissen Einheitlichkeit auf dem Markt durchaus seinen eigenen Vorstellungen.

Aber gleich von »künstlerische Konzeption« zu sprechen und sich für allein zuständig zu erklären ... Und dann auch noch seine Buden zu kritisieren! *Er* war schließlich vom Fach, nicht sie mit ihren Chichi-Künstlerfreunden. Er hatte schon früher mit Johann Stände für den Weihnachtsmarkt gebaut. Und die Leute waren stets zufrieden gewesen.

Wilko drückte energisch auf Anteas Klingelknopf. Ein Gong erschallte, doch weiter geschah nichts. Er versuchte, durch das Fenster hineinzuschauen. Drinnen war alles dunkel. Antea war nicht zu Hause.

Mit einem Schnauben machte sich Wilko auf den Heimweg. Er warf einen Blick auf die Uhr. Eigentlich hatte er noch fast zwei Stunden für den Budenbau eingeplant. Aber dieser unverhoffte freie Abend war gut. Ja, wirklich gut. Er wusste sich nämlich zu beschäftigen und würde es in den nächsten Tagen reiflich ausnutzen, dass er doch mehr Zeit hatte als gedacht.

Er konnte sich zum Beispiel mit dieser Marion aus Emden verabreden. Der letzte Chat mit ihr über die *Golden Hearts* war wirklich angenehm gewesen, und bei einem guten Essen und einem Glas Wein von Angesicht zu Angesicht würde sich möglicherweise schon zeigen, ob er am Ende diesmal das Weihnachtsfest in weiblicher Gesellschaft verbringen konnte.

Gegen das schlechte Gewissen, dass er sich nun doch nicht beim Weihnachtsmarkt einbringen würde, wie er es Antea zugesagt hatte, half sicher eine neuerliche Geldspende für Johann.

Nein, er hatte es nicht nötig, sich von dieser Frau mit der albernen lila Strähne und den grünen Augen derart runtermachen zu lassen.

Nun hatte Wilko sein Haus erreicht. Der Bewegungsmelder schaltete das Licht an, und er schloss auf. Dass ein plötzlicher Windstoß die Tür hinter ihm laut zuknallte, war ganz in seinem Sinne.

Kapitel 9

Thore war froh, dass er diesen Arbeitstag schadlos überstanden hatte. Der Kopfschmerz und seine nagenden Gedanken hatten ihn bis zum Abend begleitet, erst eine dritte Aspirin verschaffte ihm endlich Erleichterung.

Er wollte trotzdem unbedingt fit sein, denn zu Hardy in die sprichwörtliche Höhle des Löwen konnte er Antea trotz allem unmöglich allein gehen lassen.

Gestern Nachmittag hatte er Antea sogar davon abgeraten, Hardy überhaupt aufzusuchen. Es würde zwecklos sein, weil es in Himmelshusen keinen verbohrteren Kerl gab als ihn.

Aber Antea wollte nichts unversucht lassen, und so hatte er ihr das Versprechen abgerungen, wenigstens auf ihn zu warten. Immerhin hatte sie das am Morgen danach ja nicht revidiert, also konnte er hingehen. Nur leider passten seine Kopfschmerzen gar nicht, da war er nicht ganz Herr seiner Sinne. Vielleicht ergab sich ja die Möglichkeit, miteinander zu reden und ihren »Zwischenfall« aus der Welt zu schaffen.

Leider stand Thore nun im Stau, und es ging in Emden nur langsam voran. Sein Büro befand sich am Binnenhafen direkt gegenüber vom Hausboot *Tammy*. Er hatte von seinem Fenster aus einen wundervollen Blick aufs Wasser und auf die gegenüberliegenden Gebäude, deren Lichtschein sich am Abend im Binnenhafen widerspiegelte. Jetzt zur Weihnachtszeit war es besonders schön.

Doch dafür hatte er heute keinen Blick gehabt.

Thore fluchte, weil es jetzt gar nicht mehr weiterging. Er kannte Antea. Sie war überaus ungeduldig, und wenn ihr alles zu lange dauerte, würde sie nicht zögern, ihm eine Nachricht zu schicken, um ihm mitzuteilen, dass sie sich bereits allein auf den Weg gemacht hatte. Und nach dieser Nacht und ihrer Reaktion am Morgen erst recht.

Er warf einen Blick aufs Handy, noch zeigte das Display nichts an. Er schöpfte Hoffnung, es rechtzeitig zu schaffen.

Endlich löste sich der Stau auf, und er konnte etwas schneller fahren. Kaum hatte Thore die Binsenlohne erreicht, erkannte er Antea, die mit gesenktem Kopf in die Warfenstraße abbog. Sie hatte sich die Kapuze ihres Hoodies tief ins Gesicht gezogen.

»Verdammt, warum wartet sie denn nicht auf mich!« Sie hatten es wohl so richtig versaut. Früher hätte sie ihm wenigstens eine Nachricht zukommen lassen.

Thore parkte den Wagen in der nächsten Bucht und sprang aus dem Auto. Mit großen Schritten eilte er hinter Antea her und erreichte sie am Ende der Warfenstraße. Von dort waren es nur noch wenige Meter bis zum Düsterweg, wo Hardy seine Kate hatte. Sie lag versteckt hinter hohen Hecken zwischen zwei etwas größeren Gehöften und war nur über eine schmale, längere Auffahrt, den Hardy-Padd, wie er sie selbst getauft hatte, zu erreichen. Er war kein Mann, der sich gern in die Karten schauen ließ und wohl auch nicht in sein Haus und Leben. Dazu passte die versteckte Lage der Kate.

»Nun warte doch!«, rief Thore. »Ich habe gesagt, ich komme mit! Ich habe im Stau gestanden!«

Antea blieb stehen und streifte die Kapuze vom Haar. Ihre roten Locken schienen im Licht der Straßenlaterne zu funkeln. Ihre Augen waren dunkel umrandet, und es war keine

Spur von ihrem typisch warmherzigen Antealächeln zu entdecken.

»Und ich habe nicht mehr mit dir gerechnet«, antwortete sie kühl. »Ich dachte, du bist nach dem langen Arbeitstag und unserer Sause gestern froh, wenn du die Beine hochlegen kannst. Es war ja wohl ein bisschen Wein zu viel.«

»Wenn ich es nicht geschafft hätte oder mir etwas anderes dazwischengekommen wäre, hätte ich mich doch gemeldet«, meinte Thore. »Du kannst dich immer auf mich verlassen.«

Über Anteas blasses Gesicht glitt ein verrutschtes Lächeln. »Du hast von deinen starken Kopfschmerzen geschrieben, und ich wollte dich nicht stressen, sorry.«

Besser, er ritt jetzt nicht weiter auf der Sache herum. Das machte es nur noch komplizierter.

»Schon gut«, lenkte Thore deshalb ein. »Frau Aspirin hat es in Ordnung gebracht. Und jetzt bin ich da. Ich lass dich zu diesem Mann nicht allein gehen.«

»Danke. Ganz wohl ist mir tatsächlich nicht. Ich fürchte, Hardy wirft uns gleich achtkantig raus.«

Ähnliches war Thore auch in den Sinn gekommen.

»Auf in den Kampf!« Er stimmte den Gefangenenchor von Nabucco in der Spaßversion an. »... die Schwiegermutter naht. Siegesgewiss – klappert ihr Gebiss ...« Er brach ab, dieses Geplänkel passte nicht mehr.

»Lass das, die Lage ist ernst!« Antea betrat den Padd, der zu Hardys Haus führte. Aus den Fenstern schien Licht, er war also da.

Sie klopften und warteten, bis Hardy ihnen öffnete. Er hielt eine belegte Scheibe Brot in der Hand und kaute noch.

»Ihr schon wieder«, begrüßte er sie und biss gleich noch einmal ab, bevor er mit vollem Mund weitersprach. »Wenn ihr kommt, um wegen diesem Weihnachtsmarkt zu betteln, könnt ihr gleich das Weite suchen. Habe ich bei der Versammlung bereits gesagt, dass ich nichts davon halte. Ich gehe nach Grootsiel, wenn ich Glühwein und Rummel will, und sonst bliev ik brav to Huus. So, war's das?«

Thore schaute zu Antea. Die war tatsächlich sprachlos.

»Du kannst dir doch wenigstens mal anhören, was wir inzwischen erreicht haben«, sagte er.

»Nee, das interessiert mich nicht die Bohne. Und ab dafür!«

Hardy knallte ihnen die Tür vor der Nase zu. Antea machte vor Schreck einen Satz rückwärts. Hätte Thore sie nicht festgehalten, wäre sie gestürzt. Sie rieb sich schimpfend den Knöchel. »Au, verdammt! Er ist und bleibt der größte Stinkstiefel in Himmelshusen. Aber wir kommen auch ohne ihn klar!«

»So was von!« Thore hielt Antea noch immer fest.

Als sie das bemerkte, streifte sie seine Hand ab.

»Komm, wir gehen in Johanns Schuppen.« Antea holte einmal tief Luft und pustete sie lautstark aus. »Vielleicht baut es uns auf, wenn wir sehen, wie weit sie gekommen sind. Und dabei gucken wir mal, welchen Trödel er zusammengesucht hat.«

Thore bemühte sich weiter um Lockerheit, nur fiel es ihm zunehmend schwerer. »Seine Idee mit dem alten Plunder erinnert mich an den einen Otto-Film. Da schlagen sie doch mit einem Hammer auf Milchkannen ein, damit sie antik wirken.«

Antea nickte. »Daran habe ich gestern auch schon gedacht, als Johann von den Eimern gesprochen hat. Ist ja fast dasselbe.«

»Gut, dann auf zu Johanns Schuppen.«

Sie liefen eine Weile schweigend nebeneinanderher. Es war aber keine angenehme Atmosphäre, so wie sonst, wenn sie stundenlang am Knock gesessen hatten, um den Rauchschwaden von Delfzijl nachzublicken oder sich an den Schiffen zu erfreuen, die Richtung Emden und wieder zurücktuckerten. Es war nicht die ehrfürchtige Stille, die sie erfasste, wenn sie am Deich standen und in den endlos erscheinenden Sternenhimmel blickten. Das hier war ein scharfes Schweigen, nur zerhackt von ihren heftigen Atemstößen, weil sie viel zu schnell liefen, als würden sie vor dem anderen davonrennen, der sich noch nicht abhängen lassen wollte.

Antea schien es nach einer Weile auch nicht mehr zu ertragen. Sie verlangsamte den Schritt und blieb schließlich sogar stehen.

»Was ich dir noch gar nicht erzählt habe: Mich hat vorhin Grete Wilkenjohanns angerufen. Die Landfrauen sind im Boot, und sie war guten Mutes, auch die Volkstanzgruppe zu begeistern. Das läuft also! Was kümmert uns Hardy. Soll er doch an seiner Stulle ersticken. Mann, war das unhöflich, uns mit vollem Mund anzusprechen und uns seinen Salamiatem zuzumuten.«

»Da gebe ich dir recht. Und wenn wir Hardy jetzt mal außen vorlassen, können wir als Fazit feststellen: Wir haben es geschafft, Himmelshusen wach zu rütteln«, sagte Thore zufrieden. Immerhin etwas.

*

Antea brodelte zwar innerlich, aber sie wollte sich die gute Laune nicht verderben lassen. Es war egal, ob Hardy mitmachte oder nicht. Thore hatte recht. Sie waren inzwischen richtig viele, und es ging voran. Die Zeit würde ihnen sonst auch davonrennen, wenn sie sich weiter ausschließlich auf die Suche nach Mitstreitern machten.

»Komisch, dass es im Schuppen dunkel ist«, meinte sie, als sich bei Johann auf dem Hof nichts regte und er unbeleuchtet und abweisend vor ihnen lag. Antea runzelte die Stirn. »Ich dachte, Wilko hämmert und zimmert, was das Zeug hält.«

»Das dachte ich auch. Da draußen stehen immerhin drei Buden, aber das reicht ja nicht.« Thore öffnete die Tür.

»Moin!«, rief er hinein, obwohl es im Schuppen dunkel war. »Ist da wer?«

»Wohl nicht.« Antea hatte plötzlich ein ungutes Gefühl. »Hier stimmt doch was nicht. Warum macht Wilko nicht weiter?«

Thore nagte an der Unterlippe. »Es kann harmlos sein, weil er zu einem Kunden musste oder so.«

»Ich weiß nicht, mir grummelt gerade der Bauch etwas«, gab Antea zu bedenken.

»Meiner auch«, sagte Thore. »Da hilft nur eins: Wir müssen ihn fragen.«

Antea verspürte nur wenig Lust, jetzt quer durchs Dorf zu laufen, aber ihr blieb wohl keine Wahl. Sie mochte nicht zugeben, dass auch ihr die halbe Flasche Wein vom Vorabend und Thores abweisende Reaktion noch immer zusetzten.

»Zu blöd, aber Johann muss jetzt warten«, willigte sie halbherzig ein.

»Es ist die einzige Lösung«, bestätigte Thore. »Aber ich glaube, wir werden beide schlecht schlafen, wenn wir das nicht geklärt haben.«

Noch schlechter, schoss es Antea durch den Kopf.

Sie verschlossen die Schuppentür sorgfältig und machten sich auf den Weg quer durch Himmelshusen. Zu allem Überfluss begann es heftig zu regnen. Binnen kürzester Zeit waren beide völlig durchnässt.

»Was für ein Mist!«, schimpfte Antea. »Ich sollte mich

zukünftig aus allem heraushalten und nicht ständig die Welt retten wollen. Ich hätte es jetzt warm und trocken, würde Tee trinken, mir dabei irgendeine Weihnachtsschmonzette reinziehen und Spekulatius kauen.«

Sie schaute zu Thore.

»Dann wärest du nicht Antea«, sagte er nur und schlug einen forscheren Schritt an.

Als sie Wilkos Haus erreichten, schallte ihnen Rockmusik entgegen, *Highway to Hell*!

»Haue ha!«, sagte Antea. »Was ist denn bei dem los? Keine Lassie-Filmmusik, sondern gleich AC/DC? Dem scheint eine riesige Laus über die Leber gelaufen zu sein, wenn der so richtig auf die Kacke haut.« Sie schlug sich bei der Wortwahl die Hand vor den Mund. »Sorry, also ich meine, er ist ja sonst eher soft unterwegs. Schlager, Country und so ein Zeug.«

Thore war stehen geblieben und schaute sie besorgt an. »Trotzdem klingeln, oder die zweite Riesenklatsche auf morgen verschieben?«

»*Jetzt* bin ich nass und *jetzt* will ich es wissen.« Antea drückte forsch die Klingel, auch wenn sie wirklich eher verzagt war.

Kurz darauf öffnete Wilko. Er begrüßte sie gar nicht erst, sondern sagte gleich: »Ich bin raus. Und ab dafür!«

Antea stellte ihren Fuß in die Tür, damit er sie nicht wie Hardy eben einfach zuschlug. »Und warum bitte bist du raus?«

»Wegen der kölschen Braut. Soll die doch lieber wieder den Rhein raufsegeln und sich aus den ostfriesischen Belangen raushalten. Die passt nicht ins Land von Ebbe und Flut, wo alles ganz sinnig seinen Gang geht. Die braucht einen Tsunami, und das jeden Tag.«

»Den jibbet am Rhein auch nicht«, imitierte Antea Gabriela, aber Wilko hatte dafür heute keinen Humor. Er verzog nur abschätzig das Gesicht.

»Was hat sie denn getan?«, fragte Thore.

»Sie ist eine Klookschieterin vor dem Herrn. Mit so einer kann ich nicht arbeiten. Sie meint, sie wäre das Orga-Team und so een Tanterlatant. Mit solchem Blödsinn kann sie bei den Leuten in der Stadt vielleicht Eindruck schinden, aber wir brauchen so was nicht, wir Friesen sind frei und eigenverantwortlich. Das war jahrhundertelang so, und das wird eine Frau aus Kölle am Rhein, wo man *Käffschen* trinkt und *Pralinschen* isst, ganz sicher nicht ändern. Egal, wie oft die alles verniedlicht und wie schmuck die aussieht.«

Beim letzten Satz wurde Wilko tatsächlich etwas rot. »So, ich muss dann mal. Habe grad einen Chat!«

»Einen Chat?«, hakte Antea sofort nach. »Du hörst doch Musik.«

»Alles nix, was dich was angeht!«, schoss es aus ihm heraus.

Antea zog den Fuß zurück, weil sie befürchtete, dass Wilko die Tür doch zuschmetterte und ihr womöglich den Knöchel brach.

»Wir reden mit Gabriela. Da hast du bestimmt was in den falschen Hals bekommen«, versuchte Antea zu beschwichtigen.

»Da gab's nix in den falschen Hals. Das sind Tatsachen. Und nun lasst mich in Ruhe.« Wilko schloss die Tür mit Nachdruck. *Highway to Hell* verstummte.

»Jetzt ist er im Chat. Mit wem auch immer«, kommentierte Thore mit einem süffisanten Lächeln. »Ich sag dir was, Antea: Der ist auf Brautschau und bestimmt in so einem einschlägigen Portal unterwegs.«

Antea war es eigentlich ziemlich egal, was Wilko in seiner Freizeit trieb, wenn er sie nur nicht mit seiner Unterstützung beim Weihnachtsmarkt im Stich ließ. Deshalb ging sie auf Thores Bemerkung gar nicht ein.

»Kein so erfolgreicher Tag, obwohl doch erst alles so gut ausgesehen hat.« Antea seufzte. »Komm, gehen wir zurück.«

»Auf keinen Fall aufgeben«, meinte Thore.

Antea sah ihn an. »Nein, das nicht. Das ist keine Option. Aber ich komme mir gerade vor wie in einem Kindergarten.«

»So ist das wohl«, antwortete Thore. »Ich muss dann auch. Tschüs Antea.«

*

Wieder ließ der schrille Klingelton Gabriela zusammenfahren. Was war denn nur los? Monatelang hatte nicht einmal der Paketbote bei ihr geläutet, weil ihre Bestellungen meistens in die Galerie kamen und sie vor Kurzem eine Abstellerlaubnis für den kleinen Gartenschuppen erteilt hatte, und nun schon das zweite Mal in dieser Woche?

Sie öffnete die Tür und stellte erfreut fest, dass sie Besuch von Antea bekam.

»Wie schön, dass du vorbeischaust. Ich hätte mich morgen ohnehin bei dir gemeldet. Ich habe ein paar tolle Ideen für den Markt, die ich dir zeigen möchte. Komm rein.«

Antea sah sie ein wenig seltsam an, trat aber ins Haus und zog ihren Mantel aus. Die Kleine wirkte blass, hatte dunkle Augenringe und das Strahlen in ihrem Blick fehlte gänzlich. Es schien, als wären ihr ein paar sprichwörtliche Läuse über die Leber gelaufen.

Vielleicht konnte Gabriela sie ein bisschen aufmuntern.

»Darf ich dir was anbieten? Ein Glas Wein vielleicht, oder einen Tee?«

Antea schüttelte den Kopf. »Nein, danke. Ich wollte nur kurz mit dir sprechen.«

»Dann ab in die Küche, da habe ich ein paar erste Skizzen, wie die Buden aussehen könnten.« Sie plapperte munter weiter. »Die Anordnung der Buden ist natürlich elementar. Wir können sie nicht willkürlich irgendwo hinstellen, es muss ein ausgefeiltes Konzept dahinterstehen. Semiprofessionell geht nämlich gar nicht. Und der Schmuck sollte festlich, jedoch nicht teuer sein.«

Gabriela unterbrach ihren Wortschwall. »Siehst du das auch so?«, fragte sie vorsichtshalber nach.

»Ja, das ist alles richtig.« Besonders begeistert klang das allerdings nicht.

»Was ist los? Kann ich irgendwie helfen?« Gabriela bot Antea einen Stuhl an. »Gibt es irgendwelche Schwierigkeiten?«

Antea setzte sich und atmete tief aus. »Leider ja. Es gibt Schwierigkeiten. Mit den Buden.«

»Aber warum denn? Die sind doch sehr schön. Ich habe sie mir schon wegen der Größe angeschaut und mit Wilko gesprochen. Bis auf ein paar Winzigkeiten, aber das ist kaum der Rede wert.«

Gabriela griff nach dem Glas Wasser, das noch von eben auf dem Tisch stand. Sie musste sich an etwas festhalten, denn mit Antea und vermutlich mit dem Markt stimmte etwas nicht. Und das gerade jetzt, wo sie so tolle Ideen hatte!

»Darf ich dich fragen, was genau du zu ihm gesagt hast?« Anteas Blick wirkte überraschend misstrauisch.

Ein heißer Schreck fuhr Gabriela in den Magen, und sie trank schnell einen Schluck, um Zeit zu gewinnen. Hatte der Mann ihren Verbesserungsvorschlag derart in den falschen Hals bekommen, dass er sich beschweren musste?

»Ich hab ihm gesagt … hm, ja, dass ich die künstlerische Gesamtkonzeption übernehme, damit er weiß, an wen er sich in dieser Hinsicht wenden kann.«

Jetzt wurde Antea noch blasser. Gabriela verstand wirklich nicht, warum sie angesichts der Hilfe, die sie ihr als erfahrene Fachfrau anbot, so entsetzt wirkte.

»Und was noch?«, hakte Antea nach.

Gabriela zuckte mit den Achseln. »Natürlich, dass die Verkaufsflächen an den Buden noch zu klein sind. Wir müssen ja eine Fülle von Dingen zur Auswahl anbieten, aber das kann Wilko als Profi sicher ganz schnell ändern und …«

»Du hast also seine Buden kritisiert?« Anteas Stimme überschlug sich geradezu. Das passte gar nicht zu ihr.

»So würde ich das nicht nennen.« Gabriela krauste die Stirn. Sie musste sich nun elegant aus der Affäre ziehen. Was konnte denn sie dafür, wenn Wilko aus dieser Lappalie ein solches Jedöns machte? Mit erhobenem Kinn fuhr sie fort: »Ich habe notwendige Änderungsvorschläge gemacht. Allerdings schien Wilko nicht besonders einsichtig. Tatsächlich ist er beleidigt abgezogen, bis ich wieder gegangen war. – Du möchtest wirklich nichts trinken?«

Antea schüttelte den Kopf. »Nein, ich möchte nur etwas klären.« Sie machte eine Pause. »Wilko ist nämlich nicht nur beleidigt abgezogen, bis du weg warst, sondern hat seinen Job ganz und gar hingeschmissen. Er ist jetzt nicht mehr bereit, mitzumachen und weitere Buden zu bauen.«

Gabriela spürte einen noch heftigeren Stich im Magen und biss sich auf die Lippe. Dass es so kommen würde, hatte sie ja nun wirklich nicht ahnen können. »Du meinst, er hat wegen mir … Aber ich wollte doch bloß mit ihm zusammen …«

Es war selten, dass es ihr die Sprache verschlug; dies war einer jener Momente. Dabei hatte sie es nur gut gemeint!

Aber anstatt seine eigene Meinung zu vertreten, sodass sie alles ausdiskutieren und klären konnten, war Wilko Lüttjemann beleidigt weggegangen. Männer!

»Wilko ist ein feiner Kerl und hilfsbereit«, erklärte Antea. »Aber er lässt sich nicht gerne was anschnacken. Zumindest nicht direkt. Ich fürchte, deine Art, seine Buden zu kritisieren, hat ihn ein wenig aus der Fassung gebracht.«

Gabriela schluckte. »Das wollte ich nicht.« Sie atmete tief durch. »Aber ehrlich gesagt verstehe ich seine Reaktion nicht so ganz – wegen so einer Mini-Kritik gleich alles hinzuschmeißen?«

Antea spitzte die Lippen, und Gabriela setzte zu einer weiteren Verteidigungsrede an.

»Ich dachte nur ... also das ist doch eine Kleinigkeit, die Verkaufstheke breiter zu machen«, erklärte sie. Doch langsam stieg in ihr dieses nagende Gefühl auf, das sie immer als Reue-Mäuschen bezeichnete. Sie hatte wohl tatsächlich Mist gebaut!

Sie zögerte. »Aber vielleicht bin ich in meiner Begeisterung über unser Projekt übers Ziel hinausgeschossen und hab das nicht richtig rübergebracht«, überlegte sie laut.

»Möglich«, sagte Antea. Es klang äußerst diplomatisch, fand Gabriela, doch sie konnte sehr wohl den Unterton heraushören.

»Verdammp. Das wollte ich nicht, das kannst du mir glauben, Antea.«

»Das glaube ich dir tatsächlich, aber ich bin nicht diejenige, der du das erklären musst.«

Gabriela nickte langsam. Sie musste nun sehen, wie sie einigermaßen gut wieder da rauskam. Warum hatte sie sich nur so von ihrer Hochstimmung mitreißen lassen? Nun war wohl ein Kniefall nötig. Ein symbolischer natürlich!

»Ich verstehe. Okay, ich werde mich bei Wilko entschuldigen. Gleich morgen. Und ihm sagen, dass ich auf die weitere Mitarbeit verzichte. Er ist ja viel wichtiger für den Weihnachtsmarkt als ich.«

»Vielleicht musst du nicht einmal so weit gehen«, sagte Antea schnell. »Aber eine Entschuldigung bringt ihn hoffentlich dazu, seine Entscheidung zu überdenken. Weißt du, er ist halt ein echter Ostfriese. Und wir fühlen uns gerne frei und eigenverantwortlich.«

Gabriela nickte zerknirscht. »Und dann komm ich mit meiner kölschen Schnüss und erzähl ihm, was er zu tun hat. Sorry, da sind echt die Pferde mit mir durchgegangen. Ich mach das wieder gut, Antea, ehrlich. Hast du seine Nummer? Ach nein, das geht wohl besser von Angesicht zu Angesicht.«

Antea nickte.

»Ich habe nur morgen nach Galerieschluss noch eine Verabredung mit einem Kunden. Aber das dürfte nicht allzu lange gehen, gegen acht bin ich sicher zurück, und dann fahr ich direkt bei Wilko vorbei und entschuldige mich. Das ist mir jetzt alles irgendwie schrecklich unangenehm.«

»Schon gut«, sagte Antea. »Nur ein kleiner Rat: Nimm die Samthandschuhe mit, aber übertreib's auch nicht mit der Zerknirschung, sonst glaubt er dir kein Wort. Und nun zeig mal, was du dir als Budenschmuck ausgedacht hast.«

Erleichtert nahm Gabriela den Papierstapel mit den Skizzen vom Fensterbrett.

»Schau hier, diese Lichterketten sind nicht teuer, wenn ich sie im Großhandel besorge. Und was hältst du von den Weihnachtsfarben Rot und Grün und dazu Gold und Weiß? Das hat gleich so etwas schön Altmodisches und Traditionelles, und da du ja gesagt hast, dass es mehr so ein Mittelaltermarkt werden soll …« Sie schob Antea die Zeichnungen hin.

»Eine der Buden müsste vorne ganz offen sein und die Verkaufstheke innen an der Seite haben, dann könnte da jemand mit einem Spinnrad sitzen – solche Live-Performances lieben die Leute. Vielleicht könnte man den Boden mit Stroh auslegen und auch einen kleinen Spinnkurs anbieten? Was meinst du? Gibt es dafür die Richtigen in Himmelshusen?«

Antea sah sich die Ideen an, die Gabriela grob mit Bleistift skizziert und mit Worten wie rot, grün oder glitzernd beschrieben hatte. Sie nickte bedächtig.

»Das passt alles sehr gut zu meinen eigenen Vorstellungen, es wäre wirklich toll, das umzusetzen.«

Erleichtert atmete Gabriela aus. »Fein. Also kläre ich das morgen mit Wilko, und wir können weiterplanen. Falls er mich nicht ganz und gar aus Himmelshusen rausschmeißt.« Sie zog eine Grimasse.

Antea legte kurz ihre Hand auf Gabrielas. »Er wird dir schon nicht den Kopf abreißen.« Sie erhob sich. »Schick mir eine Nachricht, wenn du mit ihm gesprochen hast. Meine Nummer hast du ja.«

Als Antea gegangen war, schenkte sich Gabriela erst einmal einen Kabänes ein. Der halbbittere Kräuterlikör würde hoffentlich ihren Magen aufräumen. Der fühlte sich nämlich gar nicht gut an. Die Vorstellung, morgen mit Wilko Lüttjemann sprechen und in seine eisigen blauen Augen blicken zu müssen, war nicht gerade aufheiternd.

Ja, sie kannte sich. Sie hatte zu viel geredet, war zu direkt gewesen, hätte die notwendigen Änderungen an den Ständen diplomatisch vorschlagen, statt fordern sollen. Aber sie war so guter Stimmung gewesen, so glücklich, dass sie endlich ein bisschen dazugehörte und sich einbringen konnte. Und dann neigte sie zu unbedachter Spontaneität. Lisbet hätte sich schiefgelacht, wenn sie das miterlebt hätte.

»Et es, wie et es!«, sagte sie laut. Das Geschehene war nicht mehr zu ändern, aber sie konnte zumindest versuchen, es wiedergutzumachen und sich in Zukunft von Wilko fernhalten. Und als Auftakt war es doch gut, sich die Haare umzufärben. Eine rote Strähne passte viel besser in die Weihnachtszeit.

Kapitel 10

Wilko hatte sich nicht gerade in Schale geworfen, aber ein wenig aufgehübscht, wie seine verstorbene Frau es immer genannt hatte. Deshalb trug er heute ein weißes Hemd zur Jeans. Dies war nicht sein erstes Treffen mit einer der Damen aus dem Chat des *Golden-Hearts*-Portals. Allerdings war er heute besonders hoffnungsfroh. Nicht nur, dass Marions Foto ihn sehr ansprach, sie teilte auch seine Liebe zu ganz alten Fernsehserien und zu feinen Fischgerichten. Aus diesem Grund hatte er sich mit ihr in Emden in einem Restaurant verabredet, in dem es seiner Meinung nach den besten Emder Matjes gab.

Obwohl er pünktlich um sechs den Gastraum betrat, war Marion vor ihm da, was er als gutes Zeichen wertete. Er erkannte sie sofort an ihrem hochgesteckten blonden Haar und dem sanften Lächeln, mit dem sie ihn am Tisch in der Ecke empfing. Marion sah genauso aus wie auf dem Foto bei den *Golden Hearts*. Sie trug einen beigen Pullover mit Rollkragen, und neben ihr auf der Bank stand eine große, farblich passende Handtasche. Wieder einmal wunderte er sich, was manche Frauen so alles mit sich herumtrugen.

Nach einer kurzen, noch etwas steifen Begrüßung setzte er sich Marion gegenüber. Leider musste er dabei dem Gastraum den Rücken zudrehen, was er immer ein wenig unangenehm fand, weil ihm dann der Überblick fehlte. Er sah nun einmal gern, wer kam und wer ging. Seine Frau hatte das stets grinsend den Urzeit-Beschützerinstinkt genannt.

Aber er konnte Marion natürlich schlecht bitten, den Platz mit ihm zu tauschen, bevor sie sich überhaupt richtig kennengelernt hatten.

Ein junger Mann in schwarzer Hose, weißem Hemd und grauer Weste brachte die Speisekarte. Während Marion diese noch studierte, sagte Wilko: »Ich empfehle den Matjes nach Hausfrauenart, der ist hier ausgezeichnet. Und vorher vielleicht ein Krabbensüppchen?«

»Ich nehme, was du nimmst.« Marion lächelte unergründlich. Sie zeigte dabei ihre makellosen weißen Zähne, die sie mit Sicherheit gebleacht hatte.

Ihr Blick war allerdings eher abwartend als freundlich. Nun ja, sicher war sie nervös bei diesem ersten Date. Das würde sich hoffentlich bald legen, wenn sie sich beim Essen gut unterhielten.

»Ein Glas Weißwein dazu? Oder ein Bier?«

»Nein danke, lieber nur ein Mineralwasser.« Wieder dieses Lächeln.

Wilko entschied sich für ein Bier und gab die Bestellung auf.

»Schön, dass wir uns nun endlich persönlich kennenlernen«, sagte er. »Hast du gut aus Aurich hergefunden?«

»Ja, das war kein Problem. Und es war kaum Verkehr auf den Straßen.«

Der junge Mann brachte die Getränke und auch schon weinrote Servietten und Besteck.

»Kennst du Emden gut?«, setzte Wilko neu an. Das Gespräch verlief bisher leider etwas schleppend und einseitig.

»Nicht wirklich.«

»Dann kommst du nicht ab und zu zum Shoppen her?«

»Ich bin nicht so fürs Einkaufen.« Marion spielte mit ihrer Serviette.

Er erinnerte sich, sie arbeitete in einer Postfiliale und hatte ursprünglich nur Lesen und Sticken als Hobbys angegeben. Dann jedoch hatte sich im Chat herausgestellt, dass sie viel mehr gemeinsam hatten.

»Aber du warst sicher schon mal in der Kunsthalle, wenn du dich für Kunst interessierst.«

Marion zögerte, dann sagte sie: »Natürlich. Allerdings ist das ein bisschen her.« Sie fixierte Wilko kurz, senkte aber sofort den Blick, als er sie ebenfalls länger ansah.

»In zwei Wochen beginnt eine neue Ausstellung, die ich mir gerne anschauen würde. Vielleicht hast du ja Lust mitzukommen?«, versuchte er erneut, das Gespräch anzuregen.

»Eine schöne Idee. Hast du ein Lieblingsbild dort?«

Wilko dachte kurz nach. »Nicht wirklich. Ich finde in jeder Ausstellung neue Dinge, die mir gefallen. Oder auch nicht.«

»Genauso geht es mir«, sagte Marion und nippte an ihrem Wasser. Endlich schienen sie etwas wärmer miteinander zu werden. »Bist du ein sehr großer Fan von Malerei und so?«, fragte sie.

Wilko lachte. »Nein, das kann man nun wirklich nicht sagen. Aber ein-, zweimal im Jahr schau ich mir gerne ein Museum oder eine Ausstellung in der Kunsthalle an.«

Nun erschien der junge Kellner wieder, balancierte in einer Hand das Tablett mit der Krabbensuppe und trug in der anderen zwei Speisekarten. Er gab die Karten an die Gäste weiter, die gerade am Tisch hinter Wilko Platz genommen hatten, und servierte das Süppchen.

Während Wilko nach einem herzlichen »Guten Appetit« genüsslich zugriff, tauchte Marion nur vorsichtig ihre Löffelspitze in die Suppe, blies auf den kaum benetzten Löffel und probierte.

Wilko runzelte unwillkürlich die Stirn. »Schmeckt es dir nicht?«

»Hm, ich weiß nicht. Ich bin nicht sicher, was da drin ist. Außer Granat.«

»Wir können fragen. Bist du allergisch?« Er wollte schon den Kellner herbeiwinken, aber Marion schüttelte den Kopf.

»Nicht nötig, es liegt nicht an irgendwelchen Unverträglichkeiten. Ich bin nur nicht sehr hungrig.«

Ihr außergewöhnliches Lächeln war wirklich interessant, aber Wilko bekam mehr und mehr das Gefühl, dass Marion selbst wie ein glitschiger Fisch war, der sich allem entzog. Hatte sie heute Abend schon eine einzige konkrete Aussage gemacht? Und was sollte das, sich etwas zu essen bestellen und dann stehen zu lassen, weil man nicht sehr hungrig war? Solch eine Verschwendung konnte er nicht gutheißen.

Die Krabbensuppe schmeckte auf einmal nicht mehr ganz so ausgezeichnet wie eben noch, und das Gespräch verstummte.

Kaum hatte Wilko sein Süppchen ausgelöffelt, erschien der Ober, um abzuräumen. Er stellte Wilkos Schüssel auf sein Tablett und wollte eben nach Marions greifen, als er feststellte, dass diese noch voll war.

»Entschuldigung«, sagte er und zog seine Hand schnell zurück.

»Nein, nein, nehmen Sie nur.« Marion nickte geflissentlich.

»War etwas nicht in Ordnung?«, fragte der junge Mann.

»Alles gut«, versicherte Marion, und Wilko ergänzte schnell: »Die Suppe war wieder ganz hervorragend.«

Der Ober nickte, räumte ab und verschwand mit seinem Tablett.

»Es ist nett hier«, sagte Marion und ließ ihren Blick durch das Lokal schweifen. Immerhin schien ihr das Restaurant zu gefallen. Vielleicht war sie eben auch einfach nur zu nervös zum Essen gewesen? Sie hatte ihm im Chat verraten, dass sie sich schon sehr lange mit keinem Mann mehr getroffen hatte.

Wilko beschloss, es langsam angehen zu lassen und Verständnis zu zeigen.

Und dann kam auch schon der Matjes mit Bratkartoffeln und Speck. Es duftete herrlich, und die weiße Soße nach Hausfrauenart mit reichlich Zwiebeln, Äpfeln und Gewürzgurken ließ ihm das Wasser im Mund zusammenlaufen. Man merkte, dass das Restaurant um diese Zeit noch nicht besonders voll war, da war die Bedienung flott.

»Was machst du eigentlich so am Sonntag«, fragte Wilko, während er genussvoll den ersten Bissen nahm. Vielleicht war ein gemeinsamer Spaziergang eine gute Idee. Mit etwas Glück wäre sie zukünftig seine Begleitung, wenn er wieder die Vögel im Schutzgebiet beobachtete. Aber seine Hoffnung zerschlug sich bei ihrer Antwort sofort.

»Da gehe ich in die Kirche.« Marion schaute ihn an, ohne nach Messer und Gabel zu greifen.

»Ach ja? Jeden Sonntag?«, fragte Wilko konsterniert.

Marions Antwort kam sofort, und ihren Tonfall empfand Wilko als unangemessen schneidend.

»Selbstverständlich. Du nicht?«

Wilko räusperte sich. »Nein, nicht jeden Sonntag.« Tatsächlich war er kein großer Kirchgänger, aber natürlich konnte man ihn zu Weihnachten, Ostern, zu Beerdigungen oder Hochzeiten in der kleinen Himmelshuser Kirche finden. Jeden Sonntag dort aufzutauchen, wäre ihm allerdings dann doch etwas zu viel. Warum sollte er in einem alten stinkenden Gemäuer sitzen, wenn er doch in der Natur sein konnte?

Marion beugte sich ein wenig vor, und ihre hellblauen Augen glänzten. »Das solltest du aber! Jesus sieht dich und dein Seelenheil ...«

Wilko ließ sein Besteck sinken und blinzelte ungläubig. »Entschuldige, Marion, willst du mich etwa bekehren?«

Sie errötete. »Nein, nein, natürlich nicht. Aber wenn du möchtest, kann ich dir zeigen, wie du Jesus in dein Herz lässt. Unsere Betgruppe ist noch recht klein, doch Bruder Ludwig findet immer mehr Anhänger.«

Wilko nahm ein paar kräftige Schlucke aus seinem Bierglas. Das musste er erst mal verdauen.

»Du isst ja gar nicht«, wechselte er rasch das Thema. »Bitte greif doch zu!«

Marion schüttelte den Kopf. »Ich möchte nicht.«

»Wie bitte?« Das war ein wenig zu laut, Wilko spürte förmlich, wie sich die Köpfe der anderen Gäste ihm zuwandten. Zunächst versuchte er es mit einem ostfriesischen Spruch, damit die Stimmung nichts vollends kippte. »Eet wat goor is, drink, wat kloor is und segg, wat wohr is. Daran hältst du dich, was? Keinen rohen Fisch, keinen Wein, lieber Wasser, und das haust du dann auch ehrlich raus.«

Marions Mimik wirkte nun eingefroren. »Ich esse keinen Fisch«, sagte sie. »Nienich.«

»Du isst keinen Fisch? Aber im Chat hast du gesagt, du liebst Fisch, und du hast dich mit mir in einem Fischrestaurant verabredet!«

»Ich wollte dir eben zu Gefallen sein.«

»Und deshalb hast du gelogen? Wie passt denn das zu deiner religiösen Überzeugung?«

»Wenn man eine Seele retten kann …« Sie streckte ihm ihre offenen Handflächen entgegen.

Wilko schüttelte den Kopf. Das war ihm nun doch zu viel. »Du gehst jetzt besser.«

»Bist du sicher?«

»Ja, ich bin sicher.«

Marion zuckte mit den Schultern. Sie öffnete ihre Handtasche, griff hinein und holte eine kleine, aber nicht gerade dünne Broschüre heraus, die sie auf den Tisch legte. »Hier, falls du deine Meinung änderst.«

Während Wilko noch auf den Titel *Bruder Ludwigs Betgemeinde* starrte, verschwand Marion ohne ein weiteres Wort.

Wilko schob seinen Teller quer über den Tisch, erhob sich und wechselte den Platz. Jetzt hatte er wieder den Überblick. Die Broschüre ließ er auf der kleinen Ablage in der Ecke verschwinden. Er würde sich den Appetit nicht verderben lassen. Nicht von Marion und nicht von den anderen Gästen, die zu ihm herüberstarrten.

Das Paar am Nebentisch war ebenfalls aufgestanden, um zu gehen, er ein geschniegelter Anzugträger in den Dreißigern, sie um einiges älter in bunten Klamotten und mit einer roten Strähne im Haar. Das hatte ihm gerade noch gefehlt! Gabriela Schmitz! Ausgerechnet! Er hatte ihr nichts mehr zu sagen.

Wilko musterte die Kölsche dennoch kritisch, denn etwas an ihr war anders. Er erkannte es sofort: Die Strähne war nicht mehr lila.

Statt sich mit dem Mann auf den Weg zum Ausgang zu machen, verabschiedete sich Gabriela von ihm mit Händedruck und wandte sich zu ihm um.

»Hast du einen Moment für mich?«

Wilko seufzte. Ihm blieb aber auch nichts erspart!

Er nickte höflich-kühl, um die Aufmerksamkeit der Umsitzenden nicht noch weiter anzuheizen.

Gabriela platzierte sich ihm gegenüber und starrte auf den von Marion unberührt zurückgelassenen Matjes-Teller.

»Ist der gut hier?«, fragte sie. »Ich hab seit dem Frühstück noch nichts gegessen. Mein Kunde eben war leider nicht zu bewegen, mehr als ein Glas Wein zu sich zu nehmen. Und ich konnte ihm ja schlecht was vorkauen.«

Wilko schob ihr den Teller rüber. »Kannst du haben.« Bevor alles weggeworfen wurde, war dies die beste Lösung.

Gabrielas Augen leuchteten auf, und sie probierte sofort.

»Sehr lecker! Ich muss wirklich rasch was essen, sonst kann ich nicht klar denken, und dann bist du wenigstens auch nicht so allein.«

»Jo.« Wilko griff erneut nach Messer und Gabel und verspeiste seinen Fisch weiter. Er war in Kombination mit den Bratkartoffeln wirklich ein Gedicht. Wenn er sich darauf konzentrierte, konnte er auch Gabriela Schmitz als sein Gegenüber ertragen.

»Ich bin gekommen, um mich zu entschuldigen«, sagte Gabriela unerwarteterweise, nachdem sie den ersten Matjes verputzt hatte. »Es tut mir ehrlich leid, dass ich dich über den Haufen geredet habe. Und ich will dir sagen, dass deine Buden toll sind, die haben mich so inspiriert, dass ich einen ganzen Stapel Skizzen gemacht habe. Aber selbstverständlich ziehe ich mich jetzt zurück, weil du viel mehr in die Planung und Durchführung von Johanns Weihnachtsmarkt einbringen kannst als ich. Ich gehöre in Himmelshusen auch nicht wirklich dazu. Bitte, Wilko, lass Antea und die anderen nicht hängen nur wegen mir. Ich hab es nicht böse gemeint, als ich gesagt hab, dass die Verkaufstheken ... also, ich ...«

»Iss deine Bratkartoffeln, bevor sie kalt werden«, unterbrach Wilko. Die Frau sabbelte schon wieder in einem fort.

Gabriela machte sich nun ernsthaft über den Matjesteller her. Es schien ihr zu schmecken, was Wilko tatsächlich freute. Es war eben doch etwas anderes, ein Essen gemeinsam zu genießen, und wenn es mit Gabriela Schmitz war.

»Isst man bei euch in Köln auch Matjes?«, erkundigte er sich, als er mit seiner Portion fertig war.

Gabriela nickte. »Bei uns kommt der immer aus dem nahen Holland«, erklärte sie. »Der ist dann ein bisschen milder als der Emder. Dieser hier schmeckt mir aber besser.«

»Schön, dass dir hier auch was gefällt.«

Gabriela grinste plötzlich. »Mir gefällt hier eine ganze Menge!« Sie schob den letzten Bissen in den Mund und legte ihr Besteck ordentlich auf dem Teller ab.

Beinahe hätte Wilko nachgefragt, aber nein, er hatte nicht vor, sich mit dieser Frau zu unterhalten.

»Und?« Sie sah ihn so intensiv an, dass sein Magen ein wenig zu flattern begann.

»Was – und?«

»Verzeihst du mir? Wirst du Antea weiter helfen? Ich rede niemandem mehr rein, ich bin draußen. Das Ganze tut mir schrecklich leid.«

Wilko wiegte langsam den Kopf. »Na gut. Ich mach mit. Und du hältst dich zurück. Aber wir brauchen jeden Mann und jede Frau. Völlig aus dem Projekt aussteigen solltest du also nicht, zumal das mit den Verkaufstheken nicht ganz falsch war – die müssen breiter.«

Ein Strahlen zog über Gabrielas Gesicht, das er erneut bis in seinen Magen spürte.

»Danke«, sagte sie schlicht. Sie hatte ein Grübchen in der linken Wange, das er bisher noch nicht gesehen hatte.

»Möchtest du auch einen Nachtisch?«, fragte sie. »Ich lad dich ein.«

Schnell waren sie sich einig, dass Vanilleeis mit heißen Himbeeren dem Essen den richtigen Abschluss geben würde. Während sie das Dessert genossen, sprachen sie kaum. Es war einfach zu seltsam, hier zusammenzusitzen.

Gabriela übernahm trotz Wilkos Protest die Rechnung »als Entschuldigung und Wiedergutmachung«. Vor der Tür des Restaurants verabschiedeten sie sich mit einem kurzen »Tschüs«, dann eilte sie davon.

Langsam machte sich Wilko auf den Heimweg. Was war das für ein seltsamer Abend gewesen! So hätte ihn sich nicht einmal ein Drehbuchautor ausdenken können.

Hinter Marion und ihrer Sekte konnte er nun einen dicken Haken setzen.

Und hinter Gabriela?

Kapitel 11

Antea hatte sich Urlaub genommen. Ein paar Resttage waren noch übrig, und so konnte sie sich besser um den anstehenden Weihnachtsmarkt kümmern. Sie fand es beruhigend, weiterhin die Fäden in der Hand zu behalten, auch wenn Gabriela geschworen hatte, dass alles wieder gut war. Allerdings befürchtete Antea, der Waffenstillstand – als mehr wagte sie diesen Frieden nicht zu bezeichnen – könnte brüchig werden. Vorerst war die Kuh wohl wirklich vom Eis, denn beide hatten am Wochenende mit angepackt.

Laut Grete waren die beiden sogar beim Essen in Emden gesehen worden. Angeblich hatte Gabriela sich einfach zu Wilko an den Tisch gesetzt und einen Teller voll Matjes und Bratkartoffeln verschlungen. Der war eigentlich Wilkos anderer Begleitung serviert worden, aber die war plötzlich sang- und klanglos verschwunden.

»Das war eine von den Bibelleuten«, hatte Grete behauptet, »die erkenne ich immer schon an der Nasenspitze.«

Es war Wilkos Pech gewesen, dass auch sie in diesem Fischrestaurant gesessen und ihn, natürlich heimlich, beobachtet hatte. In Himmelshusen blieb eben nichts verborgen.

Antea war es gleichgültig, warum die eine Dame verschwunden und weshalb Gabriela dort aufgetaucht war: Solange es der Sache diente, konnte sie anderen Frauen wegessen, was sie wollte.

Jedenfalls nahmen die Vorbereitungen für den Markt an Fahrt auf. Die Buden hatten inzwischen eine brauchbare Größe und Anzahl, sie mussten nur noch angeordnet und bestückt werden. Auch da waren von Gabriela vernünftige Impulse gekommen.

Grete hatte Wort gehalten und die Landfrauen motivieren können. Sie beteiligten sich nun doch mit einem Kuchenverkauf. Es sollte Krintstuut geben und natürlich Windbeutel in Übergröße, Waffeln, Klaben und echten ostfriesischen Teekuchen.

»Das ist ja allens fix gemacht und lässt sich gut verkoopen«, sagte Grete.

Die Landfrauen waren auch begeistert von der Idee, warme ostfriesische Gerichte anzubieten, damit es nicht nur die klassische Bratwurst gab.

Grete sprach von Grünkohl, Snirtjebraa und Birne mit Hüdel. »Auch das kriegen wir hin, wenn wir genug Warmhaltemöglichkeiten haben«, erklärte sie. Sie war Köchin und verfügte auch über eine Schankgenehmigung. Antea lief allein bei der Vorstellung der Köstlichkeiten das Wasser im Mund zusammen.

Im *Mühlencafé* und Dorfgemeinschaftshaus gab es ausreichend Geschirr und Besteck, einzig der Abwasch musste später mit der Hand vorgenommen werden, aber auch da sah Grete kein Problem.

Damit war es aber nicht genug. Die Landfrauen wollten zusätzlich selbst gestrickte Socken sowie andere Handarbeiten und Basteleien anbieten. »Das haben wir ja noch allens liegen.«

Außerdem hatte Grete zu sämtlichen Bekannten Kontakt aufgenommen, die Feuer und Flamme waren, den Himmelshuser Weihnachtsmarkt mit ihren kleinen Manufakturen zu bereichern. Dass die Besucher sich auch selbst an den Spinnrädern und beim Kerzenziehen einbringen durften, war auf sehr große positive Resonanz gestoßen.

Und das Beste war, dass sie eine Kleinkunstgruppe gefunden hatte, die auf einer kleinen Bühne neben dem Piet für die Kinder kurze weihnachtliche Stücke aufführen wollte.

»Es löppt«, wie die Ostfriesen sagten.

Johann kramte ständig und mit wachsender Begeisterung in der Scheune herum, wo er ein Schätzchen nach dem anderen fand und für den Verkauf zurechtputzte. Antea grinste. Es waren echte Scheußlichkeiten dabei, aber auch Dinge, die sich bestimmt gut in einigen Wohnungen oder Vorgärten machten. Nicht jeder mochte solche »Antiquitäten«, doch sie würden bestimmt ihre Abnehmer finden.

Antea brühte einen Tee auf und setzte sich an den Küchentisch. Obwohl die Sonne strahlte, war es draußen winterlich kalt, und es war eigentlich schade, nicht hinauszugehen, aber es erschien ihr wichtiger, Gabrielas Anordnung der Buden zu prüfen, damit die festgelegt war und sich alle darauf einrichten konnten. Jeder Tag zählte, sonst lief ihnen die Zeit davon. Später konnte sie immer noch zum Knock fahren und einen Spaziergang an der Ems entlang machen. Vielleicht gelänge es ihr dort, Thore und diese wundervolle Nacht aus dem Kopf zu bekommen. Falls sie dort nicht wieder von ihren Erinnerungen eingeholt werden würde.

Antea begann den Markt unter Berücksichtigung von Gabrielas Notizen aufzumalen, verwarf aber die ersten drei Entwürfe sofort wieder. Die größte Schwierigkeit bestand darin, diesen verflixten Piet irgendwie miteinzubeziehen. Er war und blieb ein Fremdkörper in Himmelshusen, aber würde sie ihn mit Decken verhüllen, würde ihr sofort der Ärger einiger Dorfbewohner entgegenschlagen, und es war wichtig, dass nun alle an einem Strang zogen und kein weiterer Streit ausbrach. Auch dass Harms' Brauereiwagen davor platziert würde, konnte zu Meut führen – und das wollte sie wirklich nicht.

Anteas Zunge wanderte vom rechten Mundwinkel zum linken und wieder zurück. Sie musste selbst lachen, als sie sich dabei ertappte, denn das hatte sie schon als kleines Mädchen immer getan, wenn sie sich konzentrierte. Und Thore hatte sie damit aufgezogen. Sie presste die Lippen zusammen, denn das war jetzt alles wohl Geschichte.

Dann endlich war es geschafft. Die Teekanne war leer und der Plan fertig. Der Weihnachtsmarkt in Himmelshusen stand! Zumindest auf dem Papier.

Sie hatte darauf geachtet, dass sich Kulinarik und Handwerk sowie Kunstgewerbe, Mitmachaktionen, Kleinkunstdarbietung und Getränkestände abwechselten, und für den Piet war Antea auch eine wunderbare Idee gekommen. Ihn wollte sie nicht nur mit einem warmen Licht anstrahlen, er würde auf seinen Händen, die das Fischernetz hielten, sogar zwei Kerzen tragen. Es war kitschig, aber ein Weihnachtsmarkt konnte das durchaus vertragen.

»So«, sagte sie zufrieden. »Jetzt muss ich meine Ideen nur noch mit Johann, Wilko und Gabriela absprechen, sonst gibt es Ärger.«

Thore ließ sie absichtlich außen vor. Ihm würde sie den Plan am Abend zeigen.

Morgen müssten die Papiere mit der Genehmigung für den Weihnachtsmarkt eintrudeln, es war reine Formsache, dann konnte es offiziell losgehen.

Antea nahm ihre Zeichnung und rollte sie zusammen.

Wilko war heute im Homeoffice, wie er ihr per WhatsApp mitgeteilt hatte. Also konnte sie ihn schon mal überfallen und auf ihre Seite ziehen, damit Gabriela, falls sie unfriesische Änderungen wollte, auf jeden Fall überstimmt war. Manchmal war sie Antea mit ihrer Art wirklich zu kölsch.

*

Hardy saß in Grootsiel im *Deichstübchen* am Mittagsstammtisch. Dort traf er sich immer montags mit Herwig und Edzard, wenn sie Sonntag auf der Werft Schicht gehabt hatten und nun den freien Tag genossen. Die Luft war bereits zum Schneiden dick, denn die Kneipe war auch in der Woche immer voll. Es herrschte eine immense Lautstärke, die sich von Minute zu Minute höherschraubte, weil jeder gegen den anderen anbrüllte.

Vor Hardy stand bereits das dritte Bier, und seine Zunge war entsprechend locker. »Die ziehen das in Himmelshusen mit dem Weihnachtsmarkt echt durch, Jungs. Kein Vertun!« Er hieb mit der Faust auf den Tisch.

»Aber das ist ja eine bannig große Konkurrenz zu unserem eigenen Markt«, warf Edzard ein. »Und den gibt es ja schon richtig lange. Der hat Tradition!«

»So sieht das aus«, bestätigte Herwig. »Das können wir uns nicht bieten lassen!« Er hob die Hand und winkte der Bedienung. »Eine Runde Klaren!«

»Aber wir können da gar nix tun!«, wandte Hardy ein. »Ihr kennt Antea Grotelüschen nicht. Die hat Haare auf den Zähnen, und wenn die sich was in den Kopf gesetzt hat, dann zieht die das gnadenlos durch.«

»Jo.«

»Jo.«

Es herrschte betretene Stille zwischen den dreien.

»Givt dat denn bei euch in't Dörp keine einzige Schwachstelle? Einen Außenseiter, der uns nutzen könnte?«, fragte Edzard.

»Wozu?«, fragte Hardy.

Edzard trank einen Schluck Bier und wischte sich den Schaum mit dem Ärmel ab. »Spionage, Mann. Wir brauchen wen, der den Himmelshusern einen vor den Bregen knallt, weil er mit den Sturköppen noch eine Rechnung offen hat. So richtig von hinten mit der Faust durchs Auge. Wat mutt, dat mutt.«

Hardy überlegte kurz, dann glitt ein breites Grinsen über sein Gesicht. »Doch, so jemanden gibt es. Wir haben da eine Fremde unter uns. Aus Köln. Vom Rhein.« Er machte eine wegwerfende Handbewegung. »Die ist sich mit gar keinem grün. Und echt ein Besen.«

Herwig kratzte sich ausgiebig am Hinterkopf, so wie immer, wenn er nachdachte. Hardy lief es jedes Mal eiskalt den Rücken runter, weil es stets den Anschein erweckte, als hätte sein Kumpel Läuse.

»Das klingt richtig gut! Aber wie kommen wir an diese Kölsche ran?«, fragte er, nachdem er sich fertig gekratzt hatte.

»Gute Frage«, meinte Edzard. »Da musst du wohl agieren, Hardy!«

»Ich?« Hardy war völlig konsterniert. So hatte er sich das nicht gedacht. »Warum ich?«

»Du siehst ganz schmuck aus, und ich könnte mir vorstellen, dass die Frauen auf dich stehen.« Edzard nickte sich selbst bestätigend zu.

»Ich soll sie also dazu bringen, mir aus der Hand zu fressen?« Hardy wurde abwechselnd heiß und kalt, als ihm klar wurde, was da auf ihn zukam. »Die Olle ist zehn Jahre älter als ich. Oder noch mehr!« Das Entsetzen färbte seine Stimme etwas schrill.

»Jo, das ist moi«, erwiderte Herwig. »Ältere Frauen fühlen sich geschmeichelt, wenn sich ein junger Bursche für sie interessiert. Also ran an den Speck!«

»Aber … aber …«, stammelte Hardy. »Ich weiß außerdem gar nicht, was ich tun soll.«

Herwig und Edzard nickten sich selbstgefällig zu. Sie dankten der Bedienung, die eben den Klaren brachte.

»Nich lang schnacken, Kopp in Nacken!«, prostete Herwig seinen Verbündeten zu.

Sie kippten sich den Schnaps hinunter. Hardy fand, dass er heute besonders heftig nachbrannte.

»So, nun haben wir einen Pakt. Der Weihnachtsmarkt in Himmelshusen darf keinesfalls stattfinden. Mit der Kölschen im Netz wird uns schon einfallen, wie er verhindert werden kann. Plan A steht!«

Hardy kam sich vor wie gelackmeiert. »Aber ihr habt mir noch immer nicht verraten, was ich genau tun soll. Und wie weit muss ich gehen?«

Edzard verdrehte die Augen. »Morgen verabredest du dich mit ihr und lädst sie zum Essen ein. Nach zwei bis drei Glas Wein streichst du ihr über den Handrücken, und wenn du erst genug Süßholz geraspelt hast, wird sie Wachs in deinen Händen sein und sich auf unsere Seite schlagen. Dann sind die Himmelshuser am Mors. So was von! Ganz easy.«

»Und wenn nicht?« Hardy wurde schlecht bei dem Gedanken, sich an die Kölsche ranmachen zu müssen. Der Preis für die gute Sache war hoch! Die war doch gar nicht sein Typ!

»Reicht das nicht, dann eben ein bisschen mehr!« Herwig setzte das vierte Bier an, nahm einen kräftigen Schluck und nickte zufrieden.

»Wenn ihr das meint«, sagte Hardy, auch wenn ihm allein bei der Vorstellung, diese Frau küssen zu müssen, ganz anders wurde. Er fügte hoffnungsvoll hinzu: »Aber wir brauchen einen Plan B.« Und ich noch ein Bier, dachte er. Ohne Alkohol war die Situation gerade unerträglich.

»Plan B«, wiederholte Edzard. »Das ist immer gut. Man sollte stets eine Alternative haben.«

»Genau«, bestätigte Hardy erleichtert, in der Hoffnung, aus der Nummer irgendwie rauszukommen.

»Moin, Jungs!« Mirjam van der Haas stellte sich kurz zu ihnen an den Tisch. »Ihr guckt so bedröppelt, als wären euch nicht nur eine, sondern gleich fünf Läuse über den Pelz gelaufen.«

»Zehn«, murrte Hardy.

Mirjam schaute ihn fragend an.

Es war aber wohl besser, nicht mit der vollen Wahrheit rauszurücken.

»Die Himmelshuser werden einen Weihnachtsmarkt veranstalten, und das ist eine große Konkurrenz zu unserem. Das muss verhindert werden. Mit allen Mitteln.«

Mirjam legte Hardy die Hand beruhigend auf die rechte Schulter. »Habe ich gehört, aber das müsst ihr wohl schlucken. Ich bin ja beim Ordnungsamt und habe heute die Genehmigung unterschrieben. Ist schon in der Post!«

Hardy schnellte hoch. »Das kommt morgen bei Antea an?«

»Davon gehe ich aus. So, ich muss dann.« Mirjam klopfte Hardy noch einmal freundschaftlich auf den Rücken und verließ das *Deichstübchen*.

»Das ist Plan B!«, rief Hardy erfreut aus. »Wir müssen den Brief abfangen. Antea darf ihn gar nicht erst bekommen, in dem Fall verlieren die Himmelshuser so viel Zeit, dass der Markt nicht stattfinden kann!«

Herwig orderte eine zweite Runde Korn und noch gleich ein Bier für alle dazu. »So mok wi dat«, sagte er zufrieden, als das Gewünschte vor ihnen stand. »Du baggerst die Kölsche an, und wir kümmern uns um den Brief!«

Hardy sackte in sich zusammen. Das hatte er sich eigentlich anders vorgestellt.

*

Gabriela war so glücklich wie schon seit Ewigkeiten nicht mehr. Mit Antea den Weihnachtsmarkt zu planen, machte sehr viel Freude, die junge Frau hatte tolle Ideen und das richtige Händchen für Menschen, das Gabriela manchmal fehlte. Zudem lief die Galerie besser denn je. Sie hatte in den letzten Tagen mehrere Bilder verkauft, die als Weihnachtsgeschenke ausgesucht worden waren, heute sogar ein weiteres von Nele Holthusen. Und sie hatte dafür einen besonders guten Preis aushandeln können.

Natürlich freute sich die junge Künstlerin sehr, als Gabriela sie am Montagnachmittag anrief.

»Das ist ja wunderbar! Ich danke Ihnen, Frau Schmitz.« Ihre Stimme klang erleichtert und begeistert zugleich.

»Ich hätte da aber noch eine Frage«, fügte Gabriela schnell hinzu, um die gute Laune auszunutzen. »Wir hatten doch kürzlich über kleine Tierporträts gesprochen. Könnten Sie sich vorstellen ... Also, in Himmelshusen, wo ich wohne, wird es einen Weihnachtsmarkt geben. Der Gewinn dieser Aktion kommt einem alten Herrn aus dem Dorf zugute, dessen Haus dringend renoviert werden muss, sonst bleibt ihm nur die Seniorenresidenz.«

»Oh nein!«, entfuhr es Nele Holthusen. »Es gibt sicher schöne Einrichtungen, aber mein Opa war so glücklich, dass er bis zuletzt in seinem alten Zuhause bleiben konnte. Jeder sollte doch zumindest die Wahl haben.«

»Genau so sehe ich das auch. Deshalb organisieren wir

diesen Weihnachtsmarkt. Und ich könnte es mir ganz wunderbar vorstellen, dass Sie einen der kleineren Stände nutzen. Die Leute könnten dort ein Foto ihres Lieblings abgeben, und Sie malen direkt vor Ort ein Tierporträt. So, wie Sie es mir einmal beschrieben haben. Natürlich werden Ihre Kosten für das Material beglichen, und wir können auch darüber verhandeln, wie viel Prozent der Einnahmen für Sie selbst …«

»Das mache ich sehr gerne«, unterbrach Nele Holthusen. »Was für eine fantastische Idee! Und nein, ich würde natürlich den Gewinn von meinem Stand ebenfalls spenden. Es ist doch ein echt guter Zweck, finde ich! Sie können mit mir rechnen, Frau Schmitz!«

»Fein, dann kommen Sie einfach in den nächsten Tagen hier in der Galerie vorbei, damit wir die Details besprechen können.«

»Mach ich.«

Gabriela lächelte breit, als sie sich bei Nele Holthusen bedankte und schließlich auflegte. Nun war auch der letzte bisher noch unbesetzte Stand vergeben. Antea würde sich freuen. Und Wilko hoffentlich ebenfalls. Gegen eine junge Künstlerin aus der Region, die mithelfen wollte, konnte er wohl kaum etwas einzuwenden haben. Dennoch blieb Gabriela vorsichtig.

»Samthandschuhe«, murmelte sie. Vielleicht sollte lieber Antea Wilko die gute Nachricht überbringen.

Kapitel 12

Es hatte Hardy eine Menge Überredungskunst gekostet, Edzard dazu zu bringen, Anteas Brief vom Ordnungsamt abzufangen. Herwig verabschiedete sich wegen eines Arzttermins aus der Aktion, aber Edzard hatte keine glaubhafte Ausrede gefunden und stand nun vor Hardys Haustür.

»Komm schnell rein, bevor dich jemand sieht«, raunte Hardy, zog Edzard ins Haus und schloss hastig die Tür.

»Immer mit der Ruhe, Hardy. Zum einen ist das Dorf um diese Zeit ziemlich ausgestorben, und zum anderen kannst du doch einfach mal Besuch kriegen.«

Hardy schüttelte den Kopf. »Je weniger Leute dich sehen, desto besser.«

»Was heißt: mich sehen? Wenn, dann wohl: uns sehen.«

»Das mit dem Brief machst du«, stellte Hardy klar. »Mich kennt die Briefträgerin. Du musst ihr verklickern, dass du Anteas Onkel bist und die Post für sie entgegennimmst. Die kommt immer gegen zehn. Du kannst dich also in …«, er sah auf seine Armbanduhr, »… zwanzig Minuten schon mal auf die Lauer legen.«

»Und die Posttante glaubt mir das?« Edzards Zweifel waren unübersehbar.

»Warum denn nicht?«, beruhigte Hardy ihn. »Die ist neu hier, seitdem der alte Hauke vor zwei Wochen in Ruhestand gegangen ist.«

»Nun ja …«

»Mann, Edzard, irgendwas müsst ihr zwei doch auch übernehmen. Das wirklich große Opfer bringe ich! Schließlich geht es darum, dass eurem Grootsieler Weihnachtsmarkt keine Konkurrenz gemacht wird!«

»Jo. Und du hast dann ja mit der Kölschen noch deine spezielle Aufgabe!« Edzard grinste breit und anzüglich.

Hardy hoffte so sehr, dass es schon reichen würde, wenn die Genehmigung vom Ordnungsamt nicht in Himmelshusen ankam und die Leute nicht weiterplanten. Dann würde er sich Gabriela Schmitz nicht nähern müssen. Er gab es nicht gerne zu, doch die Frau machte ihm ein wenig Angst mit ihrer forschen Art. Fast noch stärker als Antea.

Die Frauen heutzutage waren einfach keine richtigen Frauen mehr. Wo war das sanfte Wesen, die tiefe Erkenntnis, dass Männer ihnen nun mal überlegen waren? Organisieren und diktieren wollten sie. Allein schon deshalb musste die Weihnachtsmarktaktion gestoppt werden. Man konnte Antea nicht über das Schicksal des Dorfes bestimmen lassen. Sie war nicht nur eine Frau, sondern dazu noch grün hinter den Ohren. Das ging aus Hardys Sicht gar nicht.

»Du gehst aber doch mit?« Edzard musterte ihn misstrauisch.

»Mit? Wohin?«

»Zu dem Haus von dieser Antea. Ich weiß ja gar nicht, welches das ist.«

»Ich zeig's dir«, versprach Hardy. »Und ja, ich stell mich an die Ecke, wenn du Schiss hast.«

»Ich hab keinen Schiss.«

»Denn ist ja gut.«

»Jo.«

Sie standen schweigend im Flur, bis es Zeit war, sich auf die

Lauer zu legen. Erst auf dem Weg durch das leere Himmelshusen – jetzt, so mitten am Vormittag, waren die meisten Leute auf der Arbeit und die Kinder in der Schule – fiel Hardy ein, dass er Edzard vorhin hätte etwas anbieten können. Egal. Sie konnten hinterher ein Gläschen auf ihren Erfolg trinken, wenn sie den Brief hatten. Obwohl Hardys Schädel eigentlich noch von gestern brummte.

Sie legten sich hinter der Hausecke auf die Lauer. Zum Glück mussten sie nicht lange warten. Bald hörte man das leise Herankommen des Postwagens. Neuerdings waren sie auf Elektrofahrzeuge umgestiegen und längst nicht mehr so laut wie früher. Aber die Schiebetür ratschte noch immer wie zuvor. Hardy gab Edzard einen Schubs, und der eilte zum Briefkasten neben der Tür, bevor die Zustellerin mit mehreren Briefen in der Hand das Haus erreichte.

»Moin«, grüßte sie.

»Moin. Sie bringen die Post?«

Hardy verdrehte die Augen. Hatte Edzard keinen besseren Spruch auf Lager? Was sollte sie denn sonst tun? Bier ausschenken? Er schielte um die Ecke.

»Genau.« Die junge Frau trug eine postgelbe Jacke und eine schwarz-gelb geringelte Mütze und versuchte, an Hardy vorbei an den Briefkasten zu gelangen, um die Post einzuwerfen.

»Sie brauchen sich nicht so anzustrengen. Geben Sie das einfach mir. Ich bin der Onkel«, behauptete Edzard.

Die Briefträgerin stutzte und zog die Hand mit den Briefen zurück. Dann schüttelte sie den Kopf.

»So geht das aber nicht. Können Sie sich ausweisen?«

»Äh, nein, im Moment nicht.«

»Wie heißen Sie denn?«

»Na, wie meine Nichte.«

Hardy verdrehte die Augen, weil Edzard so stümperhaft herumstammelte.

»Und das wäre?«

»Äh, Edzard Grotehansen.«

Jetzt zuckte Hardy zusammen und schlug die Handfläche vor die Stirn. Scheiße, konnte der Idiot sich nicht einmal den richtigen Namen merken? Grotelüschen, verdammt, Grotelüschen!

»Tut mir sehr leid, Herr Grotehansen. Da müssen Sie sich im Haus geirrt haben. Hier wohnt Ihre Nichte nämlich nicht. Und nun treten Sie bitte zur Seite, damit ich meine Arbeit tun kann.«

Entsetzt beobachtete Hardy, wie Edzard den Schwanz einzog und den Weg freigab. Mit einem Plumps landeten die Briefe im metallenen Kasten, die Briefträgerin drehte sich um und setzte ihre Runde am Nebenhaus fort.

»Wieso hast du ihr die Post nicht einfach abgenommen?«, herrschte Hardy Edzard an, als dieser wieder zu ihm hinter die Hausecke trat.

»Spinnst du? Die hätte doch geschrien und das gemeldet, und dann hätte jeder gewusst, dass der Brief geklaut wurde. Nee, lass man. Den kriegen wir auch anders. Ich hab da was.«

Edzard zog ein Stück mittelstarken Draht aus seiner Jackentasche, bog ihn zunächst gerade und danach das eine Ende in eine Art Haken.

»Du meinst …?«

Edzard nickte. »Wir angeln jetzt einfach. Du stehst Schmiere.«

So simpel, wie Edzard sich das vorgestellt hatte, schien es nicht zu sein, eines der Schreiben zu erfassen und nach oben zu schieben, um es durch den Briefkastenschlitz herauszuziehen. Edzard fluchte ganz schön dabei. Aber dann sagte er endlich »Geschafft!«, und Hardy fiel ein Stein vom Herzen.

»Zeig!« Er drehte sich um, doch Edzards Gesicht war nicht so erfreut, wie er sich das vorgestellt hatte.

»Was ist?«

»Das ist der falsche. Einer von der Krankenkasse.« Edzard schickte sich an, den Brief zurück in den Kasten zu werfen.

»Halt, du Idiot«, herrschte Hardy ihn an. »Wenn du den wieder reinsteckst, angelst du den am Ende noch mal! Lass mich mal!«

Tatsächlich war es schwieriger als gedacht. Warum musste der Schlitz auch so schmal sein, dass die Finger gar nicht richtig reinpassten?

Edzard begann plötzlich zu pfeifen wie ein Vogel. Das war bestimmt ein Signal, dass jemand vorbeikam!

Hastig zog Hardy den Draht aus dem Kasten, bückte sich und tat, als ob er seinen Schuh binden wollte. Blöderweise hatte der zwar Klettverschlüsse, aber egal.

Die Frau mit dem Kinderwagen, die vorbeiging und ihm ein freundliches »Moin« zurief, kannte er nicht, sie war wohl nur zu Besuch in Himmelshusen. Er atmete auf.

»Lass mich noch mal«, drängte Edzard und drückte Hardy den falschen Brief in die Hand, bevor er sich wieder an die Arbeit machte.

Letztlich war er der Geschicktere von ihnen, denn nun gelang es ihm recht schnell, einen zweiten Brief nach oben zu befördern.

»Und?«, fragte Hardy.

»Er ist es.« Strahlend wedelte Edzard mit dem Schreiben vom Ordnungsamt. »Nix wie weg.«

Hardy war ihm schon zur Straße gefolgt, als er den Krankenkassenbrief in seiner Hand bemerkte. »Geh vor zu mir, ich komme sofort«, sagte er und eilte zurück, um den Umschlag wieder in den Kasten zu werfen.

»Moin, Hardy.«

Hardy zuckte zusammen und schaute sich um. Das hatte gerade noch gefehlt, dass man ihn hier sah! Aber er war zum Glück nur Johann. Der Alte war harmlos.

»Moin, Johann.«

»Wolltest du zu Antea?«

»Nein, ich werfe nur einen Brief ein. Fehlgeleitet und bei mir gelandet.«

»Na, denn ...« Mit einem kurzen Kopfnicken ging Johann weiter.

Hardy aber lief nach Hause, so schnell er konnte. Zuerst würde er mit Edzard das eroberte Schreiben ganz in Ruhe verbrennen. Und dann brauchte er einen Schnaps.

*

Johann war zufrieden mit seiner Ausbeute. Die schon fertigen Buden standen auf dem Hof. Der ganze Schuppen stand voller Krimskrams, den er aus sämtlichen Ecken seines Hofes herausgesucht hatte. Eigentlich super, dass Antea diese Idee mit dem Weihnachtsmarkt hatte, denn sonst wären die Sachen wohl weggeworfen worden. Nun aber würde sich jemand daran erfreuen und Haus und Hof damit verschönern.

Am liebsten mochte Johann die alte Blechbadewanne. Die hatte er früher immer herausgeholt, wenn seine Enkelin im Sommer zu Besuch war, damit sie darin baden konnte. Ihm glitt bei der Erinnerung ein breites Lächeln übers Gesicht. Bis zur Brust voller Wasser hatte Maja darin gesessen und versucht, ihn nass zu spritzen. Inzwischen war sie erwachsen, hatte längst eigene Kinder, und vielleicht würde sie sich an die Wanne gar nicht mehr erinnern. Aber das alte Ding konnte nun den Vorgarten einer anderen Familie verschönern und dort ihre Geschichte erzählen. Johann mochte den Gedanken.

Ähnlich verhielt es sich mit der wuchtigen Blechgießkanne, deren Henkel lose war, weil seine Tochter Stine beim Fangenspielen darauf getreten war. Er hatte sich nie davon trennen können, auch wenn es fortan schwierig war, die Blumen zu gießen. Aber Johann war davon überzeugt, dass die Pflanzen mit dem Wasser aus dieser Kanne einfach besser wuchsen, die Blüten bunter waren und er den Gewächsen damit eine Prise Glück schenkte. Bestimmt gerade deshalb, weil die Kanne eigentlich reif für den Müll geworden war.

Er wurde wirklich wunderlich, wie er so vor diesen kleinen Schätzen stand und sich erhoffte, dass diese alten Dinge, wenn er sie vor dem Wegwerfen bewahrte, nun dazu dienten, ihm ein weiteres Leben in Himmelshusen zu ermöglichen.

Antea hatte ihm einen eigenen Stand in der Nähe der Kirche zugesichert, und er wusste auch schon, wie er ihn gestalten wollte. Vorn sollte ein Schild stehen:

Johanns Fundgrube –
alte Geschichten neu erweckt

Das Schild wollte er gleich gestalten. Es sollte groß sein, damit es auffiel. Und er plante, die Wanne und die Gießkanne darauf zu malen. Das würde dauern, aber wenn er mit diesen Dingen Geschichten erzählen und Erinnerungen wecken wollte, musste er die Besucher des Weihnachtsmarktes darauf stoßen. Vielleicht würde er tatsächlich kleine Erlebnisse aus seinem Leben erzählen. Da gab es genug Anekdoten.

Die Weihnachtsmarktbesucher würden jedes einzelne Stück in die Hand nehmen und sich überlegen, was es im Laufe seines langen Lebens wohl erlebt haben mochte, und er wollte ihre Gedanken mit einem Hinweis und einer wahren Geschichte ergänzen. Ja, so gefiel es Johann. Er holte die Farbeimer. Es war besser, er fing gleich an, sonst rannte ihm noch die Zeit davon.

*

»Und wie soll ich das machen mit der vom Rhein?« Hardy war maßlos überfordert. Er war grundsätzlich kein Frauenversteher, und eine ältere Frau aus der Fremde anzubaggern, erschien ihm wie eine unüberwindbare Hürde.

Edzard schob den Kaugummi im Mund hin und her und versuchte sich an einer Blase, was aber misslang, sodass ihm die klebrige Masse am Kinn hing. Es dauerte, ehe er sich davon befreit hatte.

»Wie man das eben so macht. Frau ist Frau.«

Da kannte Edzard aber Gabriela Schmitz aus Köln nicht. Die hatte nicht nur Haare, sondern ein ganzes Fell auf den Zähnen.

»Du brauchst was Anständiges zum Anziehen«, beschloss Edzard. »Mit deiner Joppe und dem Troyer geiht dat nicht.«

Hardy sah unsicher an sich herunter. Er fand sich eigentlich ganz cool, und seine Kumpel hatten doch auch behauptet, er sähe schmuck aus.

»Musst gar nicht gucken, du benötigst Hemd und Schlips für das Rendezvous.«

Hardy war nun zweifach erstaunt. Zum einen hätte er nicht gedacht, dass Edzard das französische Wort für eine Verabredung überhaupt kannte, und zum anderen war er unsicher, ob vornehme Kleidung die Lösung war. Er besaß ohnehin von beidem nur ein Teil, und das Hemd war ihm mit Sicherheit zu eng, denn er hatte es zuletzt vor zehn Jahren zur Beerdigung seines Onkels dritten Grades getragen.

Edzard überging Hardys Unsicherheit und fuhr fort. »Außerdem ist eine passende Location unabdinglich.«

Was quatschte der denn heute so geschwollen?

»Du meinst ein Ort für das Stelldichein?«, hakte Hardy vorsichtshalber nach. Es war besser, sich abzusichern und keinen Fehler zu machen, dann war die Sache wahrscheinlich am schnellsten ausgestanden.

»Jo. So sieht das aus«, bestätigte Edzard. »Aber zuerst ändern wir dein Outfit ...«

»Hä?«

»Deine Klamotten. Sagte ich doch schon. Und dann suchen wir was raus, wo man gut knutschen kann.«

Hardy wurde der Hals trocken. An Knutschen hatte er nicht gedacht. Das würde er nicht hinkriegen. Er beschloss, Edzard ein Stück entgegenzukommen, um ihn gnädig zu stimmen.

»Gut, dann überlegen wir mal, was ich anziehen soll.«

Edzard nickte. »Das erledigen wir in Emden. Wir dürfen jetzt nicht kleckern, sondern müssen klotzen, um die undichte Stelle in der Leitung zu einem rauschenden Bach zu machen.«

Das klang gut, da war Hardy dabei. »Mission Weihnachtsmarkt kann losgehen.«

*

Antea öffnete den Postkasten und nahm die Briefe heraus. Sie erlag der irrigen Hoffnung, es könnte eine Nachricht von Thore dabei sein. Was Romantisches, keine schnöde Handynachricht. Sie hatte ihn ein paar Tage nicht gesehen und nichts von ihm gehört. Er fehlte ihr als Freund, aber auch so. Derart kühl, wie er sie nach der Nacht behandelt hatte, wagte sie nicht, ihn zuerst zu kontaktieren. Nachher würde er sich unter Druck gesetzt fühlen.

Antea studierte die Absender, aber es war nichts dabei. Auch die Post vom Ordnungsamt war nicht gekommen.

»Eigenartig«, murmelte sie. »Ich hatte fest damit gerechnet, dass die Genehmigung heute eintrifft. Es wäre gut, endgültige Sicherheit zu haben.«

Antea warf einen prüfenden Blick zum Himmel. Für den Dezember war es heute ungewöhnlich warm, und kein Wölkchen trübte den klarblauen Himmel. Im Moment konnte sie für den Weihnachtsmarkt nichts weiter tun, was also sprach dagegen, einen Spaziergang zu machen und ihren Gedanken ein wenig nachzuhängen?

Ich könnte zum Knock fahren, dachte sie, am Ufer der Ems entlangspazieren und später einen Kaffee trinken gehen. Das hatte sie lange nicht getan. Sie würde dort etwas zur Ruhe kommen, weil der Blick aufs Wasser immer etwas Tröstliches hatte.

Kurzerhand schlüpfte Antea in ihre Jacke, stopfte vorsichtshalber den Schal in die Tasche und stieg ins Auto.

Auf den Straßen war nicht viel los. Die Weihnachtsurlauber waren noch nicht da, die Einheimischen arbeiteten um diese Zeit. Antea gab etwas mehr Gas. Sie fuhr am Emsdeich entlang, bis sie den letzten Parkplatz erreicht hatte, wo die Straße in einer Sackgasse endete und der Naturstrand Knock lag.

Hier standen sogar zwei Wohnmobile, die sich mit Blick auf die Ems dort platziert hatten. Antea stieg aus und stapfte einen Trampelpfad hinunter. Die Ems floss heute träge, ihre Wasseroberfläche glitzerte in der Sonne. Vom Ufer aus hatte

Antea einen Blick hinüber zu den gegenüberliegenden Industrieanlagen von Delfzijl. Auf dem Fluss schipperten ein paar kleinere Boote. Als sie nach rechts schaute, entdeckte sie aber auch große Frachtschiffe.

Antea war sich nie sicher, ob sie es hier wirklich schön fand, aber sie mochte diese Ecke dennoch. Wenn sie Ruhe und Abgeschiedenheit brauchte, war es ein guter Ort.

Sie überquerte eine Sandfläche, die großartig als »Strand« deklariert wurde. Unter diesem Wort stellte sich Antea allerdings etwas anderes vor. Und auch die nächste Fläche, die sich nach einer Asphaltierung anschloss, machte dem Namen keine Ehre.

Antea lief weiter, sog die klare Winterluft ein, und mit jedem Schritt wurde ihr Herz leichter. Sie hatte sich mit der Organisation dieses Marktes eine Menge aufgebürdet, da tat ihr diese kleine Auszeit wirklich gut, zumal ihr Herz wegen Thore so blutete. Selbst wenn der Brief vom Ordnungsamt heute nicht eingegangen war, so würde es doch gut vorangehen, und sie konnte Johann retten und in Himmelshusen halten. Mit Stine würde sie schon klarkommen.

Warum ist mir das alles eigentlich so wichtig?, schoss es ihr durch den Kopf. Warum mache ich mir so viele Gedanken um einen alten Mann? Mehr als er sich selbst um sein Schicksal gemacht hatte.

Sie konnte sich die Frage klar beantworten, aber wenn sie diese Gedanken wirklich zuließ, müsste sie sich die eigene Einsamkeit eingestehen. Sie hatte keinen Partner, keinen, um den sie sich kümmern musste – es fehlte der Mensch für immer. Ihre Eltern waren lange tot, ihr Bruder rettete in Thailand Elefanten und war praktisch in ihrem Leben nicht präsent. Es gab nur Thore an ihrer Seite. Oder besser: Es hatte ihn gegeben.

Sie hatten es versaut. Thore hatte sein eigenes Leben, in dem sie zwar wichtig, aber keinesfalls die Starbesetzung war. Wirklich frei war er ja nie gewesen. Oder umgekehrt. Aber wollten sie das überhaupt? Thore offensichtlich nicht, sonst wäre er geblieben.

Antea bemerkte, dass sie schon weit gegangen war. Über ihr keckerten zwei Lachmöwen. Sie schrak zusammen, als ein Kormoran über sie hinwegstrich und sich dann auf der Wasseroberfläche niederließ. Er dümpelte nun neben zwei Silbermöwen und reckte den Hals. Antea kam sich wie ein Störenfried vor und drehte um.

Inzwischen war auch der Wind aufgefrischt, und aus Holland zogen Schäfchenwolken auf. Das war zwar ein hübscher Anblick, zeigte aber, dass das Wetter bald umschlagen würde. Antea war nun doch froh, ihren Schal mitgenommen zu haben. Sie umwickelte ihren Hals damit und beschleunigte das Tempo.

Der Wind sorgte dafür, dass sich die Luft merklich abkühlte, und Antea konnte ein Frösteln kaum noch unterdrücken. Aus dem Augenwinkel entdeckte sie, dass die *Strandlust* inzwischen geöffnet hatte. Ein Cappuccino würde ihr guttun und sie aufwärmen.

Ich könnte dabei auch bei Mirjam anrufen und nach dem Brief fragen, dachte sie. Obwohl es albern war. Die Post war nur selten zuverlässig, und nun hatte es eben ausgerechnet ihren Brief erwischt. Er würde morgen, spätestens übermorgen eintrudeln.

Trotzdem blieb diese Unruhe.

Antea wählte einen Platz am Fenster und bestellte einen Cappuccino und ein Stück Klaben mit Butter. So konnte sie sich schon mal auf Weihnachten einstimmen. Für sie ein einsames Fest.

Sie nahm das Handy aus der Tasche und sah, dass zwei Nachrichten eingegangen waren. Eine war von Johann.

Hier gibt es böse Geister. Meine Gießkanne ist weg.

Antea schluckte. Hatten sie einen Fehler gemacht und Johanns Zustand unterschätzt? Warum zum Teufel machte er so ein Gewese um eine Gießkanne und sprach von bösen Mächten?

»Vielleicht gehört er doch in ein Heim«, flüsterte Antea.

Die Bedienung brachte ihre Bestellung, und sie dankte ihr mit einem Kopfnicken. Nachdenklich nahm sie den Löffel in die Hand und kostete etwas Milchschaum.

Dann widmete sie sich der zweiten Nachricht. Ihre Hände begannen zu zittern. Sie kam von Thore! Ihr Herz raste, und sie konnte die Worte vor Aufregung zuerst gar nicht lesen.

Hast du heute Lust auf den Engelkemarkt? Ich hole dich um 18 Uhr ab. Zieh dich warm an, es soll windig werden. Aber du weißt ja: Solange die Schafe noch Locken haben, ist alles halb so wild.

Antea konnte ein Grinsen nicht unterdrücken. Das war typisch Thore. Er wollte also mit ihr zum Weihnachtsmarkt nach Emden gehen. Bratwurst essen und Glühwein trinken. Sie würden Karussell fahren und am Ende Popcorn und »verbrannte Mandeln« essen. So hatten sie es früher immer genannt und den Begriff nie aufgegeben. Vielleicht war doch noch nicht alles verloren und sie konnten wenigstens ihre Freundschaft retten.

Herzhaft biss Antea in den köstlichen Stollen.

»Und dieser Brief, der kommt auch bald!«

Kapitel 13

Emden war nicht voll, und Hardy und Edzard wurden schnell fündig. Der Anzug hatte Hardys Ersparnisse rasch schrumpfen lassen. Aber er sah es als Investition in die Zukunft, schließlich würde noch die eine oder andere Beerdigung anstehen und die Kleidung so aufgetragen werden. Das Gefühl, sich mit der Schmitz zu verabreden, war schließlich dasselbe, als ob einer zu Grabe getragen wurde.

Edzard war zufrieden. »Jetzt noch zum Friseur und du bist wie neu.«

»Was soll ich denn da abschneiden?« Hardy fuhr sich durchs struppige Haar, das nach allen Seiten abstand, was er sehr apart fand. Er war doch kein Schickimicki-Fritze und kein Model-Typ. Sondern ein gestandener Ostfriese.

»Haare, dein Gezottel im Gesicht …« Edzard rollte mit den Augen.

Hardy liebte seinen Bart. »Min Vader war Fischer, min Grootvader war Fischer … und alle trugen das so. Es ist so was wie ein Markenzeichen!«

Edzard winkte ab. »Du musst Opfer bringen. Für den Weihnachtsmarkt und die Tradition. Und gegen die Frauen, die uns Keerls gegenüber das Sagen haben wollen.« Er schubste Hardy in den Salon.

Hardy schloss die Augen, ließ alles widerstandslos über sich ergehen und war über die Verwandlung am Ende sehr erstaunt. »Ich seh ja gar nicht so übel aus«, stellte er fest.

»Schnieke!«, bestätigte Edzard. »Nun musst du noch Blumen kaufen.«

»Wofür das denn? Die verwelken doch ohnehin. Das ist unnützer Tüdelkram.«

Edzard seufzte laut. »Hast du schon mal een Froo gedatet?«

Hardy schwieg. Hatte er eben noch nie. Also eine Frau eingeladen. Von sich aus. Er schwitzte schon jetzt Blut und Wasser bei der Vorstellung, mit Gabriela allein zu sein.

Sie fuhren zurück nach Himmelshusen, wo Hardy weitere Anweisungen für das Vorgehen bekam.

Es dauerte zwei Stunden, ehe Edzard ihn zu Ende »gebrieft« hatte. Hardy rauschten bei all den Fremdwörtern die Ohren.

»Nun kann das Date losgehen«, sagte Edzard.

Hardy nickte. Vielleicht erkannte ihn die Kölnerin ja nicht, weil er so fremd aussah. Er könnte sich auch hinter den Blumen verstecken, dann war sein Gesicht unkenntlich. Groß genug war das Bukett schließlich.

»Wir verlassen uns auf dich. Vermassle es nicht!«

Hardy stolperte los und spürte noch Edzards Blick im Nacken. Zum Glück hatte sein Freund vergessen, ihm vorzuschreiben, wo er mit der Schmitz einkehren sollte.

Hardy kannte nur das *Deichstübchen*, seine Stammkneipe, woanders ging er sonst nicht hin. Aber das war nichts für ein Date. Edzard und Herwig würden ihm den Kopf waschen. Sie hatten bestimmt an ein feudales Restaurant mit einem romantischen Dinner gedacht. Aber dabei Hardys prekäre finanzielle Lage oder besser gesagt, seine Sparsamkeit, vergessen. Er konnte und wollte nicht derart in Vorleistung gehen. Der Anzug war schon das Höchste gewesen.

Hardy reckte das Kinn. Er hatte andere Pläne, und mit seinem angepeilten Ziel würde er genauso schnell zum Erfolg kommen wie mit so einem Dinner.

Es war Adventszeit, und an welchen Ort führte man eine Frau aus, vor allem, wenn man sie *nicht* küssen wollte? Auf den Weihnachtsmarkt. Das war unverfänglich und wenn er den in Emden wählte, war da genug Gedrängel, als dass eine romantische Stimmung aufkommen könnte. Für eine Beeinflussung samt Verhinderung des Himmelshuser Weihnachtsmarktes würde es ausreichen.

Nun musste er nur noch bei Gabriela klingeln.

*

So langsam wurde es Gabriela unheimlich, wie oft es bei ihr schellte. Sie musste unbedingt daran denken, eine weniger aufdringliche Türglocke zu besorgen. Oder Antea bitten, lieber zu klopfen, als zu klingeln, damit sie nicht jedes Mal erschrak.

Gabriela warf einen kurzen Blick auf ihre Füße in den Rentierhausschuhen, die Lisbet schon rechtzeitig vor Adventsbeginn geschickt hatte, aber Antea würde sich daran bestimmt nicht stören. Vielleicht würde sie diese schreckliche Fußbekleidung sogar zum Lächeln bringen. Die junge Frau war derzeit viel zu ernst, sie hatte sich mit dem Weihnachtsmarkt schließlich eine ganze Menge Verantwortung aufgeladen.

Mit einem Grinsen auf den Lippen riss Gabriela die Tür auf. »Komm …« Sie erstarrte.

Der Mann, der bei ihr geklingelt hatte, sprang einen Schritt zurück und klappte den Mund auf, als wollte er schreien. Doch alles blieb still.

»Ja bitte?«, fragte Gabriela.

Der Mann schloss den Mund wieder. Er sah nicht schlecht aus, wirkte gepflegt und in seinem Anzug gut gekleidet. Ein neuer Kunde für die Galerie? Aber dann konnte er ihre private Adresse nicht kennen. Die gab sie niemals heraus!

Nun räusperte sich der Mann und zog hinter seinem Rücken einen ziemlich großen Blumenstrauß in Plastikhülle hervor – einen von denen, die man eben noch schnell an Tankstellen kaufen konnte, wenn man ein schlechtes Gewissen hatte. Er streckte die Hand mit dem Bukett aus, und Gabriela griff unwillkürlich zu.

»Danke, aber ich verstehe nicht, warum Sie mir Blumen schenken.« Und dann noch so ein scheußliches Gebinde, das gleich reif für die Biotonne war. Mit geübtem Blick erkannte Gabriela, dass die rosa Lilien schon die Köpfe hängen ließen. Prompt segelte eines der Blütenblätter herunter.

»Der Grund ist …«, druckste der Mann herum.

Gabriela schaute ihn fragend mit schief gelegtem Kopf an. »Was ist der Grund?«

»Ich wollte fragen, ob du mit mir auf den Engelkemarkt gehst«, stieß der Mann schließlich hervor.

»Mit mir?« Das konnte sich nur um eine Verwechslung handeln. Verflixt, wer war das? Irgendwie kam Gabriela die ausgeprägte Nase bekannt vor. Und warum duzte er sie, wo sie doch nicht einmal genau wusste, wer das war?

»Ähm, wie kommen Sie … wie kommst du darauf?«

»Ja, also …« Der Mann schien zu überlegen, wie er sein Anliegen in Worte fassen sollte. »Ich möchte dich gern näher kennenlernen. Wir haben uns auf der Versammlung gesehen, vielleicht erinnerst du dich«, sagte er schließlich. »Und da hab ich mir gesagt: Hardy, hab ich mir gesagt. Warum fragst du sie nicht einfach, ob sie mit dir auf den Engelkemarkt geht?«

Hardy! Der Typ vom Mühlenverein, der so gemeckert hatte. Anteas Stinkstiefel! Er sah völlig verändert aus. Ohne den struppigen Bart machte er einen ganz freundlichen Eindruck.

Gabriela war kurz versucht, ihm die Tür vor der Nase zuzuschlagen, aber dann war sie doch zu neugierig. Also schwieg sie und schaute ihren Galan weiter abwartend an. Es amüsierte sie, wie verlegen er dadurch wurde.

Hardy druckste nämlich zuerst noch weiter herum, schließlich aber erklärte er: »Du wohnst nun schon so lange hier, und da dachte ich, es ist endlich Zeit … also …«

Nun breitete sich in Gabrielas Brust doch angenehme Wärme aus. Sie fühlte sich geschmeichelt. Immerhin hatte sich Hardy für sie fein gemacht. Diese Blumen besorgt, auch wenn sie furchtbar waren. Es ging um die Geste.

Irgendwie schien sich dieser Tage alles zu verändern. Sie hatte fast das Gefühl, dass die Himmelshuser nun begannen, sie in ihrer Mitte aufzunehmen. Wenn sogar der stoffelige Hardy vor der Tür stand und sie zum Emder Weihnachtsmarkt einlud, war das sicher ein gutes Zeichen. Und allzu verfänglich war ein Rundgang über den Weihnachtsmarkt ja nun auch nicht gerade. So in aller Öffentlichkeit konnten sie sich in Ruhe einmal näher kennenlernen. Auch wenn sie eigentlich gerade erst nach Hause gekommen war und sich auf einen gemütlichen Abend gefreut hatte, sollte sie die Einladung annehmen.

»Gut. Ich zieh mich nur kurz um«, sagte Gabriela entschieden. »Willst du reinkommen?«

Hardy schüttelte den Kopf und trat einen Schritt zurück. »Ich warte im Auto.«

»Okay.«

Gabriela eilte in ihr Schlafzimmer, zog zu ihrem weiten

schwarz-weißen Kleid zusätzlich eine schwarze Thermostrumpfhose und eine knallgrüne Wolljacke an und benutzte schnell noch ein wenig Lippenstift. Kurze Zeit später trat sie in gefütterten flachen Stiefeln und einem rot-grün karierten Wintermantel aus der Haustür, den selbst gestrickten roten Schal und die passende Mütze in der Hand.

Hardys Auto erwies sich als mittelgroß und grau – auf Marken achtete Gabriele nie – und innen nicht besonders sauber. Aber es fuhr, und das war schließlich die Hauptsache.

Sie hatten Himmelshusen noch nicht ganz verlassen, als Hardys Handy klingelte. Richtig klingelte, mit einem aufdringlichen altmodischen Ton. Es lag in der Schale zwischen den Sitzen, aber zum Glück griff Hardy nicht danach, sondern warf nur einen misstrauischen Blick darauf. Das war vernünftig. Gabriela hasste es, wenn Leute im Auto telefonierten. Das Klingeln verstummte.

»Gehst du jedes Jahr auf den Engelkemarkt?«, erkundigte sie sich, denn Hardy machte keine Anstalten, ein Gespräch zu eröffnen.

»Jo. Ist ein schöner Markt.« Nach einer Pause fügte er hinzu: »Und du?«

»Ich war noch nie richtig dort. Bin nur mal nach Galerieschluss kurz drübergelaufen, um zu sehen, was es da gibt.« Geert hatte Weihnachtsmärkte gehasst.

Wieder begann das Handy zu klingeln. Der Blick, mit dem Hardy es ansah, wirkte gehetzt.

»Ist es was Wichtiges?«, fragte Gabriela. »Dann können wir anhalten, damit du telefonieren kannst.«

»Nein, nein«, versicherte Hardy. »Es ist alles in Ordnung.«

Das mochte sein, aber der Mann war spürbar nervös. Und eine richtige Unterhaltung kam auch nicht zustande. Gabriela unterdrückte ein Seufzen. Sie hätte besser zu Hause bleiben und die erste Folge der neuen romantischen Serie anschauen sollen, die Lisbet empfohlen hatte. Vielleicht wäre auch die kleine Katze wieder einmal vorbeigekommen. Zwar war das Schälchen mit Futter, das Gabriela abends hinausstellte, morgens immer leer, aber sie hatte das Tierchen seit Tagen nicht mehr gesehen.

Endlich bogen sie nach Emden ein. Während Hardy noch nach einem Parkplatz suchte, meldete sich erneut sein Handy.

»Vielleicht solltest du doch mal drangehen?«, schlug Gabriela vor.

»Jo.« Er machte keine Anstalten, ihrem Rat zu folgen. Nun, dann war ihm nicht zu helfen.

Hardy parkte ein, sie stiegen aus, und wieder ertönte das nervige Bimmeln.

Gabriela blieb stehen. »Jetzt antworte endlich, sonst hört das ja nie auf!«

Hardy nickte und griff nach seinem Telefon. »Was willst du, verdammt?«, schimpfte er hinein.

Gabriela wandte diskret den Kopf ab, doch ihre Ohren blieben gespitzt. War dies am Ende eine eifersüchtige Ehefrau oder Freundin?

»In Emden ... Jo ... zum Engelkemarkt ... ich weiß ... Jo ... nein ... verlass dich auf mich.«

Das war nicht sehr aufschlussreich.

Hardy beendete das Gespräch, steckte das Handy in seine Anzugtasche, räusperte sich und schloss das Auto mit einem Klick ab.

»Ich weiß, an welchem Stand es guten Glühwein gibt«, sagte er.

»Ich bin gespannt.«

Nein, so gut er es gemeint haben mochte, Hardy war nicht der richtige Begleiter für diesen Weihnachtsmarkt. Aber vielleicht half ein Becher Glühwein, um ein wenig in adventliche Stimmung zu kommen. Und sie konnte sich ja im Hinblick auf den Himmelshuser Markt noch ein paar Ideen holen. Hoffentlich bekam Antea die Genehmigung vom Ordnungsamt bald.

Das hübsch gestaltete Weihnachtsdorf mit der großen Weihnachtspyramide im Mittelpunkt war direkt neben dem malerisch beleuchteten Rathaus aufgebaut. Es duftete nach gebrannten Mandeln, Lebkuchen, Zimt und Vanille.

Hardy bestellte gleich am ersten Stand zwei Becher Glühwein und drückte Gabriela einen davon in die Hand.

»Auf ... äh ... den Weihnachtsmarkt.«

»Auf den Weihnachtsmarkt«, erwiderte Gabriela und nahm einen Schluck. Ja, der schmeckte.

»Stimmt es, dass der Engelkemarkt gar nicht nach Weihnachtsengeln, sondern nach der Figur des goldenen Jungfrauenadlers über der Mauer im Emder Stadtwappen benannt ist?«, erkundigte sie sich. »Ich habe gehört, man nennt diese Figur das ›Engelke up de Muer‹.«

»Weiß ich nicht.« Hardy trank mehrere Schlucke aus seinem Becher. Er wirkte nicht besonders glücklich. Vielleicht fror er? Er hatte sich zwar einen Schal umgewickelt, trug aber sonst nur seinen Anzug, der nicht so aussah, als ob er bei diesen Temperaturen ausreichend vor Kälte schützte.

Gabriela nippte ebenfalls an ihrem Glühwein. Er war gut gewürzt und rann warm durch die Kehle in ihren Magen. Gehaltvoll war er auch. Sie würde ein Auge darauf haben müssen, wie viel Hardy trank. Schließlich waren sie mit seinem Auto hier.

Kapitel 14

Wilko schüttelte noch immer innerlich den Kopf über die Pleite mit Marion im Fischrestaurant. Immerhin hatte Gabriela nach Marions Abrauschen den leckeren Matjes genossen. Und entschuldigt hatte sie sich auch – sie schien ihr Auftreten in Johanns Schuppen ehrlich zu bereuen, und das war anerkennenswert. Dennoch fand Wilko es eher angenehm, sie seitdem nicht wiedergesehen zu haben. Zeigte das doch, dass sie sich nun wirklich zurückhielt.

Jetzt aber sollte er nicht über Gabriela Schmitz nachdenken, sondern über Sabine. Auf dem Foto sah sie klasse aus, und sie schien eine vernünftige und häusliche Frau zu sein. Sie hatte sich über seinen Vorschlag, gemeinsam auf den Engelkemarkt in Emden zu gehen, sehr gefreut.

So suchte er nun nach dem Treffpunkt, den Sabine vorgeschlagen hatte – eine Bude, in der gefilzte Hüte und Taschen verkauft wurden. Davon gab es nur eine, da würde man sich leicht finden.

Und dort war sie auch schon. Eine gut gelaunte Frau mit langen grauen Locken unter einer hellblauen Filzkappe mit einer kleinen Feder bot ihre Waren feil. Die meisten der Kopfbedeckungen waren außergewöhnlich, ja sogar ein bisschen verrückt. So etwas würde gut zu Gabriela Schmitz passen, dachte er unwillkürlich.

Er schüttelte den Kopf und drehte sich um. Da – war das

Sabine? Die Frau lächelte ihm so nett entgegen und steuerte direkt auf ihn zu. Ja, das musste sie sein. Er war angenehm überrascht. In Wirklichkeit sah sie noch attraktiver aus als auf dem Bild. Ihr dunkles kinnlanges Haar lugte unter einer Hipster-Beanie hervor. Sie trug eine ausgestellte Jeans und darüber eine Steppjacke. Ein voluminöser Schal war um den Hals gewickelt. Am ansprechendsten aber fand Wilko ihren offenen Blick. Sollte er dieses Mal ins Schwarze getroffen haben?

»Wilko?«, fragte sie.

»Ja. Dann bist du Sabine.«

»Genau.« Sie nickte heftig. »Ist es nicht herrlich hier? Ich liebe Weihnachtsmärkte!«

»Ja, das ist immer eine schöne Atmosphäre, finde ich auch. Sollen wir eine Runde drehen und schauen, was alles angeboten wird?«

»Lass mich gleich mal hier gucken – ich könnte noch eine neue Mütze oder einen Hut gebrauchen.«

Sabine wandte sich der Verkäuferin zu. »Darf ich anprobieren?«

»Aber selbstverständlich. Hier drüben steht ein Spiegel.«

Sabine nahm ihre Mütze ab. Ihr braun gefärbtes Haar zeigte einen deutlichen grauen Ansatz.

Wilko runzelte die Stirn. Weniger wegen des Ansatzes, vielmehr ärgerte er sich darüber, dass ihm eine solche Äußerlichkeit überhaupt auffiel. Er war doch sonst nicht so kritisch, hatte er zumindest bisher gedacht. Und irgendwas war ja immer.

Sabine zog nun einen Hut nach dem anderen auf, sah in den Spiegel und schüttete sich aus vor Lachen.

»Ist der nicht völlig verrückt?«, fragte sie und drehte sich nach Wilko um. Sie trug nun eine kleine gelbe Kappe mit einer Feder, ganz ähnlich der, die die Verkäuferin aufhatte. Die beobachtete Sabines Heiterkeitsausbrüche mit skeptischer Miene.

»Unmöglich, diese Dinger!« Sabine kicherte. »Was meinst du, Wilko?«

»Steht nicht jeder.«

»Okay, ich sehe schon, hier finde ich nichts.« Sabine legte die Kappe zurück auf die Verkaufstheke, zog ihre eigene Mütze über den Kopf und wandte sich an Wilko.

»Lass uns zum nächsten Stand gehen. Ich brauche noch ein paar Weihnachtsgeschenke.«

Wilko tauschte mit der Hutverkäuferin ein freundliches Tschüs und folgte Sabine zum Holzspielzeug nebenan. Eigentlich hatte er sich den Weihnachtsmarktbesuch ein wenig anders vorgestellt. Im Augenblick kam er sich vor, als hätte Sabine sich nicht mit ihm verabredet, um ihn kennenzulernen, sondern um nicht allein auf Einkaufstour zu gehen.

Sein Blick wanderte an der Reihe der Buden entlang und blieb in der Menschenmenge an einer roten Mütze hängen, deren Bommel fröhlich wippte. War das nicht Gabriela?

Mit einem Kopfschütteln wies er den Gedanken zurück und wandte sich dem Stand zu, an dem Sabine nun mit einer Holzeisenbahn spielte.

»Was denkst du – wäre das was für den Sohn meiner Nichte?«, fragte sie und ließ ihre Blicke hinüber zu den Holz-LKWs wandern. »Oder lieber so ein Auto.«

»Dazu kenne ich das Kind zu wenig«, brummte Wilko.

Sabine runzelte die Stirn, als ob sie nachdenken würde. »Du kennst Olaf doch gar nicht«, stellte sie dann fest und seufzte. »Alles muss ich selbst entscheiden.«

Wilko schwieg und sah noch einmal in die Menschenmenge, die sich an ihnen vorbeischob. Die rote Mütze war verschwunden.

*

Johann rieb sich die Augen. Das war ein Ding der Unmöglichkeit! Zum einen war die Gießkanne verschwunden, zum anderen hatte auch jemand seinen Schuppen durchwühlt! – Nichts stand mehr an seinem Platz. Nichts!

»Wer to'n Düwel macht sich hier zu schaffen? Und warum?«, grummelte er. »Das Zeug hat doch allenfalls Sammlerwert!«

Er begann aufzuräumen und fluchte jedes Mal, wenn er etwas fand, das er nun nicht mehr auf dem Himmelshuser Weihnachtsmarkt verkaufen konnte, weil es kaputtgegangen war. Den geschnitzten Holzblumen fehlten zwei Köpfe, der Mistforke, die er gründlich vom Rost befreit hatte, zwei Zinken. Beides konnte er nur noch wegwerfen.

Es dauerte über eine Stunde, ehe der Schuppen wieder ordentlich aussah. Johann ließ sich erschöpft auf den Melkschemel fallen und betrachtete sein Werk. Er war ziemlich aus der Puste, denn die körperliche Arbeit hatte ihn sehr angestrengt.

Gerade als er die Scheune verlassen wollte, klingelte sein Handy. Es war Stine. Da sie von der anderen Seite des Teichs anrief, wie Johann es immer nannte, schrie sie stets so laut, als müsse sie die Entfernung mit ihrer Stimme wettmachen, obwohl die Verbindung tadellos war.

»Moin, Vader. Wie geht es dir?«, brüllte sie.

»Moi, min Deern. Wir machen einen feinen Wiehnachtsmarkt in Himmelshusen! Alte Zeiten werden wach!«

»Hast du schon gepackt? Fürs *Moi Diek*?«

Johann wiederholte seinen Satz von eben, weil er dachte,

Stine hätte nicht gut zugehört, aber seine Tochter wollte offenbar nicht verstehen, was er sagte, denn sie redete ohne Punkt und Komma weiter.

»Ich komme kurz vorm Fest, und dann machen wir die restlichen Arbeiten. Darum musst du dich nicht kümmern. Das mach ich alles. Du brauchst nur packen, was du mitnehmen willst. Der Rest wird dann eine Haushaltsauflösung mit Garagenflohmarkt.«

Johann räusperte sich und versuchte erneut, Stine auf die veränderte Situation aufmerksam zu machen. »Die Dinge haben sich verändert! Wegen Antea und dem Wiehnachtsmarkt.«

»Gut, Vader!«, fuhr sie unbeirrt fort. »Dann pack mal schön weiter und viel Spaß, wenn du mit Antea auf den Weihnachtsmarkt gehst. Bald kannst du das in Emden tun. Ich denk an dich!«

Klack. Das Gespräch war beendet, und Johann starrte auf die Tastatur des Handys. Diese Dinger waren nach Gesprächsende einfach tot, was er noch schlimmer fand als das dämliche Tuten seines Festnetzapparates.

Er schluckte.

Stine hatte ihm wie immer nicht zugehört, sondern nur davon geredet, wie er am schnellsten ins *Moi Diek* kam.

Plötzlich fühlte Johann sich unglaublich allein. Er sah die Spinnweben in der Scheune, die im Licht der Neonröhre besonders schäbig wirkten. Er nahm zur Kenntnis, wie verstaubt seine einst so gut gepflegte Werkbank war. Ihm wurde deutlich, dass das Weiß der Wände schon längst keines mehr war und er in einer alten und verlotterten Bruchbude hockte. Stine hatte ja recht, wenn sie ihn hier herausholen wollte. Was nützte denn der Erlös des Weihnachtsmarktes? Er würde ohnehin nicht ausreichen, um das alte Gemäuer wieder instand zu setzen! Wer sollte das auch tun? Gut, jetzt waren alle Feuer und Flamme, aber schon bald kehrte überall der Alltag ein, und dann würde den Himmelshusern deutlich werden, was sie sich mit ihm, dem alten Flaggschiff mit mehr als Schlagseite, aufgehalst hatten.

Er stand schwerfällig auf und öffnete die Tür des Schuppens. Über ihm blinkten die Sterne, der Mond hüllte die Landschaft in sein fahles Licht. In Emden würde er keine so schönen Abende mit einem solchen Himmel haben, denn Städte waren hell erleuchtet und verhinderten den freien Blick auf das Wesentliche. Trotzdem würde er diesen Weg gehen müssen, damit er niemandem zur Last fiel. Er konnte, nein, er durfte von den Dorfbewohnern nicht verlangen, dass sie sich um ihn und das Haus kümmerten.

»Ich werde alles dransetzen, dass es diesen Markt gibt«, murmelte er. »Denn das tut der Dorfgemeinschaft gut. Es soll für sie sein, nicht für mich.« Johann schloss die Tür und kickte ein Stück Eisen quer durch den Raum. »Und wer auch immer meinen Schuppen verwüstet hat, der weiß noch nicht, mit wem er sich gerade anlegt! Dieser Markt wird stattfinden! Auf Düwel kumm rut!«

Johann ballte die Faust.

Wie zur Bestätigung seiner Worte ließ ein Kauz seinen schaurigen Ruf über Himmelshusen schallen.

*

Es war fast wie früher, auch wenn sie kein Wort über die Nacht verloren hatten. Nur manchmal schaute Thore Antea mit einem eigenartigen Blick an. Er hatte sie abgeholt, und sie parkten an seiner Arbeitsstelle am Eisenbahndock. Von dort war es nicht weit zum Engelkemarkt. Die große Pyramide war schon von ferne zu sehen. Thore nahm Antea bei der Hand, damit sie sich nicht gleich im Gewühl des Weihnachtmarktes verloren. Es fühlte sich gut an. Vertraut.

Der Ratsdelft glitzerte im Lichtermeer, das Feuerschiff war hell erleuchtet. Noch bevor sie einen Fuß auf den Markt, der sich rings um den Delft befand, gesetzt hatten, flutete ihnen bereits das Odeur sämtlicher Leckereien entgegen. Es duftete nach Bratwurst und Popcorn, nach Champignons und Falafel, nach Zuckerwatte und ihren geliebten »verbrannten Mandeln«.

Hinzu kamen die zauberhaften Klänge eines Bläserchores, der gerade »Süßer die Glocken nie klingen« intonierte. Ein Weihnachtsmann kam ihnen entgegen, der Jutesack schlenkerte leer über der Schulter. »Alles verteilt«, meinte er bedauernd.

Antea lächelte freundlich. »Das kann ich verschmerzen, richtig cool finde ich, wenn der Sinnerklaas aus Holland mit seinem Schiff anlegt, dem Swarten Pitt durch die Straßen streift und seine Schlickersachen verteilt.«

»Das stimmt. Finde ich auch super, dass sie die holländische Tradition hier aufleben lassen. Immerhin muss man nur dreimal fallen, um im Nachbarland zu sein. Das ist Emden. Ich liebe diese Stadt!«

Sie gingen weiter. Thore beschleunigte den Schritt, und dann waren sie mitten im Getümmel und kamen nur noch langsam voran. Er lachte auf, als sie das Kinderkarussell passierten und ein kleiner Junge gerade die Glocke des Feuerwehrautos in Gang setzte. Kurz darauf hupte ein Mädchen lautstark. »Das habe ich früher auch gemacht!«, rief er.

»Ich bin immer, wirklich immer auf einem der weißen Karussellpferde geritten und habe mir vorgestellt, ich wäre eine Prinzessin.« Antea lächelte vorsichtig, und sie kämpften sich durch die Menge.

Neben der Glühweinbude torkelte ein weiterer Weihnachtsmann herum, dessen Bart allerdings verrutscht war.

»Das erste Glühweinopfer aus dem Himmel«, schrie Thore über den Lärm hinweg.

Antea schüttelte den Kopf. »Der Weihnachtsmann kommt doch aus Korvatunturi in Lappland, das habe ich in meinem Kinderbuch so gelernt!«

»Stimmt auch wieder«, bestätigte Thore. Er blieb an einer Glühweinbude stehen, wo die Schlange nicht ganz so lang war und ihnen ein Elch aus Plastik entgegenglotzte. »Möchtest du Glühwein? Ich würde den ohne Alkohol nehmen.«

Antea verneinte. »Ehrlich gesagt, muss ich erst was essen. Was hältst du von der Bratwurstbude der Landfrauen?«, schlug sie vor, denn ihr Magen knurrte heftig. »Die steht immer an dem Plattbodenschiff auf der anderen Delftseite. Dann können wir den Markt von hinten aufrollen, eine Leckerei nach der anderen zu uns nehmen und vollkommen genudelt nach Hause gehen.«

Sie war froh, dass es hier keinen Stand gab, der Spaghetti Carbonara anbot. Das hätte sie jetzt nicht ertragen. Und um die Italiener in der Innenstadt konnten sie getrost einen großen Bogen machen.

»Guter Plan!« Thore hob den Daumen, denn eben wurden sie von einer großen Gruppe beiseitegedrängt. Die jungen Leute hatten es sich offenbar zur Aufgabe gemacht, sämtliche Weihnachtslieder in einem Potpourri anzustimmen, nur leider vergessen, sich abzusprechen. Die eine Hälfte kreischte »Alle Jahre wieder«, die andere versuchte sich in »Schneeflöckchen, Weißröckchen«.

Antea zog die Schultern hoch, doch das reichte nicht, um ihre Ohren vor diesem furchtbaren Gekreische zu schützen.

Es dauerte, ehe sie die Bude fanden, die in diesem Jahr

nicht ganz an derselben Stelle stand wie in den Jahren zuvor. Tant Foline und Grete hatten Dienst und alle Hände voll zu tun. Ihre Bratwürste waren legendär, das wussten die Emder!

Grete entdeckte sie sofort. »Schön, euch zu sehen«, begrüßte sie die beiden. »Gebt mir fünf Minuten, dann komm ich raus.« Sie arbeitete rasch die Bestellungen ab und nickte Tant Foline zu. »Bin kurz weg!«

»Aber nicht zu lange, heute steppt hier echt der Bär!«

»Ich will nur Antea und Thore begrüßen.«

»Schön, dass euer Laden brummt«, sagte Antea anerkennend, als Grete aus der Seitentür des Wagens trat.

»Jo, das stimmt. Ich muss in Kürze mit euch noch ein paar Sachen für unseren Markt besprechen. Wie weit seid ihr denn?«

Thore und Antea fassten abwechselnd alles zusammen.

»Nun warten wir nur noch auf das Okay vom Ordnungsamt«, schloss sie. »Aber das ist bestimmt nur Formsache.«

Grete nickte. »Die sind da wohl nur nicht so schnell. Ihr kennt ja die seltene Flüssigkeit mit fünfzehn Buchstaben.«

Antea sah sie fragend an.

»Beamtenschweiß.« Grete kicherte, und Thore zog die Brauen zusammen, denn er war selbst verbeamtet. Aber Grete konnte er nicht böse sein. Sie war ohnehin schon wieder auf dem Sprung, weil sich eine Kegeltruppe näherte, die ihre Passion auf den Weihnachtsmützen abgedruckt hatte.

»So, ich muss dann. Beim nächsten Treffen bin ich auch wieder dabei!« Sie huschte zurück in den Wagen.

»Lass uns schnell zwei Bratwürste mit Weißbrot ordern, und anschließend machen wir den Markt unsicher. Am besten, bevor die Kegler sich geeinigt haben.« Thore schob sich zum Verkaufstresen und kam kurz darauf mit zwei »Engelke-Bratwürsten« zurück.

Antea biss herzhaft hinein, es war köstlich.

So gestärkt wollten sie ihre Runde beginnen, als Antea Thore am Ärmel zog. »Das glaub ich jetzt nicht«, entfuhr es ihr. »Was soll denn das werden?«

»Gabriela und Hardy?« Thore verschluckte sich an seinem letzten Bissen. »Das wüsste ich auch gern«, keuchte er, als der Hustenreiz nachließ. »Woher kennt sie Hardy? Und warum turteln sie hier zusammen auf dem Weihnachtsmarkt?«

»Turteln?«, hakte Antea nach. »Woran machst du das fest?«

»Guck mal, wie sie ihn ansieht!«

»Oder er sie? Keine Ahnung, aber das stinkt zum Himmel.«

Antea atmete tief durch. »Ob sie ihn überreden möchte, uns doch zu unterstützen?«

»Wer's glaubt, wird selig«, widersprach Thore. »Ehrlich gesagt finde ich das sehr befremdlich.«

»Ehrlich gesagt muss ich dir da recht geben«, antwortete Antea. Die Lust auf einen Bummel über den Weihnachtsmarkt hatte einen gehörigen Dämpfer bekommen.

Kapitel 15

Hardy bemühte sich redlich. Aber es war schwierig, mit Gabriela Schmitz ins Gespräch zu kommen, und das lag nicht nur an seiner eigenen Schüchternheit, wie er seine Hemmungen nannte. Es war einfach viel zu laut hier, um sich beim Herumlaufen zu unterhalten und eine so wichtige Unterredung wie die über die Rettung des Grootsieler Weihnachtsmarkts vor den Himmelshusern zu führen. Immer wieder drängten sich Menschen zwischen sie.

Dabei war der gemeinsame Ausflug nach Emden bisher ganz gut verlaufen, wenn ihn auch Edzards Kontrollanrufe gehörig nervten. Nach dem letzten hatte er das Handy einfach ausgeschaltet.

Der Glühwein hatte wunderbar gewärmt und hinterließ ein wohliges Gefühl. Das war auch notwendig, denn das Wetter erwies sich als kälter, als es zu Hardys Anzug passte. Da die Jacken, die er normalerweise trug, jedoch dem guten Eindruck geschadet hätten, hatte er darauf verzichtet, eine davon anzuziehen.

Ein wenig neidisch betrachtete er Gabrielas weiten, wollig aussehenden Mantel, der die Kälte sicher gut abhielt. Aber, so riss er sich zusammen, er war schließlich kein Weichei und dazu in geheimer Mission unterwegs wie James Bond.

Gerade stellte die Kölsche eine neue Frage und sah ihn abwartend an. Blöderweise hatte er nicht ganz mitbekommen, was sie von ihm wissen wollte. Mist! Er zögerte, als eine Gruppe junger Leute mit ihnen zusammenstieß. Sie sangen lautstark Weihnachtslieder, und zwar zwei verschiedene gleichzeitig. Hardy spürte eine warme Dusche der Erleichterung. Bis sie sich aus der Gruppe gelöst hatten, würde die Frage vergessen sein.

Hardy stöhnte leise. Er musste endlich etwas unternehmen. So wurde das nichts. Und er konnte nicht riskieren, dass das Gespräch sich erst auf dem Nachhauseweg entwickelte. Am Ende würde die Frau noch erwarten, dass er auf einen Kaffee blieb. Hardy hatte genug Hollywoodfilme gesehen, um das unbedingt vermeiden zu wollen. Irgendwo war Schluss.

Zumindest war Gabriela Schmitz nicht ganz so alt, wie er immer gedacht hatte. Und tatsächlich war ihr Gesicht auch nicht unansehnlich. Vor allem ihr Lächeln fand er sogar recht herzlich. Und durchaus ermutigend genug, um zur nächsten Stufe überzugehen. Zu einem schnellen Kuss würde er sich durchringen können.

Vielleicht sollte er ihr einen zweiten Glühwein spendieren, das würde sie sicher noch weiter auftauen lassen. Außerdem konnten sie, wenn sie an einem der Stehtische blieben, statt sich durch die Menge zu drängen, besser miteinander reden. Es wurde nämlich langsam Zeit, Nägel mit Köpfen zu machen. Auch wenn er das Handy inzwischen ausgestellt hatte, wusste er, dass Edzard ihn noch immer mit Nachrichten und Anrufen bombardierte. Als ob er so in Stimmung kommen würde!

Mit neuer Energie zupfte Hardy an Gabrielas Mantelärmel und lenkte sie hinüber zu einer der zahlreichen Buden, an denen Glühwein feilgeboten wurde. Verdammt, warum war das überall so voll hier?

»Da drüben wird ein Stehtisch frei«, sagte er schnell und

deutete neben den Stand. »Stell dich doch schon mal dorthin, ich hole uns inzwischen den Glühwein.«

Gabriela sah ihn ein bisschen merkwürdig an, folgte aber seiner Aufforderung. Als er nach einem Weilchen mit zwei Bechern zu ihr kam, bedankte sie sich höflich. Hardy schob ihr ihren Glühwein hin und nahm selbst einen kräftigen Schluck.

Der Platz an diesem Stehtisch war gar nicht schlecht. Hinter Gabriela wurde der Durchgang zwischen den beiden Buden durch einen kleinen Weihnachtsbaum mit bunten Girlanden und winzigen Lichtern versperrt, sodass sich niemand an ihnen vorbeidrängeln würde. Und es war hier deutlich weniger laut.

»Ich hoffe, dir gefällt der Engelkemarkt«, begann Hardy das entscheidende Gespräch, »und ich kann dir mit unserem Besuch hier eine Freude machen.« Wie zur Bekräftigung nahm er einen großen Schluck.

»Ja, es ist wirklich freundlich, dass du mich eingeladen hast, Hardy. Ich mag Weihnachtsmärkte nämlich sehr. In Köln gibt es immer eine ganze Menge davon, größere und kleinere und ...«

Gut, so waren sie schon mal beim richtigen Thema, aber warum musste die Frau immer gleich so viel sabbeln? Ein »Ja, danke« hätte ihm völlig gereicht, und er hätte nicht wieder den Faden verloren.

Wie hatte Edzard noch gesagt? »Wenn du erst genug Süßholz geraspelt hast, wird sie Wachs in deinen Händen sein und sich auf unsere Seite schlagen. Ganz easy.«

So easy war das gar nicht, fand Hardy. Er hatte vorgehabt, ihr wie empfohlen zum Auftakt über die Hand zu streicheln, aber Gabriela trug rote Fingerhandschuhe, die sie auch zum Glühweintrinken nicht ausgezogen hatte.

»Du bist eine schöne Frau!«, sagte Hardy schnell, bevor ihn der Mut verließ, und spülte mit einem kräftigen Schluck nach. Aber das war doch schon ein guter Start.

Gabriela, die immer noch bei den Kölner Weihnachtsmärkten war, hielt mitten in ihrem Satz inne und runzelte die Stirn.

»Ich bin nicht sicher …«, setzte sie an.

»Wollte ich nur mal so gesagt haben«, ruderte Hardy schnell ein Stück zurück und bemühte sich, cool zu wirken. Es sah irgendwie nicht so aus, als ob seine Bemerkung sie zu Wachs in seinen Händen gemacht hatte. Er trank den letzten Schluck Glühwein und räusperte sich.

»Noch einen?«

Gabriela schüttelte den Kopf und schob ihren halb vollen Becher ein Stück von sich. »Der ist ziemlich stark.«

»Nichts, was einen Ostfriesen umhaut«, behauptete Hardy, griff nach ihrem verschmähten Rest Glühwein und trank ihn kurzerhand in einem Zug aus. Das ging problemlos. So richtig heiß war der nämlich nicht mehr.

Dieser Weihnachtsmarktbesuch erwies sich eigentlich als gar nicht so schlimm, stellte Hardy fest. Edzard hatte schon recht, so schmuck wie er aussah, sehnte sich die Kölsche garantiert danach, dass er ihr etwas näherkam. Endlich der entscheidende Kuss – das wär's! Und wenn er die Augen zumachte, würde er sie nicht einmal dabei ansehen müssen. Danach würde das mit dem Wachs klappen.

Er rückte einen Schritt an Gabriela heran und nahm seinen ganzen Mut zusammen. Dann schlang er seine Arme um sie und versuchte, seinen Mund auf ihrem zu platzieren.

»Ey!«

Erstaunlicherweise fühlte Hardy einen kräftigen Stoß

gegen die Brust. Er geriet aus dem Gleichgewicht, schwankte und fiel in die nadeligen Zweige des kleinen Weihnachtsbaums. Die Lichtlein verloschen umgehend.

»Alles in Ordnung?«, fragte eine Stimme, die Hardy bekannt vorkam.

»Ich komm zurecht«, sagte Gabriela. »Danke, Wilko.«

*

Gabriela hatte schon kurz nach ihrer Ankunft in Emden entdeckt, dass Wilko mit einer Begleiterin über den Weihnachtsmarkt schlenderte. Es war nicht dieselbe Frau wie die, die den Matjes stehen gelassen hatte, stellte Gabriela ein wenig überrascht fest. War Wilko Lüttjemann etwa ein heimlicher Frauenheld mit vielen Eisen im Feuer?

Oder er hat einfach eine Menge Bekannte, dachte sie, ist ja ein netter Mann.

Sie wandte sich wieder Hardy zu, dem sie jeden einzelnen Satz aus der Nase ziehen musste.

Eine halbe Stunde später war sie sich immer noch nicht klar darüber, wieso sie sich so spontan hatte einladen lassen. Besonders sympathisch war Hardy nicht, und gemeinsame Interessen schienen sie ohnehin nicht zu haben. Aber bedauerte sie es sonst nicht immer, dass sie unter den Himmelshusern so wenig Anschluss hatte?

Anstatt den Stehtisch zu reservieren, hätte Gabriela eigentlich besser gehen sollen, während der Stoffel sich erneut an einer Bude anstellte. Aber das wäre doch sehr unhöflich gewesen.

Stattdessen hatte sie schließlich einen mittelmäßigen, viel zu süßen Glühwein entgegengenommen, der zudem noch nicht einmal richtig heiß war. Dazu musste sie sich seltsame

Komplimente von Hardy anhören, während sich Wilko mit seiner Begleiterin an den Nebentisch stellte und grüßend nickte, als er sie entdeckte.

Hardy irritierte sie zunehmend. Und dann war er plötzlich über sie hergefallen. Bis dahin war sie aufgebracht genug gewesen, um ihn mit einem heftigen Stoß von sich zu schubsen.

Mit entsetzt aufgerissenen Augen sah Hardy nun zwischen den Weihnachtsbaumzweigen zu ihr auf.

»Ist alles in Ordnung?«, fragte Wilko neben ihr.

»Ich komm zurecht«, beteuerte Gabriela. »Danke, Wilko.«

»Und du, Hardy?« Wilko reichte ihm die Hand, und Hardy rappelte sich auf.

»Äh, ja, also …«, stammelte er, als er leicht schwankend wieder stand.

»Du solltest ihm den Autoschlüssel abnehmen«, riet Gabriela. »Er hat schon ein paar Glühwein intus und dürfte nicht mehr fahrtüchtig sein.«

Wilko seufzte und griff in Hardys Jacketttasche.

»Ich bin nicht betrunken!«, erklärte der vehement. »Und ich muss die Köl…, äh … Gabriela noch nach Hause fahren.«

»Sorry, bei dir setz ich mich garantiert nicht mehr ins Auto«, stellte Gabriela klar. »Ich übernachte lieber hier in meiner Galerie.«

»Und ich? Bringst du mich dann nach Hause, Wilko?«, jammerte Hardy.

»Nein. Ruf einen deiner Freunde an. Oder nimm dir ein Taxi.« Wilko steckte den Autoschlüssel ein und sah ihn streng an.

Hardy schob beleidigt die Unterlippe vor. Dann drehte er sich um und marschierte davon.

Wilko wandte sich wieder an Gabriela. »Wie seid ihr zwei

denn zusammengekommen? Ich meine, warum bist du mit diesem Töffel auf den Weihnachtsmarkt gegangen?«

Sie zuckte mit den Achseln. »Er stand plötzlich vor meiner Tür und wollte mit mir zum Engelkemarkt. Angeblich, um mich endlich mal kennenzulernen, wo ich doch schon so lange in Himmelshusen wohne. Aber offenbar hatte er irgendwelche Hintergedanken, ein romantisches Interesse kann ich mir nicht vorstellen …«

»Warum denn nicht?« Wilko sah überrascht aus.

Gabriela lachte. »Ganz einfach. Weil er nicht so ausgesehen hat. Obwohl er Blumen dabeihatte. Ich bin ja kein dummes junges Mädchen mehr, das alles, was es erzählt kriegt, für bare Münze nimmt. Ich vermute eher, dass Hardy mit irgendjemandem eine Wette abgeschlossen hat, die er nicht verlieren wollte.«

Wilko stimmte ihr zu. »Er hat da ein paar Stammtischkumpane, denen wäre das zuzutrauen.«

»Nun ja, immerhin bin ich so mal auf den Engelkemarkt gekommen.«

»Wunderbar hier, nicht wahr?« Wilko lächelte. Ein echtes Lächeln. Nicht so wie das von Hardy.

Gabriela atmete erleichtert auf. »Ja. Und ich bin wirklich in Ordnung. Du kannst beruhigt zu deiner Freundin zurückgehen.«

»Sie ist nicht meine Freundin«, stellte Wilko sofort klar.

»Zu deiner Begleiterin«, berichtigte sich Gabriela schnell und warf einen Blick zum benachbarten Stehtisch. Doch den bevölkerten nun ein junges, knutschendes Pärchen und zwei ältere Damen, die sich angeregt unterhielten. Sie runzelte die Stirn.

»Was ist?«, fragte Wilko und drehte den Kopf, um Gabrielas Blick zu folgen.

»Es sieht aus, als wäre sie schon gegangen«, stellte sie fest.

»Ja, tatsächlich. Ihre Einkaufstaschen sind auch verschwunden.« Wilko sah Gabriela wieder an. »Dann hat sich das Problem von allein gelöst.«

»Das Problem?«

»Das war unser erstes Date. Und das letzte. Die Dame wollte nämlich nur einen Begleiter beim Einkaufen. Und ich hasse Shoppen!« Er zog eine künstlich verzweifelte Grimasse, die Gabriela laut auflachen ließ.

»Willst du ernsthaft hier in der Galerie schlafen?«, fragte er sie dann.

»Bevor ich mich zu einem Betrunkenen ins Auto setze, allemal! Ich habe im Büro ein Sofa und eine warme Decke. Das geht schon.«

»Ich kann dich aber auch mit zurück nach Himmelshusen nehmen. Mache ich gern. Und *ich* habe nur Kinderpunsch getrunken. Da hinten gibt's einen Stand, da schmeckt der richtig lecker.« Er zeigte vage in eine Richtung. »Gute Waffeln haben die da auch.«

»Wenn du mir zeigst, wo genau, spendier ich dir beides«, bot Gabriela an. »Zum Dank fürs Mitnehmen. Ich geb zu, ich schlaf doch lieber in meinem Bett.«

»Verstehe ich.« Wilko nickte. »Sollen wir dann?«

Er streckte seine Hand aus, und Gabriela legte ihre hinein. Es war ja nur, weil sie sich sonst im Gewühl so leicht verlieren würden. Kein Grund für Schmetterlinge im Bauch.

*

Antea und Thore schlenderten weiter über den Markt. Sie begutachteten einen Stand mit Holzschnitzereien und hoben amüsiert die Augenbrauen, als sie in einer Bude auf Kerzen stießen, für die das Wort »kitschig« noch untertrieben war. Aber Geschmäcker waren eben verschieden. Das galt natürlich auch für Menschen. Und wenn Gabriela sich gerne mit Hardy verabredete ...

»Was ist? Du bist so still.«

»Ich komme nicht drüber weg, dass du vorhin vom Turteln gesprochen hast!«

Thore sah sie fragend an, und Antea beeilte sich klarzustellen, wen sie meinte.

»Ich fand eher, dass Gabriela den Hardy ganz schön skeptisch betrachtet hat.« Sie fröstelte und holte ihre Handschuhe raus.

Thore schaute Antea an. »Du frierst? Möchtest du meinen Schal haben?«

Antea schüttelte den Kopf. Das wäre jetzt doch wieder etwas zu viel des Guten. So weit waren sie noch nicht. Dennoch rührte sie seine Fürsorge.

»Sag einfach, wenn du es dir anders überlegst. Aber um noch einmal auf unsere beiden Täubchen zurückzukommen: Ich finde, sie haben in stiller Eintracht zusammen Glühwein getrunken. Und ihre Blicke, die waren ... anders.«

Antea winkte ab. »Vielleicht haben sie sich nur zufällig getroffen, Gabriela hat hier ganz in der Nähe ihre Galerie.«

Thore war nach wie vor nicht überzeugt. »Wenn du meinst.«

»Ich kann sie ja fragen, wenn ich sie wieder treffe«, lenkte Antea ein. »Dann klärt sich das schnell. Da drüben gibt es ›verbrannte Mandeln!‹« Antea steuerte auf einen breiten Stand mit Süßwaren zu und stellte sich in die Schlange. »Die habe ich jetzt nötig.«

Thore fing an zu lachen. Antea sah ihn irritiert an. »Die hast du gleich noch nötiger, wenn du mal nach links auf die andere Seite guckst.« Er deutete zum Waffelstand.

Antea reckte den Hals, um über die Menschen in der Gasse zwischen den Buden in die angegebene Richtung zu schauen. Da war Gabriela wieder, leicht zu erkennen an ihrer roten Mütze. Sie sah vergnügt aus. Und dicht neben ihr in ein Gespräch vertieft ...

Der Besucherstrom lichtete sich kurz, und Antea erhaschte einen guten Blick auf Gabrielas Begleiter.

»Das ist doch Wilko!«

»Ziemlicher Männerverschleiß.« Thore zuckte mit den Schultern.

»Siehst du, das mit Hardy hatte gar nichts zu bedeuten«, erklärte Antea zufrieden und rückte ein Stück in der Schlange nach vorn. »Aber merkwürdig, dass Wilko und Gabriela sich jetzt offenbar so grandios verstehen. Was sagst du dazu?«

»Lieber nix«, antwortete Thore mit einem Feixen.

Endlich war Antea an der Reihe. Beinahe hätte sie nach »verbrannten Mandeln« gefragt, aber sie besann sich rechtzeitig wieder auf den richtigen Namen. Sie nahm die leckeren Mandeln entgegen, zahlte und steckte die erste in den Mund.

»Gehen wir weiter, oder willst du sie alle gleich hier verspeisen?« Thore deutete zu Gabriela und Wilko. »Mit Aussicht auf den Waffelstand?«

Antea verschlang eine Mandel nach der anderen. Dabei versuchte sie, einen weiteren Blick auf Gabriela und Wilko zu erhaschen.

»Nicht, dass dir noch schlecht wird, wenn du die so in dich reinstopfst.«

»Die passen immer rein«, antwortete Antea. »Aber du hast mir meine Frage nicht beantwortet. Dein: ›Ich sag nix‹ akzeptiere ich nämlich nicht. Was meinst du also zu Gabriela und Wilko? Also, warum sie plötzlich so dicke sind.«

Thore zuckte mit den Schultern. »Zufall?«

Antea lachte auf. »Bei Hardy glaube ich das, aber nicht bei Wilko. Die beiden da drüben scheinen echt Spaß miteinander zu haben, hast du gesehen, wie sie eben gelacht haben? Weißt du, was ich vermute? Da bahnt sich was an. Frei nach dem Motto: Was sich liebt, das neckt sich.«

»Du und deine Ahnungen.« Thore griff in die Tüte mit den Mandeln und angelte sich eine heraus.

»Hey, das sind meine!« Antea boxte ihn in die Seite. »Du kannst dir selbst welche kaufen, bevor du meine klaust!«

Sie war so froh, dass sie und Thore wieder freundschaftlich miteinander umgehen konnten. Beide berührten das Thema jener Nacht nicht, aber es gelang ihnen immer besser, die unangenehme Spannung hinter sich zu lassen. Antea war unsicher, ob sie das nicht ein klitzekleines bisschen bereute, denn sie hätte Thore so gern gesagt, wie schön es mit ihm gewesen war. Aber wenn er nicht darüber reden wollte, dann hatte er das, was zwischen ihnen geschehen war, doch nur als Ausrutscher empfunden, und es war gut, wenn sie alles vergaßen und wieder zu ihrem alten Umgang zurückkehrten. Hauptsache, Thore war an ihrer Seite. Wie auch immer.

Sie liefen eine Weile schweigend durchs Getümmel und hingen ihren Gedanken nach.

Antea schrak zusammen, als sie heftig angestoßen wurde und ihr beinahe die Tüte mit den Mandeln aus der Hand gefallen wäre.

»Habt ihr das auch gesehen?« Grete baute sich schnaufend vor ihnen auf. Sie musste es geschafft haben, sich in großer Geschwindigkeit durch die Menschenmenge zu bewegen.

Thore deutete mit einem Kopfnicken zum Berlinerstand, der nicht ganz so voll war und wo sie einen Platz ergattern konnten. »Darauf habe *ich* jetzt Lust«, sagte er. »Und wir können uns besser unterhalten. Ich bitte die Damen, mir zu folgen!« Er steuerte auf den freien Stehtisch zu.

»Möchtet ihr auch einen?«

Antea musste nicht lange überlegen. Neben »verbrannten Mandeln« starb sie auch für einen warmen Berliner mit Marmeladenfüllung.

»Ich möchte lieber einen mit Eierlikör.« Grete ließ die Zunge in freudiger Erwartung über ihre Lippen gleiten. »Jetzt habe ich frei, und da gönn ich mir einen«, sagte sie grinsend.

Thore musste nicht lange anstehen und kam kurz darauf mit den drei Berlinern zurück. Antea wusste, dass er sich ebenfalls für die Marmelade entschieden hatte. Geschmacklich waren sie schon immer einer Meinung gewesen. Und nicht nur da.

Wie von selbst schoben sich ein paar Bilder der gemeinsamen Nacht vor ihr geistiges Auge. Sie hatte plötzlich Thores Geruch in der Nase, sein warmer Blick fesselte sie …

»Antea?« Thore reichte ihr den Berliner. »Träumst du?«

»Ja, von dir«, rutschte es ihr heraus. Hastig griff sie nach dem gefüllten Hefeteiggebäck und lachte kurz auf.

»Das hättest du wohl gern«, setzte sie nach, als sie den überraschten und zugleich sensationslüsternen Blick von Grete wahrnahm.

»Ihr wärt schon ein schönes Paar«, stellte Grete fest und biss in den Berliner. Mit halb vollem Mund sprach sie weiter. »Genau wie diese Kölsche und unser Wilko. Das passt bannig gut zusammen. Und ich sag euch: Daraus wird was, allein die Blicke!« Sie schürzte die Lippen und schien von ihrer Theorie überzeugt.

Antea schämte sich ein wenig, weil sie genau das auch eben behauptet hatte. Da sie sich ausschließlich mit Thore über so etwas austauschte, Grete aber gleich halb Himmelshusen rebellisch machen würde, war es wohl besser, sie zu zügeln.

»Setze lieber keine Gerüchte in die Welt«, bat Antea. »Weder über mich und Thore noch über Gabriela und Wilko. So etwas ist noch nie gut gegangen.«

Grete hatte sich bis zum Eierlikör durchgearbeitet und genoss den süßlichen Geschmack sichtlich. Ihre Augen waren geschlossen und die Lippen fest aufeinandergepresst. Es dauerte, ehe sie wieder am Geschehen teilnahm.

»Lasst man gut sein. Ich bin verschwiegen wie ein Grab. – Von den Berlinern muss ich einen zweiten haben.« Bevor sie das Vorhaben in die Tat umsetzen konnte, begann Gretes Blick zu leuchten. Ihre Hand schoss mit ausgestrecktem Zeigefinger nach vorn in den Strom der Weihnachtsmarktbesucher.

»Habe ich es nicht gesagt? Der ist doch ganz hin und weg von der Deern. Obwohl die nicht von hier ist, nur rumsabbelt und komische Wörter benutzt. Aber unser Wilko war ja schon immer für das Exotische ...«

»Gabriela kommt aus Köln und nicht aus Übersee«, unterbrach Antea Grete.

»Egal. Unser Wilko, der guckt auch Lassie und die Waltons, da ist es kein Wunder, dass er sich jetzt nach einer Frau umguckt, die nicht von der Stange ist.«

Thore musste sich bei dieser schrägen Formulierung das Lachen sichtlich verkneifen.

Zum Glück waren Wilko und Gabriela wieder in der Menge verschwunden, und es gab keinen weiteren Anlass für Spekulationen.

»Wir müssen auch weiter«, sagte Antea, nachdem sie und Thore aufgegessen hatten. Sie reichte ihm eine Serviette, weil er Zuckerguss am Zeigefinger hatte.

»Danke, das Klebrige wird mich wohl bis nach Hause verfolgen!« Er zuckte bedauernd mit den Schultern.

»Ich habe ein paar Feuchttücher im Rucksack. Der liegt allerdings in deinem Auto.«

»Dann müssen wir schleunigst los.« Thore knüllte das Papier zusammen. »Tschüs, Grete.«

»Macht's gut, ihr beiden. Ich schlage mir noch den Bauch voll und nehme eure Hinterlassenschaften mit.« Grete schnappte sich die Servietten und Pappteller.

»Hinterlassenschaften«, grummelte Antea leise. »Da denke ich sofort an die kleinen schwarzen Plastikbeutel von Tant Foline und ihrem Dackel.« Sie schüttelte sich. »Lass dir den zweiten Berliner schmecken.«

»Das werde ich tun.« Grete stellte sich in die Schlange.

Antea und Thore schoben sich weiter über den Engelkemarkt, waren sich aber einig, dass sie genug hatten.

»Satt, zufrieden und ausreichend Zucker als Nervennahrung«, beschied Antea. »Morgen muss ich mich um die Genehmigung kümmern. Sie ist immer noch nicht angekommen. Ich rufe bei Mirjam an und frage, was da los ist.«

»Mach das! Es klärt sich bestimmt auf.«

Während der Rückfahrt schwiegen sie. Es erschien Antea, als vermieden sie beide ein Gespräch, um nur ja der Gefahr zu entgehen, versehentlich auf ihre Nacht zu kommen. Oder gar eine neuerliche Nähe zuzulassen, die sie beide nicht wollten. Oder sich nicht eingestehen konnten. So zerrissen hatte Antea sich noch nie gefühlt.

*

Thore hatte sich gestern schnell verabschiedet. Er war im Wagen sitzen geblieben. Es hatte sich doch eine Menge verändert. Normalerweise wäre er noch reingekommen, sie hätten zusammen über Grete und ihren Tratsch gelacht. Sich über Wilko und Gabriela Gedanken gemacht.

Jetzt aber war Thore nach der kurzfristigen Unbeschwertheit regelrecht geflüchtet.

Antea seufzte. Sie war heute ziemlich früh bei der Arbeit und noch allein im Büro. Die Tür klackte, und Mieke kam rein.

»Bist du aus dem Bett gefallen?«

»Fast«, gab Antea zurück. »Ich muss gleich noch dringend telefonieren.«

»Warum?« Mieke hängte den Mantel an die Garderobe. Er roch feucht, es hatte in der Nacht zu regnen begonnen, und jetzt goss es in Strömen.

»Ich dachte, dass die Genehmigung vom Ordnungsamt längst da wäre.«

»Ach, wegen eures Marktes? Der liegt uns Grootsielern echt quer im Bauch. Ich habe dir ja gleich gesagt, dass das nur Ärger gibt.«

»Pass mal auf, ich erkläre es dir«, hob Antea an, aber Mieke winkte ab.

»Ich will damit nichts zu tun haben. Und ich will auch nichts dazu hören. Das löst du besser allein.«

Mieke setzte sich, fuhr ihren PC hoch und beschäftigte sich dabei demonstrativ mit einer Akte.

Dann lass es, dachte Antea. Obwohl es so gut gewesen wäre, einmal Klartext zu reden und zu erklären, dass ihre Himmelshuser Lösung keine Konkurrenz war.

Wir haben eher einen Markt der Weihnachtswunder, dachte sie. Er wird bunt und kuschelig sein. Mit altem Handwerk und alles als Geschenk für Johann. Es war jedoch sinnlos, Mieke jetzt noch einmal darauf anzusprechen.

Antea beschloss, Mirjam lieber nicht vom Büro aus anzurufen. »Ich koche mal Tee.«

Mieke nickte nur, hämmerte auf der Tastatur herum und ignorierte ihre Kollegin.

Antea ging in die Küche und verschloss die Tür. Dann wählte sie die Nummer des Ordnungsamts.

»Moin, Antea«, begrüßte Mirjam sie sofort. »Tolle Idee mit eurem Weihnachtsmarkt. Endlich mal wieder ein bisschen Leben in Himmelshusen.«

»Das klingt bei einigen anders«, gab Antea zurück. »Hast du den Brief mit der Genehmigung schon losgeschickt?«

»Klar, der müsste längst da sein.«

»Also ist alles durch?«, hakte Antea nach.

»Es gibt keine Einwände. Aber eigenartig, dass nichts bei dir angekommen ist.« Mirjam schien kurz zu überlegen. »Bis die Post den Brief gebracht hat, kann ich dir helfen. Ich schick dir das Schreiben einfach noch mal per Mail.«

»Das wäre super. Danke!« Antea fiel ein Stein vom Herzen. Ihr Winterwunderweihnachtsmarkt konnte starten! Gott sei Dank!

»Gibst du mir deine Mailadresse?«, fragte Mirjam.

Beinahe hätte Antea automatisch die ihrer Arbeitsstelle diktiert, aber plötzlich fiel ihr ein, dass dann Mieke die Mail ebenfalls würde lesen können.

Besser, Mirjam schickte die Genehmigung an sie privat. Sie hatte das ungute Gefühl, das Verschwinden des Briefes könnte nicht mit rechten Dingen zugegangen sein.

Miekes Reaktion nach liefen die Grootsieler gerade Amok.

Kapitel 16

Das Klingeln des Glöckchens zeigte an, dass jemand die Galerie betreten hatte. Sofort erhob sich Gabriela vom Schreibtisch, strich ihr schwarz-rot kariertes Kleid glatt, setzte ihr kundenfreundlichstes Lächeln auf und trat aus dem Büro in die Ausstellungsräume.

Ein Mann stand in stummer Betrachtung vor *Strandleben sieben*, einem der Bilder von Nele Holthusen, die sie an der rechten Wand gleich hinter dem Eingang aufgehängt hatte, um möglichst viele Besucherinnen und Besucher damit anzusprechen. Er musste ihre Schritte gehört haben, denn er wandte sich ihr zu.

»Das Bild hier gefällt mir richtig gut.«

Vor Überraschung blieb Gabriela stehen. »Wilko?«

»Moin, Gabriela.«

»Was machst denn du hier?«, entfuhr es ihr. Mist, das klang nicht besonders freundlich. »So mitten am Tag«, fügte sie schnell hinzu.

»Ich hatte einen Termin in Emden. Und da dachte ich, ich schaue mal, ob ich deine Galerie finde.«

»Du interessierst dich für Kunst?«

»Wie man's nimmt. Ein Kenner bin ich bestimmt nicht, aber ich gehe ganz gern mal in Ausstellungen.«

Wilko Lüttjemann überraschte Gabriela immer wieder. Er hatte verborgene Schichten, und sie war sich sicher, dass es sich lohnen würde, diese zu entblättern und kennenzulernen. Wie falsch und oberflächlich doch ihr anfänglicher Eindruck von dem oft mürrisch wirkenden Bauunternehmer in Cordhose und karierten Hemden gewesen war.

»Dann schau dich einfach mal um«, lud sie ihn ein.

Wilko nickte und ging ein Stück weiter, um das nächste Gemälde zu betrachten.

Gabriela stellte sich in einem höflichen Abstand neben ihn. »Wenn ich dir etwas zu einem der Bilder in der Galerie erzählen soll …«

»… melde ich mich.« Wilko räusperte sich und sah sie von der Seite an. »Eigentlich bin ich ja gekommen, um mich bei dir zu bedanken.«

»Bedanken? Wofür?« Gabriela runzelte die Stirn. Ihr fiel beim besten Willen nichts ein, was sie getan hatte, um Dank zu verdienen.

»Für die nette Begleitung bei der Heimfahrt vom Engelkemarkt. Und das Glas Wein bei dir.«

»Das war doch das Mindeste, was ich tun konnte. Du hast mir immerhin eine Nacht auf dem Sofa hier erspart. So besonders bequem ist das nämlich nicht. Ich habe heute Morgen extra mal kurz ausprobiert, was mir durch dein Angebot entgangen ist.«

Sie war über die Mitfahrgelegenheit sehr dankbar gewesen, doch dass sie Wilko bei der Ankunft in Himmelshusen zum Abschluss des Abends spontan auf ein Glas Wein zu sich eingeladen hatte, war für sie selbst eine Überraschung gewesen. Und noch mehr, dass er ihr Angebot sofort angenommen hatte. Natürlich waren Johann und der Weihnachtsmarkt die vorherrschenden Themen gewesen. Es hatte Gabriela jedoch erstaunt, wie sehr sie die entspannte Zweisamkeit mit Wilko genossen hatte.

»War sehr schön«, sagte Wilko und betrachtete das Gemälde vor ihm intensiv.

»Fand ich auch.«

Sie schwiegen. Seltsamerweise fiel es Gabriela nicht so schwer wie sonst, die Stille auszuhalten. Das mochte daran liegen, dass sie angestrengt überlegen musste, wie sie das Gespräch fortsetzen konnte, ohne Wilko auf den Wecker zu fallen.

Langsam ging er weiter zum nächsten Bild.

»Dies hier ist auch von Nele Holthusen, der jungen Malerin, die bei unserem Weihnachtsmarkt mitmachen wird«, erklärte Gabriela. »Da wird sie kleine Haustierporträts anbieten.«

Wilko wandte sich einer Kreidezeichnung zu.

Gerade setzte Gabriela zu einer Erklärung an, als er sagte: »Könnten wir mal wiederholen.«

Gabrielas Herz klopfte auf einmal schneller und lauter.

»Die Orga für einen Weihnachtsmarkt?«, fragte sie vorsichtig.

»Ne, den Wein. Also, ich meine ...« Nun drehte sich Wilko zu ihr und sah sie ernst an.

»Ich würde sehr gerne noch einmal mit dir irgendwo ein Glas Wein trinken.«

Gabriela öffnete den Mund, doch ihr Herz machte gerade einen Purzelbaum, und so war sie nicht imstande zu sprechen.

»Wir könnten uns natürlich auch auf einen Kinderpunsch mit Waffeln verabreden«, fuhr er fort, »oder zum Matjesessen. Ein paar Dinge, die du magst, kenne ich ja schon.«

Gabriela atmete tief durch. »Ja, gerne. Sehr gerne.«

Wilko lächelte, und die Fältchen um seine blauen Augen vertieften sich. Gabrielas Bauch reagierte umgehend mit einem Schmetterlingsschwarm. Verdammp, was passierte mit ihr?

»Wenn niemand anderes etwas dagegen hat?«, fragte sie vorsichtig.

Wilko schmunzelte. »Falls du Marion meinst – die hat versucht, mich zu einer Sekte zu bekehren, statt den guten Matjes zu essen. Und Sabine wollte nur nicht solo auf den Engelkemarkt gehen. Eigentlich lag ihr Interesse allein beim Shoppen.«

»Wo hast du denn die kennengelernt?«, entfuhr es Gabriela.

Wilko zuckte mit den Achseln. »Ich sag's dir ehrlich, aber bitte lach nicht: in einem Datingportal.«

Gabriela unterdrückte ihr Grinsen. »Verstehe.«

»Meine Frau ist vor acht Jahren gestorben, und eigentlich bin ich doch noch im besten Alter ...«

»Ja.«

»Gut, dass du das mit dem Alter ebenfalls so siehst.«

»Nein. Ich meine, ja. Natürlich auch. Also, was ich eigentlich sagen will ...« Gabriela schluckte. »Ich möchte sehr gerne mit dir ein Glas Wein trinken.«

Wilko begann zu strahlen. Ein winziges Grübchen bildete sich in seiner linken Wange, das sie geradezu aufforderte, es zu berühren.

»Wann hast du Zeit?«, fragte er.

»Immer«, antwortete Gabriela ehrlich. »Das heißt natürlich, immer wenn ich nicht in der Galerie bin. Oder mit Antea eine Besprechung zu unserem Weihnachtsmarkt habe. Mein gesellschaftliches Leben ist seit Langem vernachlässigbar.«

»Ja?« Wilko sah sie ungläubig an, wahrscheinlich hatte er sich vorgestellt, dass sie außerhalb von Himmelshusen in irgendwelchen mondänen Künstlerkreisen verkehrte.

»Daran könnte Geert nicht unbeteiligt sein«, sagte er

schließlich. »Der hat überall herumerzählt, wie rechthaberisch du bist.«

Gabriela senkte den Blick. Sie vermutete so etwas schon lange. Das Ende ihrer Beziehung war nicht gerade freundlich gewesen, und Geert hatte immer gerne gestänkert.

»Und dann komm ich zu den Buden, die du netterweise gebaut hast, und erzähl dir, was daran falsch ist«, sagte sie leise. »Kein Wunder, dass du an die Decke gegangen bist.«

»Aber jetzt kenne ich dich ein bisschen besser«, erklärte Wilko und trat einen Schritt näher. »Und ich kann dir versichern, du bist nicht so schlimm wie dein Ruf!«

Als sie aufsah, zwinkerte er.

»Als Zeugen benenne ich Antea, Thore und Johann.«

Gabriela lächelte erleichtert. »Dann willst du dich wirklich mit mir treffen?«

»Vielleicht sagt man bei euch im Rheinland Dinge, die man nicht meint, aber ich bin Ostfriese«, stellte Wilko klar.

Wohlige Wärme breitete sich in Gabriela aus.

»Ich würde dich auch jetzt schon auf einen Kaffee einladen«, fuhr er fort und sah auf seine Armbanduhr, »aber ich muss noch zu einem Neubau. Es bleibt dann erst mal bei dem Wein? Morgen Abend vielleicht?« Er streckte ihr die Hand entgegen.

Gabriela schlug ein und genoss Wilkos festen, warmen Händedruck.

»Abgemacht«, sagte sie.

Er strahlte sie an, ließ ihre Hand los und verließ mit einem fröhlichen »Tschüs« die Galerie.

Gabriela atmete einige Male tief durch, dann ging sie in ihr Büro, um weiter an der Buchhaltung zu arbeiten – soweit das mit einem singenden Herzen möglich war.

*

Als Hardy am nächsten Tag gegen zwölf in Grootsiel das *Deichstübchen* betrat, waberte ihm der typische Kneipendunst entgegen. Diese Mischung aus Alkohol und abgestandener Heizungsluft, gemischt mit dem undefinierbaren Odeur aus alten Möbeln und dem im Polster festgesetzten Qualm vergangener Jahrzehnte, als das Rauchen in Gaststätten noch erlaubt war.

Hardy liebte das, gab es ihm doch das Gefühl von Heimat.

Heute aber brauchte er einen Augenblick, ehe er sich traute, hineinzugehen und Edzard zu treffen, der hier wie jeden Morgen seinen Frühschoppen einnahm. Een Bier und een Lütten.

Edzard schaute ihn neugierig an. Wahrscheinlich würde sein Freund ihm gleich den Kopf abreißen, weil Hardy das Handy gestern ausgestellt hatte, damit er bei dem Rendezvous mit Gabriela Schmitz ungestört blieb. Schließlich war es nötig gewesen, sich in dieser wichtigen Mission voll zu konzentrieren.

Genützt hatte alles leider nichts, und wenn Hardy Edzard das gleich beichten würde, wäre Holland in Not. Wahrscheinlich würde Edzard ihn mit einem Fußtritt in den nächsten Schlot oder gar ins Hafenbecken befördern, wenn er das gesamte Ausmaß des Desasters erfuhr. Auf gut Deutsch gesagt: Hardy hatte Plan A komplett versemmelt. Gut, dass ein bisschen Zeit gewesen war, sich zu überlegen, wie er die Geschichte rüberbringen würde.

Gestern Abend war einfach alles schiefgelaufen. Zunächst hatte er mit seinem Wagen nach Himmelshusen in seine Kate fahren wollen, um sich danach zu später Stunde mit Edzard im *Deichstübchen* in Grootsiel zu treffen. Zum Glück hatte er ja noch einen Ersatzautoschlüssel im Portemonnaie. Doch dann musste er feststellen, dass sein Auto nicht mehr auf dem Parkplatz stand. Aufgebracht war er zur Polizei gelaufen, die ihm mitteilte, dass er im absoluten Parkverbot gestanden hatte und der Wagen abgeschleppt worden war.

»Morgen Nachmittag können Sie ihn abholen«, sagte der Polizist mit gerümpfter Nase. »Wenn Sie die Strafzahlung getätigt und Ihren Alkoholpegel wieder in die Norm gebracht haben.«

Hardy war keine Wahl geblieben, als mit seinen letzten Euros in einem billigen Hotel in Emden abzusteigen. Nachdem er seinen Rausch ausgeschlafen hatte, hatte er zum Glück seine Bankkarte wiedergefunden und konnte sich ein Taxi rufen. Und da ohnehin alles in die Hose gegangen war, hatte er sich entschieden, gleich nach Grootsiel ins *Deichstübchen* zu fahren und das Geständnis hinter sich zu bringen. Mit viel Glück würde Edzard ihm eine kleine Finanzspritze geben, damit er zurück nach Himmelshusen kam. Immerhin hatte Hardy sich für die gute Sache geopfert, auch wenn sie etwas erfolgloser ausgegangen war als erhofft.

»Na, min Fründ«, begrüßte Edzard ihn, als Hardy an seinen Tisch trat. »Wie ist der Hase so gelaufen mit der Kölschen vom Rhein? Du warst ja nicht erreichbar, da geh ich mal von einem Volltreffer ins Glück aus.« Er zwinkerte Hardy verschwörerisch zu.

Der lächelte zwar, aber er spürte, wie verrutscht es wirken musste. »Darf ich mich setzen?«

Edzard machte eine einladende Handbewegung und wies auf den Stuhl ihm gegenüber. »Schieß los!«

»Na ja, so eine aus dem Rheinland hat ein paar andere Vorstellungen von einem Techtelmechtel«, begann Hardy.

»Was heißt das?«, hakte Edzard sofort nach. »Butter bei die Fische! Wir Grootsieler haben dir vertraut.«

»Das weiß ich. Nur was kann ich denn ich dafür, wenn die

Kölsche mit meiner direkten ostfriesischen Liebesbekundung nicht klarkommt?« Hardy kratzte sich verlegen am Kopf.

»Wenn du es geraderaus gesagt hast, muss sie das doch verstanden haben!« Edzard wirkte konsterniert.

»Jo, das habe ich auch gedacht. Erst mal ein büschen Süßholz geraspelt, damit sie zu Wachs in meinen Händen wird. Wie du das vorgeschlagen hast. Ich bin ja kein Schwerenöter, aber das ist mir fein mit Schmackes über die Lippen gegangen.«

Hardy war mit dem bisherigen Verlauf des Gesprächs sehr zufrieden. Immerhin gelang es ihm, die Situation so darzustellen, dass er nicht als der komplette Döspaddel dastand.

»Das klingt doch ganz passabel«, lobte Edzard ihn. »Und dann hast du die Gute so richtig um deinen kleinen Finger gewickelt, weil sie bei so vielen Komplimenten, die diese bunt bemalte alte Schachtel sonst sicher nicht bekommt, eben geschmeidig geworden ist?« Edzard leckte sich begeistert die Lippen. »Ich bin ganz neidisch, welchen Spaß du gehabt hast.«

»Jo«, begann Hardy gedehnt. »Spaß ist das falsche Wort.« Er spürte, dass ihm der Schweiß den Rücken hinunterlief.

»Was soll das heißen?« Edzards Stimme wurde schärfer.

»Sie ist wohl nicht so geübt im Küssen«, erklärte Hardy. Das war eine glaubwürdige Argumentation. »Ich würde mal sagen: ein unerfahrenes Schäfchen.«

Nun changierte Edzards Ton ins Schneidende. »Die Kölsche war so gut wie mit Geert verheiratet. Der hat nichts anbrennen lassen, und ganz sicher haben die geküsst und rumgemacht. Also vertell jetzt keen vom Peerd!«

Edzards Blick sprühte förmlich Funken, als ihm deutlich wurde, was Hardys Worte bedeuteten. »Du hast versagt! Du hast völlig versagt und alles an die Wand gefahren!«, sagte er ihm auf den Kopf zu.

Hardy musste irgendwie sauber aus der Nummer herauskommen. Er druckste herum, in der irrigen Hoffnung, den Kopf noch eben aus der bereits ziemlich zugezogenen Schlinge zu ziehen.

»Nicht direkt. Ich hätte sie schon rumgekriegt, schließlich bin ich ein gut aussehender Mann, das habt ihr selbst gesagt. Mir haftet durchaus ein gewisser Charme an, dem sie bestimmt schnell erlegen wäre, wenn die äußeren Umstände keine Veränderung erfahren hätten!«

»Was für eine Veränderung der Umstände soll das sein?«, fragte Edzard abfällig. »Gab es ein Erdbeben, das nur den Engelkemarkt erschüttert hat? Oder ist neben euch ein Dachziegel aufs Pflaster geknallt? Oder ist gar der Weihnachtsmann persönlich vorbeigefegt?«

»Nein, viel dramatischer«, gab Hardy Auskunft. »Wilko kam.«

»Wie: ›Wilko kam?‹ Und der hat sie dann geküsst?«

Hardy hob abwehrend die Hände. »Um Gottes willen, nein. Aber es kam zu einem Zwischenfall, der mich zu Boden gestreckt hat. Ihr Grootsieler könnt von Glück sagen, dass ich nicht das Zeitliche gesegnet habe, sondern noch unter euch weile und Bericht erstatten kann. Fakt ist: Der Lüttjemann hat auf der Kölschen seinen Daumen, der ist so was wie ihr Bodyguard!«

Edzard dachte kurz nach. »Dann war Plan A von Beginn an zum Scheitern verurteilt, weil wir mitten in Ostfriesland wegen dieses Weihnachtsmarktes bereits mit Securityleuten arbeiten? Mafiöse Zustände?«

Hardy war erleichtert: »So sieht das aus, Edzard. So sieht das aus!«

Sein Freund rieb sich das Kinn. »Unsere Unterschlagung des Briefs war ebenfalls nicht von Erfolg gekrönt. Ich habe vorhin mit Mieke gesprochen. Sie hat mitbekommen – natürlich inkognito –, dass Antea die Erlaubnis vom Ordnungsamt jetzt per Mail bekommt!«

»So een Schiet!«, entfuhr es Hardy. »So een Schiet!«

»Das kannst du wohl laut sagen.« Edzard überlegte kurz. »Es bleibt nur eine Lösung: Wir müssen Johann Dampf unterm Mors machen. Er ist der Einzige, der den Himmelshuser Markt noch verhindern kann.« Er warf einen Blick auf die Armbanduhr. »Für heute ist es zu spät, ich muss gleich, wenn ich den Lütten weggeputzt habe, na Huus to min Froo, sonst givt dat Edzard-Gulasch. Da kennt meine Mina kein Pardon. Wenn ich heute Nachmittag nicht bei ihr auf der Matte stehe und sie betüdder, dann givt dat Malör in unserer Ehe. Besser, wir machen das morgen.« Er grinste breit. »Um elf bei Johann. Der bekommt gehörig den Kopp gewaschen. Aber so was von!«

»So mok wi dat«, bestätigte Hardy. Das war ja gerade noch einmal gut gegangen. »Ich habe Spätschicht, das passt.« Doch er blieb sitzen und schaute fragend zu Edzard.

»Mir scheint, du willst was von mir«, herrschte der ihn an und winkte dem Wirt, damit er ihm den Lütten brachte. Am liebsten hätte Hardy auch einen Korn genommen, nur musste er nachher zur Polizei und seinen Wagen auslösen, und der blöde Glühwein tanzte in seinem Schädel noch immer mit sehr zackigen Bewegungen Tango. Gut, dass er heute freihatte.

»Was ist mit meinen Auslagen?«, fragte er schließlich und fasste kurz zusammen, dass sein Auto in Emden stand, und was alles passiert war. »Deshalb musste ich mit dem Taxi zu dir kommen. Jetzt muss ich allerdings zurück nach Himmelshusen und später noch mal nach Emden. Da werde ich mir noch eins bestellen müssen, aber ich bin blank. Glühwein, Hotel und so, verstehst du?«

Edzard leerte das Bierglas und wischte sich mit dem Unterarm über die Lippen. »Ich erkenne da lediglich Opfer, die du für die große Sache bringen musst. Dass der Wagen abgeschleppt wurde, ist dein Problem. Wie dösig ist das, sein Auto ins Parkverbot zu stellen. Dafür kannst du mich nicht verantwortlich machen, genauso wenig wie für deine Hotelkosten. Wenn du die Nacht dort mit der Kölschen verbracht hättest, wären das Betriebsausgaben für die gute Sache und damit verhandelbar gewesen. Aber so? Schicksal, mein Lieber!«

Hardy wusste, wann er verloren hatte.

»Denn will ich jetzt mal loslaufen«, erklärte er. »Ich habe keinen Cent mehr in der Tasche. Für ein weiteres Taxi fehlt mir das Geld.«

Mitleid erhielt Hardy genauso wenig wie den erhofften kleinen Fahrtkostenzuschuss.

Edzard nickte nämlich nur bestätigend und griff nach dem Schnaps, den Hein ihm brachte. »Die paar Kilometer tun deinem dösigen Kopp ganz gut!«

Hardy biss sich auf die Zunge, damit ihm keine unbedachten Worte über die Lippen glitten.

Es war besser, er legte sich nicht mit Edzard an. Nach einem Streit mit ihm hatten schon manche den Kürzeren gezogen und mussten nach einem Sturz ins Hafenbecken oder in den Schlot klitschnass nach Hause laufen.

Kapitel 17

Johann fegte den Hof. Er hatte gestern eine weitere Bude zusammengezimmert und war stolz darauf, wie gut es mit dem Markt voranging. Eben hatte Antea angerufen: Die Genehmigung für ihr Vorhaben stand! Es war nichts umsonst gewesen.

»Erst eenmol een Kopke Tee, und danach mache ich ganz sinnig weiter«, beschloss er. Sein Elführtje ließ Johann nie ausfallen. Früher waren dazu immer sämtliche Nachbarn zum Klönschnack gekommen, aber auch allein genoss er es. Genau wie er stets darauf achtete, um 15 Uhr und um 18 Uhr den Tee zu sich zu nehmen. Immer fünf Tassen, das war Ostfriesenrecht. Und immer mit Kluntjes und Wulkje.

Dazu aß er in der Weihnachtszeit liebend gern Krüllkuchen. Die schmeckten einfach fantastisch, und er buk sie seit dem Tod seiner Frau selbst. Sonst hätte ihm etwas gefehlt, und das Gebäck brachte wunderbare Erinnerungen an sie zurück. Stets hatten sie den Tee gemeinsam eingenommen. Entweder mit selbst gebackenen Keksen oder um diese Zeit mit diesen speziellen, sehr dünnen Waffeln. Jeder Biss, jedes Knacken empfand Johann als Huldigung seiner Frau.

Er schlurfte ins Haus und setzte Teewasser auf. Mit der Zubereitung war er sehr pingelig, denn es war wichtig, dass das Wasser nicht kochte. Das verfälschte den einzigartigen Teegeschmack. Unabdinglich waren auch das weiche ostfriesische Wasser und die richtige Ziehzeit von exakt drei Minuten.

Als Johann alles zu seiner Zufriedenheit erledigt hatte, nahm er einen Krüllkuchen aus der mit Weihnachtstannen versehenen Gebäckdose und griff nach der Tageszeitung. Johann las sie immer sehr gründlich, denn er fand es wichtig, dass er trotz seiner alten Tage über das Weltgeschehen und die örtlichen Vorkommnisse informiert war.

Doch heute fehlte ihm die Konzentration. Seine Gedanken kreisten einzig und allein um dieses Weihnachtsmarktwunder, das er Antea und Thore zu verdanken hatte und das nun immer mehr Gestalt annahm. Die beiden arbeiteten großartig zusammen und harmonierten in Johanns Augen auch sonst.

Warum Antea und Thore noch immer kein Paar waren, war ihm ein Rätsel.

»Kommt Zeit, kommt Liebe«, murmelte er, denn Johann war sicher, dass die beiden ineinander verleevt waren, es sich aber nicht eingestehen wollten. Er schmunzelte. Sie taten sich vermutlich schwer, mit jemandem eine Beziehung einzugehen, der dem anderen mehrmals eine Schaufel über den Kopf gezogen hatte. Da waren sie allerdings auf Augenhöhe gewesen. Johann grinste.

Als es klingelte, fuhr er zusammen. »Harrijasses nej, bei Johann kommt man doch einfach rein!«

Er öffnete die Haustür und sah sich Edzard und Herwig aus Grootsiel gegenüber. »Wat wullt denn ihr bi mi?«

»Schnacken«, antwortete Edzard knapp. »Können wir reinkommen?«

Johann musterte die beiden. Es hätte ihn nicht gewundert, wenn sie Kriegsbemalung getragen hätten, so finster war ihr Blick. »Falls ihr wegen unseres Wiehnachtsmarktes kommt, bin ich wenig kommunikativ«, sagte er geschwollen und wusste sofort, dass er den Nagel auf den Kopf getroffen hatte.

»Wir Grootsieler haben nur eine Botschaft!«, erklärte Edzard. »Euer Markt kann und wird nicht stattfinden. Sonst herrscht eine extrem angespannte Lage zwischen unseren Dörfern.«

»Gut, dann habt ihr das ja nun gesagt und könnt wieder verschwinden. Ich habe es zur Kenntnis genommen. Een moi Dag noch!«

Johann schlug Herwig und Edzard die Tür vor der Nase zu.

Wat för een Unding, ihn beim Elführtje mit so einem Unfug zu belästigen.

Johann beschloss, Antea nach ihrem Feierabend anzurufen und ihr von dem Gespräch mit den beiden zu erzählen. Aber wahrscheinlich kam sie ohnehin vorbei.

*

Gabriela schloss die Galerie heute überpünktlich. Immerhin war es Samstag, und in den nächsten zehn Minuten kam höchstwahrscheinlich keine Kundschaft mehr. Sie konnte es nicht riskieren, dass doch jemand eine längere Beratung wünschte und ihre Heimfahrt verzögerte.

Antea hatte ihr am Nachmittag den endgültigen Entwurf für die Aufstellung der Buden gemailt, denn sie hatten noch etwas verschieben müssen, und es war höchste Zeit, sich die Umgebung für den Weihnachtsmarkt und seine Ausstattung einmal genauer anzusehen. Gab es für die Stände, die Strom brauchten, bereits einen Anschluss oder musste man einen mobilen Verteiler organisieren? Wie sah es mit dem Standort für Toiletten aus?

Gabriela hatte sich überlegt, einen Wagen kommen zu lassen und keine Einzeltoiletten wie diese Dixi-Klos zu organisieren. Es war wichtig, sich die Hände waschen zu können. Schließlich würde es eine Menge Buden mit Essen und Trinken geben, da war Hygiene angesagt. So ein Wagen benötigte allerdings einen Wasseranschluss. Einen Weihnachtsmarkt hatte es schließlich in Himmelshusen jahrelang nicht gegeben, und die wenigen Verkäufer auf dem Wochenmarkt kamen mit ihren eigenen Verkaufswagen und waren autonom. Andererseits war ein Wasseranschluss auch wichtig, um Geschirr zu spülen. Das musste also dringend geklärt werden.

Wahrscheinlich hatte Antea alles schon überprüft und geplant, aber es würde Gabriela beruhigen, sich die Gegebenheiten selbst anzusehen. Zudem musste sie sich unbedingt von den hartnäckigen Gedanken ablenken, die um Wilko und ihre Verabredung heute Abend kreisten.

Ein Glas Wein zusammen zu trinken, war eigentlich keine große Sache. Unzählige Male hatte sie das schon mit Bekannten gemacht, ohne dabei auch nur einen Gedanken daran zu verschwenden, was ihr Gegenüber von ihr dachte. Heute jedoch zerbrach Gabriela sich seit dem frühen Morgen den Kopf, was sie anziehen sollte. Natürlich hatte sie nicht vor, sich groß aufzutakeln, aber – ehrlich gesagt – gefallen wollte sie Wilko schon.

Das knallbunte Schlabberkleid, ihr Lieblingsstück für zu Hause, war da wahrscheinlich nicht das Richtige. Vor dem war sogar Lisbet beim ersten Anblick zurückgeschreckt. Vielleicht den Hosenanzug mit …

Schluss jetzt!, wies sie sich zurecht. Du bist kein junges Mädchen mehr, das sich wer weiß wie verbiegt, nur um zu gefallen. Und Wilko kennt dich zumindest vom Sehen schon länger, also brauchst du ihm auch nichts vorzumachen.

Gabriela hatte Himmelshusen erreicht und bog in die

Warfenstraße ein, in der ihr Häuschen stand. Sie stellte ihren Wagen ab und schlug zu Fuß den kurzen Weg über die Marktlohne zur Kirche ein.

Neben dem Gotteshaus gab es einen großen Platz, der einfach nur De Markt genannt wurde. Dort würde der Hauptteil der Weihnachtsbuden aufgestellt werden. Ein paar weitere Stände konnten die Kirche sozusagen umrahmen und auch den kleinen Park auf der anderen Seite nutzen. Die Bänke, die es dort zum Sitzen gab, würden besonders Familien mit Kindern schätzen. Bei dem Gewühle, das es hoffentlich gab, wenn die Veranstaltung ein Erfolg wurde, musste man schließlich auch an die Kleinen denken.

De Markt lag verlassen in der Dämmerung, beschützt von Fischer Piet, der seine Arme segnend über Himmelshusen ausbreitete. Zwar war die Statue vom künstlerischen Gesichtspunkt aus wirklich eine Scheußlichkeit, aber irgendwie hatte sie doch Charakter. Und ein guter Draht zu Petrus war ja nie verkehrt. Nicht nur wegen des Wetters.

Gabriela schätzte diesen Apostel seit ihrer Kindheit besonders, schließlich war er der Schutzpatron des Kölner Doms, und von dem Haus aus, in dem sie aufgewachsen war, hatte man die Domglocken gut hören können – auch den *dicken Pitter*, die größte von ihnen.

»Novend, Pitter«, begrüßte sie die Skulptur. »Wie es et?«

Natürlich antwortete ihr Gegenüber nicht, aber er blickte durchaus zufrieden über den Platz.

Gabriela ging einmal um die Kirche herum, um sich mit der Örtlichkeit vertraut zu machen. Jemand hatte die Büsche, die den kleinen Park vom Karkpadd trennten, mit Lichterketten geschmückt – solchen, die nur winzige Birnchen hatten. Das sah hübsch aus und wirkte mit den Bänken davor richtig einladend.

Der Platz an der Windmühle war größer, als sie ihn in Erinnerung hatte. Vielleicht könnte auch die Mühle während des Weihnachtsmarktes geöffnet werden. Aber darum musste sich Antea kümmern. Sie würde auf keinen Fall mit diesem Idioten von Hardy sprechen, der dem Mühlenverein vorstand. Nicht nach seinem ungehobelten Auftritt in Emden.

Und dann gab es da das *Mühlencafé* am Karkpadd. Es war jetzt im Winter geschlossen, aber vielleicht wäre es möglich zu arrangieren, dass die Toiletten dort für die Weihnachtsmarktbesucher zugänglich waren, oder am besten, dass es dieses eine Wochenende geöffnet war. Das würde einiges an Orga und auch an Geld sparen. Weniger Ausgaben bedeuteten mehr Erlös, der Johann zugutekommen würde. Sie musste gleich mal mit Antea darüber reden.

»Hallo, Gabriela«, sagte plötzlich eine Stimme hinter ihr.

Gabriela drehte sich verblüfft um. »Antea – ob du's glaubst oder nicht, ich hab eben gedacht, dass ich dich anrufen muss.«

Die junge Frau im gelben Mantel lächelte. »Checkst du gerade meinen Aufbauplan? Ich hoffe, ich habe alles bedacht.«

»Sieht gut aus. Mir fiel nur eben ein, dass wir mal mit den Leuten vom *Mühlencafé* reden könnten, um die Toilettenfrage zu klären. Dann müssen wir keinen Wagen anmieten.«

»Gute Idee, ich kümmere mich drum und spreche Hardy an. Mit dem werde ich schon fertig. Sonst noch was?«

Gabriela nickte. »Wie sieht es mit Strom aus? Gibt es einen Verteilerkasten?«

»Ja, natürlich. Komm mit, ich zeig dir, wo er ist.«

Gabriela folgte Antea zurück auf De Markt. Tatsächlich, drüben auf der anderen Seite des Platzes stand ein großer grauer Kasten, der ihr vorhin gar nicht aufgefallen war.

»Bestens!«

»Ja, früher war in Himmelshusen oft was los. In meiner Kindheit gab es nicht nur einen Weihnachtsmarkt, sondern im Sommer auch immer ein großes Schützenfest mit viel Musik. Dann das Mühlenfest und das der freiwilligen Feuerwehr. Das Maibaumaufstellen, und ihn die ganze Nacht gegen Diebstahl zu bewachen, war auch so ein Highlight. Die Grootsieler waren selbst da reichlich gerissen, wenn es darum ging, sich unseren Baum anzueignen. Thore und ich ...« Antea stockte.

»Ihr kennt euch schon lange, nicht wahr?«, fragte Gabriela, obwohl die Vertrautheit einer alten Freundschaft nie zu verkennen gewesen war.

»Wir haben tatsächlich schon im Sandkasten zusammen gespielt und ...« Antea brach auch diesen Satz ab und ging nun zielstrebig auf den Stromkasten zu. »Also, von hier kommt der Saft für alles Elektrische.«

Gabriela folgte ihr. Interessant, dieser schnelle Themenwechsel!

»Um da ranzukommen, brauchen wir einen speziellen Schlüssel, wo bekommen wir den?«, fragte sie und beugte sich zu dem Kasten.

»Gute Frage, schreibe ich mir gleich auf. Ich bin nicht sicher, aber ich nehme an, dass wir den auf dem Amt abholen müssen. Wie gesagt, wir hatten schon lange kein Fest mehr ... Was ist?«

Gabriela schob den Zeigefinger in den Spalt, den sie am Kasten entdeckt hatte. Die Tür des Verteilers sprang auf.

»Der wurde aber beim letzten Mal nicht sorgfältig verschlossen. Hoffentlich ist da noch alles in Ordnung. Wenn's da reingeregnet hat ... Strom und Wasser sind keine guten Freunde.«

Beide starrten nun auf die Kabel und Anschlüsse im Inneren des Kastens. Das dicke Kabel war merkwürdig verdreht.

»Physik war zwar nicht gerade mein Lieblingsfach, aber irgendwie sieht das hier falsch aus«, sagte Antea.

»Zumindest die Leitung da unten, die ist echt eigenartig«, bestätigte Gabriela. »Wenn die mal nicht defekt ist.«

Antea gab ein zustimmendes Murmeln von sich.

»Das muss sich ein Elektriker angucken«, beschloss Antea. »Kommst du mit zu Johann? Ich will noch kurz bei ihm vorbeigehen.«

Gabriela sah auf ihre Armbanduhr. Es war ausreichend Zeit bis zu Wilkos Besuch. Warum also nicht.

*

Mit einem lauten und fröhlichen »Moin« betraten Antea und Gabriela Johanns Haus. Sofort kam er ihnen aus der Küche entgegen.

»Stellt euch vor, wer hier heute plötzlich an der Tür stand«, platzte er heraus, noch bevor er die beiden begrüßte. Johann machte eine kunstvolle Pause.

»Wer?«, fragte Antea.

»Edzard und Herwig.«

Einen Augenblick wusste Antea mit den Namen nichts anzufangen, und sie warf einen hilflosen Blick zu Gabriela, die bedauernd den Kopf schüttelte. Dann fielen Antea die beiden Freunde von Hardy ein.

»Doch nicht etwa Edzard und Herwig aus Grootsiel?«

Johann nickte heftig. »Und dat war echt nich moi. Die sind auf Krawall gebürstet, dat segg ik euch.«

»Komm, wir setzen uns erst mal«, schlug Antea vor, zog ihren Mantel aus und hängte ihn an einen der Haken im Hausflur. Gabriela tat es ihr gleich und folgte Antea und

Johann in die Küche, wo sie sich gemeinsam an den Tisch setzten.

Besorgt stellte Antea fest, dass die Hände des alten Mannes zitterten. Der Besuch von Edzard und Herwig schien ihn ziemlich aufgebracht zu haben.

»Was ist denn passiert? Was wollten die beiden?«

»Uns drohen. ›Euer Markt kann und wird nicht stattfinden‹«, zitierte Johann mit verstellter Stimme. »›Sonst herrscht eine extrem angespannte Lage zwischen unseren Dörfern.‹ Ik segg jo, die wollen Malör. Oder wie ihr das heute sagt: Stress mit uns Himmelshusern.«

»Und was soll das genau heißen?«, fragte Gabriela verblüfft. »Wie wollen sie den Markt verhindern? Wir haben die Genehmigung bekommen, und alles wird gerade aufs Beste organisiert. Hier gibt es doch bestimmt keine Mafia, die ihre Schlägertruppe schickt?«

Johann zog die Brauen hoch. »Das nicht, aber in meinem Schuppen war jemand. Da war alles durchwühlt, und manches ist jetzt kaputt. Wer sagt, dass das ein Zufall war?«

»Natürlich war das kein Zufall, eher ein Dummejungenstreich«, beruhigte ihn Antea. »Mit so was kann man doch dem Weihnachtsmarkt nicht wirklich schaden. Ich vermute mal, dass ...«

»Aber was ist mit dem Stromverteilerkasten?«, fragte Gabriela auf einmal. »Das ist schon seltsam. Wenn ich heute nicht nachgeguckt und entdeckt hätte, dass die Tür offen war ...«

»... hätten wir zu Beginn des Marktes ganz schön dumm und ohne Strom dagestanden«, fuhr Antea fort. »Alles wäre gescheitert.«

Johann sah von Gabriela zu Antea. »Was ist mit dem Kasten?«

»Wir glauben, dass irgendwas nicht stimmt. Ich rufe morgen früh gleich einen Elektriker, damit der sich das mal ansieht.« Antea legte beruhigend die Hand auf Johanns Arm. Doch der schüttelte den Kopf.

»So viele Zufälle gibt es nicht. Erst verschwindet der Brief mit der Genehmigung …« Er zählte die Punkte an den Fingern ab. »… dann durchwühlt jemand meinen Schuppen und macht was kaputt. Als Drittes tauchen Edzard und Herwig hier auf und lassen blöde Sprüche ab. Schlussendlich fummelt noch wer an unserem Stromkasten herum.«

»Oje, das nimmt echt groteske Züge an«, meinte Antea.

»Das ist nicht grotesk, das sieht nach Sabotage aus«, stellte Gabriela fest.

»Ja. Genau das denke ich auch. Und ich würde mich nicht wundern, wenn die Grootsieler da ihre Finger drin hätten. Wahrscheinlich sind sie nach meiner Abfuhr gleich losgezogen und haben den Stromkasten manipuliert.« Johann nickte Gabriela zu.

»Wir wissen nicht, wie lange der Kasten schon beschädigt ist«, wandte Antea ein. »Zu blöde, dass wir im Dorf keinen Elektriker haben, der mal schnell seinen Kommentar dazu abgeben kann, wie ernst die Sache ist.«

»Wilko!«, sagte Johann entschieden. »Der kennt sich auch mit so was aus.«

Gabriela zückte ihr Handy. »Ich ruf ihn gleich mal an.«

»Du hast seine Nummer?«, fragte Antea verblüfft. Obwohl sie eigentlich nicht überrascht sein dürfte, wenn sie an den Anblick der beiden auf dem Engelkemarkt dachte.

»Ich hab alle Nummern von der Orga-Liste im Handy«, erklärte Gabriela kurz, wandte sich ab und hielt das Telefon an ihr Ohr.

»Ja, hallo, Wilko … Nein, nein, es bleibt dabei. Ich sitze nur gerade mit Antea bei Johann, und wir haben da was entdeckt. Könntest du eventuell schnell mal zum Markt kommen? Es scheint, dass jemand an dem Stromkasten rumgefummelt hat ... Ja, ich weiß, dass du kein Elektriker bist. Aber Johann meint, du könntest vielleicht wenigstens schon mal feststellen, ob da wirklich was kaputt ist, bevor wir uns umsonst aufregen.« Sie schwieg kurz. »Wunderbar. Bis gleich.«

Sie steckte ihr Handy wieder weg und drehte sich zurück zu Antea und Johann. »Er kommt sofort und sieht sich das an.«

Antea lächelte. Ihr war nicht entgangen, wie weich Gabrielas Stimme bei dem Telefonat geworden war. Also doch!

»Wenn das geklärt ist, kommt ihr alle noch einmal zu mir«, bestimmte Johann. »Ich segg mol, in einer Stunde. Es gibt een moi Kopke Tee und dann können wir alles besprechen. Wir, der harte Kern. Mir scheint, es muss doch eine anständige Lösung für das alles gefunden werden.« Er schaute zu Antea. »Kannst du Thore anrufen?«

»Der macht bestimmt Überstunden und hat keine Zeit«, sagte sie schnell und spürte zugleich, dass sie rot anlief. Wie peinlich war das? Sie wollte auf keinen Fall, dass jemand von ihren Schwierigkeiten erfuhr. Und was tat sie? Gab eine Steilvorlage. Denn dass etwas nicht stimmte, hatten die beiden sicherlich bemerkt.

»Alles okay, min Lütten?«, fragte Johann sofort.

Ihrem alten Freund konnte Antea wirklich nichts vormachen. »Ja, alles gut. Aber Thore hat gerade viel Stress. Ich möchte ihn auf keinen Fall belämmern. Und ...«

»Ik mok dat«, lenkte Johann väterlich ein. »Mir schlägt de Jung nix ab.«

Antea war ihm dankbar, dass er das Thema vor Gabriela nicht vertiefte. Johann war ein feiner Mensch, und er hatte sie schon so manches Mal bei Liebeskummer getröstet. Vielleicht sollte sie mit ihm reden und seinen Rat einholen.

»Wilko kommt aber, oder?« Johann wechselte das Thema und nahm Antea so aus der Schusslinie. »Ich meine, ihr werdet doch zusammen den Stromkasten begutachten ...«

»Ja, natürlich.« Über Gabrielas Gesicht glitt wieder dieses Leuchten, wie seit Neuestem immer, wenn es um den Bauunternehmer ging.

»Kommst du auch mit?«, fragte sie, aber Antea verneinte. Bei den beiden wäre sie wohl das fünfte Rad am Wagen.

»Ich nutze die Zeit lieber, um zu Hause klar Schiff zu machen. Ich schlafe einfach ruhiger, wenn alles aufgeräumt ist. Außerdem wollte ich noch eine Lichterkette anbringen. Wir sehen uns dann in einer Stunde.«

Antea war der erleichterte Gesichtsausdruck von Gabriela nicht entgangen. Liebe konnte so schön sein! Was beneidete Antea sie darum.

*

Mit großen Schritten marschierte Wilko hinauf zur Kirche. De Markt lag im schwachen Schein der beiden Straßenlaternen, die dort aufgestellt waren. Eine dunkle Silhouette mit Pudelmütze zeichnete sich ab. Gabriela wartete schon auf ihn.

»Moin«, sagte sie. »Jetzt sehen wir uns früher als erwartet.«

»Nur der Wein fehlt. Vorerst.«

»Und leider zu keinem so schönen Anlass.«

Wilko zog die Taschenlampe aus der Jackentasche und schaltete sie ein. »Na, dann zeig mal, was ihr entdeckt habt.«

Gabriela zog ihre Handschuhe aus und öffnete die Tür des Verteilerkastens. »Der war nicht abgeschlossen, stand sogar einen Spalt auf, als Antea und ich vorhin hier waren.«

Wilko leuchtete hinein. »Also wenn ihr denkt, dass daran

was manipuliert wurde ... habt ihr leider recht! Da stimmt was nicht.« Wilko ging in die Hocke und betrachtete den Schaden genauer. Er ruckelte am Kabel – und hielt es kurz darauf in der Hand. »Die haben es gekappt und wieder reingesteckt. Das sollte so aussehen, als wäre alles okay, aber da haben sie unsauber gearbeitet. Sonst wäre euch die eigenartige Biegung nicht aufgefallen.« Er seufzte. »Da kann ich nichts machen, wir brauchen ein neues Starkstromkabel. Und einen Fachmann. Aber ich habe einen Elektriker, mit dem ich oft zusammenarbeite – der bringt das auf jeden Fall vor dem Weihnachtsmarkt in Ordnung.«

Er erhob sich wieder und schaltete die Taschenlampe aus. »Und jetzt?«, fragte er leise mit einem Blick zu Gabriela. »Sollen wir unsere Verabredung zu einem Glas Wein etwas vorziehen?«

Gabriela zögerte. »Ich würde ja gerne ... Aber ich habe Antea und Johann versprochen, gleich Bescheid zu sagen. Und der hat uns gebeten, in einer Stunde zum Tee zu kommen. Weil er sagt, wir müssen unbedingt besprechen, wie wir mit dem Grootsiel-Problem umgehen und ...«

Das war schade, aber Wilko verstand natürlich, dass Gabriela ihre neuen Freunde nicht einfach im Stich lassen konnte.

»Schon gut«, sagte er, obwohl die Enttäuschung ihn kurz schlucken ließ. »Geh du ruhig zu den anderen, wir können uns ja morgen treffen, wird sonst vielleicht zu spät.«

»Willst du nicht mitkommen? Die Einladung gilt doch auch für dich. Und für Thore, wenn er ihn erreicht. Johann nennt uns fünf den ›harten Kern‹. Und er hofft, dass wir gemeinsam rausfinden, was hier eigentlich läuft.«

»Wenn das so ist, komme ich natürlich mit.« Wärme breitete sich in seiner Brust aus.

»Das schließt aber nicht aus, dass wir morgen ein Glas Wein zusammen trinken.« Gabriela legte den Kopf schief und grinste.

»Um so besser. Dann lass uns mal gehen. Ich kann mir vorstellen, dass Johann auf glühenden Kohlen sitzt. Der Mann hat noch nie gern gewartet.«

Gabriela schob die Tür des Stromkastens wieder zu, dann brachen sie zusammen auf. Johann wohnte gleich um die Ecke, und bis Wilko sich entschlossen hatte, nach Gabrielas Hand zu greifen, waren sie schon da.

Kapitel 18

Johann hatte erneut Tee gemacht, so wie es üblich war, wenn Gäste kamen. Gleichgültig, wie spät es war: In Ostfriesland wurde Tee getrunken.

Wie lange hatte er keinen Besuch mehr gehabt! Aber jetzt, da es mit dem Weihnachtsmarkt voranging, war plötzlich wieder Leben um ihn herum – und er gehörte dazu.

Ganz sicher kämen Antea und Gabriela, aber er hoffte auch auf Wilko und Thore. Wobei Antea doch etwas zögerlich reagiert hatte. Er würde Thore gleich anrufen, ihm konnte er nichts abschlagen. Er war für ihn genauso eine Art Großvater wie für Antea.

»Fünf Tassen«, murmelte Johann und holte sie aus dem Hängeschrank. Er wollte mit seinen Mitstreitern in der Küche sitzen, denn dort bollerte der alte Holzofen. Das war gemütlicher als in der Stube, die Johann mit den dunklen Möbeln und der klackenden Wanduhr stets als etwas kühl empfand. Doch er und seine Frau hatten sie so eingerichtet, und er tat sich mit Veränderungen schwer. Wenn er in Himmelshusen bleiben konnte, könnte dieser Raum ein wenig heller werden. Eine neue Decke, die das dunkle Paneel ablöste, wäre ein Anfang.

Wenn er hierblieben könnte. Wenn.

Johann schlurfte zum Telefon, das im Flur stand und mit einem grün-goldenen Brokatüberzug versehen war. Auch das hatte seine Frau schick gefunden. Er mochte diese Dekoration eigentlich nicht, aber es schmerzte zu sehr, sich von all diesen Dingen zu trennen, weil sie ihn an eine glückliche Zeit erinnerten, in der er weder seine Stube noch dieses Telefon als veraltet und bedrückend empfunden hatte.

Thores Handynummer kannte Johann auswendig. Es war ein Teil seines »Gehirnjoggings«, wie er es schmunzelnd nannte, dass er sämtliche Telefonverbindungen, die ihm wichtig waren, im Kopf hatte.

Thore ging sofort an den Apparat. »Moin.«

»Johann hier.«

»Das habe ich an der Nummer gesehen. Was gibt es?«

Johann erzählte, was passiert war und was sie vermuteten, und schloss mit den Worten: »Wir wollen uns gleich bei mir treffen und mal ausbaldowern, wie wir vorgehen. So geiht dat ja nun nich.«

»Das sehe ich genauso«, bestätigte Thore. »Ich komme allerdings gerade von der Arbeit und muss noch kurz was ess...«

»Das kannst du auch bei mir«, unterbrach Johann ihn. Thore sollte jetzt bloß nicht wie Antea mit Ausflüchten kommen. »Ik hebb een lecker Schinken und Swartbrood und de Botter und Kaas sün von de Käserei in Pilsum. Also: keen Utreed. In einer Stunde bist du da, all kloar?«

»Aye, aye, Sir! Habe verstanden.« Thore machte eine Pause. »Ist Antea dabei?«

»Jo. Ohne sie löppt dat hier wohl nicht, das weißt du genauso gut wie ich. Bis später!«

»Holl di munter!«, antwortete Thore, und Johann legte auf.

Er war zufrieden. Nun konnte die Unterhaltung starten, und sie würden eine Lösung finden. Klein beigeben und den unsinnigen Forderungen der Grootsieler nachkommen würden die Himmelshuser auf keinen Fall. Und schon gar nicht, wenn die mit unfairen Mitteln kämpften!

*

Antea hatte alles aufgeräumt, die Spülmaschine angestellt und die letzte Lichterkette am Stubenfenster angebracht. Nun war ihr kleines Häuschen richtig weihnachtsfein.

Sie hörte die Kirchenglocke achtmal schlagen, es wurde Zeit, zu Johann zu gehen. Nicht, dass die anderen auf sie warten mussten.

Antea schlüpfte in ihren Walkmantel und legte sich den Schal um den Hals. Dann trat sie vor die Tür.

Über ihr tat sich jetzt nach der langen Zeit des typisch ostfriesischen Schietwedders ein wunderbarer Sternenhimmel auf. Alle Wolken waren abgezogen, und der Mond bereicherte die Szenerie mit seiner goldenen Sichel.

Antea schnupperte die Abendluft. Sie roch leicht süßlich, und wenn sie nicht alle Sinne trogen, war es in der letzten Stunde merklich abgekühlt.

»Ich rieche Schnee«, murmelte sie. »Wie wundervoll wäre es, wenn am Himmelshuser Weihnachtsmarkt alles weiß gepudert wäre. Oder noch besser, mit dicken Mützen versehen. Unter den Schuhen würde es knirschen, wir alle hätten weiße Wölkchen vor dem Mund und könnten uns mit Glühwein wärmen.« Sie lachte auf. »Ich könnte mal mit unserem Piet reden, dann würde er wenigstens nicht so nutzlos rumstehen.«

Kurzerhand wählte Antea den Weg an der Skulptur vorbei, tippte dem Petrus auf die Schulter und sagte: »Moin, Piet! Ich bestelle mal Schnee bei dir. Du hast schließlich einen guten Draht nach oben. Termin: unser Weihnachtsmarkt. Bekommst du das hin?«

War es eine Täuschung, oder hatte er kurz gewinkt? Es war Weihnachtszeit, und es ging um das Wunder, Johann zu retten. Da war alles möglich.

Antea hörte Stimmen. Das waren eindeutig Gabriela und Wilko. Sie sollte sich wirklich sputen.

Als sie sich Johanns Haus näherte, erkannte sie Thores Auto. Er war also gekommen und weiter an ihrer Seite. Antea schluckte den aufkommenden Kloß im Hals hinunter.

Ich freue mich ein bisschen zu doll darüber, dachte sie. Viel zu doll. Ach, wenn da doch nicht die Furcht wäre, ein weiteres Mal so maßlos enttäuscht zu werden.

*

Johann war froh, dass alle gekommen waren. Er hatte ein paar Schinken- und Käseschnittchen vorbereitet und auf einem Teller angerichtet. Bestimmt hatten sie Hunger und noch nichts gegessen. Nachdem er seine Gäste mit Tee versorgt hatte, begann er das Gespräch, nicht ohne sie aufgefordert zu haben, zuzugreifen. Und das taten sie alle mit Wonne.

»Nun müssen erst sämtliche Tatsachen auf den Tisch.« Er fasste für Thore und Wilko zusammen, was er vorhin schon Gabriela und Antea berichtet hatte.

Und dann fiel Johann plötzlich noch etwas ein. Er tippte Antea auf den Unterarm, und sie sah ihn fragend an. »Hast du nicht erzählt, dass der Brief, obwohl er abgeschickt wurde, unauffindbar ist?«

»Ja, warum?« Antea legte sich einen Kluntje in die Tasse und goss Tee nach.

»Weil mir gerade eingefallen ist, dass Edzard und Hardy kürzlich vor deinem Haus rumgeturnt sind. Erst habe ich mir dabei nichts gedacht, aber es würde doch Sinn ergeben, wenn sie den Brief, wie auch immer, abgefangen hätten.«

Antea erbleichte und ließ die Hand mit dem eben gegriffenen Schwarzbrot sinken. »Das wäre … das wäre ein starkes Stück. Aber vermutlich entspricht es der Wahrheit.«

Jetzt schnellte Thores Kopf hoch. »Verdammt, dass mir das nicht eher eingefallen ist! Nur – wie sollte ich auf diese Verbindung kommen?«

»Was willst du uns sagen?«, fragte Johann.

Thore fasste alles zusammen: »Hardy war also mit Edzard vor Anteas Haus und scheint mit den Grootsielern oder zumindest mit Edzard gemeinsame Sache zu machen, das scheint Fakt zu sein.«

»Und weiter?«, fragte Gabriela ungeduldig. »Sonst kommt ihr doch auch schneller zum Punkt!«

»Wenn du mich ausreden lassen würdest«, entgegnete Thore, »wäre ich schon fertig. Also lass mich erklären: Hardy hat den Schlüssel zum Verteilerkasten! Nach dem letzten Mühlenfest hat er ihn mitgenommen. Irgendwo mussten wir das Ding ja lassen, und da kam uns sein Angebot gerade recht!«

»Dann ist er ein Spion und die undichte Stelle!«, empörte sich Gabriela. Sie sprang vom Stuhl auf. »Da macht er einen auf Rosenkavalier – gut, ohne Rosen, aber er schmeichelt mir, tut so, als ob er mich attraktiv findet, und dabei wollte er bestimmt nur Informationen. Oder schlimmer noch: Dass ich euch in den Rücken falle, zu den Grootsielern überlaufe und mit ihnen sabotiere! Wat för e driss! Esu ne jeblöömb Aaschloch.«

Sie setzte sich wieder und raufte sich das Haar.

Antea lehnte sich zurück und stieß ein »Puh« aus. Sie schüttelte fassungslos den Kopf. »Ich kann mir gar nicht vorstellen, wie gemein die sind. Warum jemand so denken und so etwas tun kann!«

Thore griff kurz nach ihrer Hand, schnellte aber wie elektrisiert zurück und schaute sich um, ob es jemand gesehen hatte. Johann lächelte ihm beruhigend zu. Er würde der Sache zwar auf den Grund gehen, sich aber hier, vor den anderen, zu keiner Bemerkung hinreißen lassen.

Zum Glück kochte Wilko ohnehin gerade hoch wie ein Topf voll Wasser, den man vergessen hatte auszustellen.

»Okay, dann ist also davon auszugehen, dass die Grootsieler uns so richtig ans Bein pinkeln wollen!«

Er verbesserte sich schnell. »Also, was ich sagen wollte, ist: Die möchten Stunk machen und den Markt verhindern. Das lassen wir uns aber nicht bieten!« Seine Stimme klang noch immer grollend. »Dann fahren wir gleich dorthin und ... und kippen denen einen Fuder Mist auf den Marktplatz. Strafe muss sein.« Er hieb mit der Faust so heftig auf den Tisch, dass die Tassen auf den Tellern tanzten und überliefen. »Das musste mal raus«, entschuldigte er sich. »Bin sonst anders.«

»Man soll aber Gleiches nicht immer mit Gleichem vergelten«, mahnte Gabriela, die sich inzwischen wieder beruhigt hatte, und Wilkos Züge wurden sofort weicher.

»Meinst du?«

Sie nickte.

»Gut, dann eben nur abgelaufene Eier«, lenkte er ein. »Das stinkt göttlich, wenn wir sie erst gammeln lassen. Die kann ich besorgen. Ich bin so was von fünsch, dass die unseren Weihnachtsmarkt mit derart fiesen Mitteln torpedieren! Dieser Bullerballer, diese Blaffbecks! Swienegel!«

Johann biss sich auf die Unterlippe. Was war denn in Wilko gefahren?

Thore räusperte sich und überging Wilkos Ausbruch. Es

war besser, die Sache nicht weiter anzuheizen. »Ich bin Gabrielas Ansicht, dass es unsinnig ist, mit ähnlichen Aktionen gegenzusteuern. Dann kommt eins zum anderen, aber was wir keinesfalls dadurch erreichen, ist eine einvernehmliche Lösung! Und genau die brauchen wir.«

»Die wollen gar keinen Frieden«, beharrte Wilko. »Also geht es denen jetzt an den Kragen, auf dass wir sie das Fürchten lehren.«

Thore wiegte den Kopf und sah zu Johann, der bedächtig antwortete. »Ich schließe mich Thores Meinung an. Es führt zu nichts, wenn wir uns jetzt auf dieses Niveau begeben. Es gilt, einen kühlen Kopf zu bewahren.«

Antea griff nach einer Serviette und trocknete zunächst alle Untertassen und den Tisch vom übergeschwappten Tee. Als sie fertig war, ergriff sie das Wort. »Ich schlage eine Zusammenkunft mit den Grootsielern vor. Dort bereden wir alles, und dann werden wir eine Lösung finden, die das Kriegsbeil ein für alle Mal begräbt.«

»Ich soll mit denen ein Bier trinken, einen auf Friede, Freude, Eierkuchen machen, und dann ist alles in Butter?«, schnaubte Wilko. »Im Leben nicht. Den haue ich einen up de Sack!«

Antea legte beruhigend ihre Hand auf seinen Arm. »Du bist echt nicht fein gestellt. Aber nun komm mal wieder runter!«

»Ich finde allerdings, so eine kleine Lektion würde diesen Leuten vielleicht doch guttun.« Gabriela sah sich Beifall heischend um. Aber Johann, Thore und Antea blieben skeptisch.

»Es ist min Wiehnachtsmarkt«, sagte Johann schließlich. »Und ich möchte nicht, dass sich deswegen alles zerstreitet. Wir machen das so, wie es Antea vorgeschlagen hat. Meinetwegen nehme ich das in die Hand. Mein Wort hat da drüben noch Gewicht. Und mit Hardy spreche ich auch. Das kann jo nich angehn, dass einer aus unserer Mitte gegen Himmelshusen schießt.«

»Ich bezweifle leider, dass eine solche Strategie fruchtet«, gab Gabriela zu bedenken, und Wilko pflichtete ihr schmollend bei.

»Andererseits«, sagte Gabriela nachdenklich, »sagt das Kölsche Grundgesetz in Paragraf drei: Et hätt noch immer jot jejange.«

*

Wilko beruhigte sich nur langsam wieder. Es war einfach kaum zu glauben, dass Hardy sie so hintergangen und verraten hatte. Zwar war er nicht gerade ein Freund, aber sie kannten sich seit Ewigkeiten und hatten natürlich durch ihre Ehrenämter im Dorf häufig miteinander Veranstaltungen organisiert. Oder sogar zusammen gefeiert.

Doch die Indizien waren eindeutig.

Wilko erhob sich. »*Ich* gehe zu Hardy. Schließlich bin ich der Vorsitzende des Bürgervereins.«

Sofort sprang Thore auf, wechselte einen schnellen Blick mit Antea und sagte: »Ich komm mit. Wir sollten das ganz ruhig regeln.«

»Und du meinst, das kann ich nicht allein?« Wilko runzelte die Stirn.

»Es ist besser, jemanden mit kühlem Kopf das Gespräch führen zu lassen.« Antea nickte Thore zu. »Und es sieht gut aus, wenn nicht nur einer, sondern mehrere bei Hardy auftauchen und im Namen von Himmelshusen sprechen.«

Gabriela schüttelte den Kopf. »Auf mich müsst ihr verzichten. Nach Grootsiel fahr ich mit, wenn ihr das wollt, aber Hardy darf mir heute nicht mehr unter die Augen kommen!«

So aufgebracht wie an diesem Abend hatte Wilko sie bisher nicht erlebt. Gabriela konnte ganz schön temperamentvoll und engagiert sein. Und wie ihre Augen funkelten, wenn sie aus sich herauskam! Ein ziemlicher Gegensatz zu der freundlich-kühl wirkenden Geschäftsfrau, die ihm in ihrer Galerie entgegengetreten war. Das machte ihn richtig neugierig, noch mehr Facetten ihrer Persönlichkeit kennenzulernen.

»Verstehe ich vollkommen«, sagte Wilko zu ihr. »Seine Aktion dir gegenüber war absolut unmöglich, und ich werde ihm dazu gleich mal ...«

Johann schüttelte den Kopf. »Lass das besser. Zumindest vorläufig. Wenn du unbedingt zu Hardy gehen willst, bleib bei einer Sache. Beim Weihnachtsmarkt. Sonst wird das nix mit einem ruhigen Gespräch mit den Grootsielern.«

»Johann hat recht. Am besten lasst ihr ihn erst mal reden«, schlug Antea vor.

Johann nickte. »Wilko und Thore können gleich zu Hardy gehen, wenn sie unbedingt wollen. Ich rufe inzwischen Menno vom Grootsieler Bürgerverein an und erzähl ihm, was hier läuft. Der ist ein vernünftiger Mann und kann das Treffen von deren Seite her einberufen. Ich könnte Stein und Bein schwören, dass er von all dem Theater gar nichts weiß.«

»Das denke ich auch«, brummte Thore. »Es wird Zeit, dass die Vernunft regiert.«

»Ihr habt so recht, und die Idee ist gut«, stimmte Antea zu. »Wann sollen wir das Treffen mit den Grootsielern denn durchziehen?«

»So bald wie möglich«, sagte Thore. »Damit der Unsinn ein Ende hat. Uns läuft schließlich die Zeit weg.«

»Morgen!«, bestimmte Johann. »Sonntags hat jeder Zeit.

Ich rufe gleich Menno an, dann kann er die Heiopeis Herwig und Edzard samt den anderen Verantwortlichen einbestellen.«

Alle nickten.

»Gut, dann komm, Thore.« Zielstrebig marschierte Wilko aus der Küche. Erst als er kurz vor Hardys Haustür stand, fiel ihm auf, dass er sich gar nicht verabschiedet hatte.

*

Bei Hardy brannte Licht. Wilko drückte mehrmals kräftig auf die Klingel, was Thore zum Schmunzeln brachte. Wilko war immer noch richtig wütend. Anteas Verdacht, dass Gabriela und er mehr füreinander empfanden, als sie zeigten, schien sich zu bestätigen. So richtig sauer war Wilko schließlich erst geworden, als Gabriela von Hardys Anmache und Täuschung berichtet hatte.

Obwohl zu hören war, dass der Fernseher lief, öffnete Hardy nicht.

Wilko fluchte und schlug zweimal mit der Faust gegen die Tür. Dann klingelte er erneut.

»Wilko …«, setzte Thore an.

»Ich weiß.« Wilko seufzte und trat einen Schritt zurück. »Hast ja recht. Sprich du. Falls er überhaupt aufmacht.«

Plötzlich ging die Tür einen Spalt auf, und Hardy schaute heraus.

»Was ist denn los?«, fragte er misstrauisch. »Was wollt ihr so spät. Brennt's irgendwo?«

»Wie man's nimmt«, sagte Thore. »Können wir reinkommen?«

»Ne, ich habe nicht aufgeräumt. Und ich will meinen Krimi weitergucken.«

Wilko atmete tief ein und schien loslegen zu wollen, daher kam ihm Thore schnell zuvor.

»Wir wissen, dass die Grootsieler unseren Weihnachtsmarkt verhindern wollen und dafür auch drastische Maßnahmen wie Sabotage ergreifen. Und wir wissen, dass du ihr Handlanger bist und Himmelshusen verraten hast.«

Trotz des sachlichen Tonfalls zuckte Hardy zusammen, als hätte Thore ihn angebrüllt.

»Ich sage nur Brief und Schlüssel für den Elektrokasten ...«, fuhr Thore fort und hob die Brauen.

Hardy wurde zusehends blasser.

»Ich ... aber ...«, stammelte er. »Edzard und Herwig ...«

»Du musst jetzt gar nichts sagen«, unterbrach ihn Thore. »Morgen wird ein Treffen zwischen den Grootsielern und uns stattfinden. Da werden wir das alles klären und Frieden schließen. Und natürlich erwarten wir, dass du dabei bist. Die Uhrzeit kriegst du noch.«

»Verstanden?«, warf Wilko ein.

Hardy nickte ängstlich.

»Gut. Dann kannst du jetzt deinen Krimi gucken gehen. Verbrecher – das passt!«, schnauzte Wilko ihn an. »Komm, Thore.«

Er drehte sich um und stampfte davon.

»Gute Nacht«, sagte Thore höflich, ohne es zu meinen. Aber so wie Hardy ihn anstarrte, bevor er hastig die Tür schloss, würde der Mann ohnehin keine gute Nacht haben, egal was man ihm wünschte.

»Meinst du, Gabriela und Antea sind noch bei Johann?«, fragte Wilko, als Thore ihn eingeholt hatte. »Ich bin vorhin so schnell weg ...«

»Das werden wir ja sehen.«

Doch als sie wieder bei Johann ankamen, waren Antea und

Gabriela bereits gegangen. Sichtlich geknickt verabschiedete Wilko sich.

»Kommst du bitte noch mal rein?«, bat Johann Thore. »Wir zwei besprechen jetzt mal in aller Ruhe ein paar Dinge für morgen. Wilko ist für die Sache nämlich zu hitzig. Und du bist weder Himmelshuser noch Grootsieler, also sozusagen neutral. Dat is moi.«

Thore folgte Johann ins Haus. »Die Grootsieler haben dem Treffen zugestimmt?«

»Ja. Ich habe doch gesagt, dass Menno ganz vernünftig ist. Dem ist der ganze Hickhack auch zuwider – und er wusste tatsächlich nichts von dem Schiet, den Edzard und Konsorten angerichtet haben. Menno kümmert sich um den Gemeindesaal in Grootsiel. Beginn ist um 15 Uhr. Da machen wir jetzt Nägel mit Köpfen.«

*

Thore war erleichtert. Endlich schien alles voranzugehen. Wer hätte gedacht, dass eine an sich so charmante Idee sie derart in Schwierigkeiten bringen könnte?

Wie konnte es angehen, dass sich erwachsene Männer wie Kindsköpfe aufspielten, Briefe stahlen, ein Kabel durchschnitten und Sachen verschwinden ließen? Von der Anbaggerei Hardys mal ganz zu schweigen.

»Du guckst so sinnig«, riss Johann ihn aus den Gedanken. »Ik glöv, ik weiß, was dich bedrückt!«

Thore fühlte sich ertappt.

Johann grinste breit. »Min Jung, einem alten Zausel wie mir musst du doch kein X für ein U vormachen! Was ist los mit dir und Antea?«

»Wir sind Freunde«, rutschte es Thore heraus, nur fühlte es sich falsch an. Sie waren seit jener Nacht keine Freunde mehr, aber eben auch kein Liebespaar. Und das dazwischen konnte er nicht recht benennen. Es war – gar nichts. Nicht Fisch und nicht Fleisch. Nicht warm und nicht kalt.

»Soso, Freunde«, antwortete Johann. »Dat kann ik nich glöven. Da steckt mehr dahinter. Ich mische mich nur ungern ein, aber es ist unerträglich, wie ihr beiden leidet. Also: Rut mit de Spraak!«

Thore schluckte. Johann war ein alter Freund von ihnen. Es würde bestimmt guttun zu reden.

»Ja, da war mal was. Also so richtig. Versehentlich. Aber jetzt können wir beide damit nicht umgehen …«, stammelte er.

Johann sah ihn weiter fragend an.

Thore brauchte eine Weile, ehe er seine Gedanken sortiert hatte. Dann konnte er endlich erzählen, was zwischen ihm und Antea passiert war. »Und es tut nur noch weh«, endete er. »Sie schämt sich bestimmt. Auf jeden Fall ist es ihr unangenehm, und wir versuchen krampfhaft, wieder dort anzuknüpfen, wo wir mal gestanden haben, als unsere Welt noch zusammenpasste.«

Johann wiegte den Kopf. »Een nach dem anderen«, begann er bedächtig. »Du glaubst also, sie hat das nicht gewollt?«

»Ja.« Thore druckste unangenehm berührt herum.

»Hat sie an dem Abend den Eindruck gemacht?«

Thore schüttelte den Kopf. »Nein. Es war schön – und stimmig.« Ja, das war das richtige Wort. Es hatte alles gepasst. Bis zu dem vermaledeiten nächsten Morgen. Seitdem war ihre Welt schief und krumm. Und das sagte er auch Johann.

»Ich denke, ihr interpretiert das falsch. Und weil ihr nicht wie sonst ehrlich und direkt miteinander seid, unterstellt ihr dem anderen, was der angeblich denkt und fühlt. Du sagst, ihr sucht nach dem Punkt, wo eure Welt noch in Ordnung war.«

»So ist es.« Thore nickte erleichtert.

»Dann benehmt euch auch so!« Johann griff in die Tasche der Joppe und beförderte einen Priem heraus, den er in den Mund steckte und genüsslich kaute.

»Das geht ja eben nicht«, entgegnete Thore, hielt jedoch inne, denn er verstand plötzlich, was Johann ihm sagen wollte. »Du meinst, ich soll mit ihr darüber reden, wie sie das findet, dass wir im Bett gelandet sind?«

»Jo.«

»Aber das ist ...«

»Der Punkt, an dem ihr früher wart«, ergänzte Johann. »Ihr habt immer offen und ehrlich miteinander gesprochen, gesagt, wenn euch was gestunken hat oder was nicht passte. Und jetzt macht euch dieses Schweigen wahnsinnig. Da hilft eben nur reden. Alles auf den Tisch bringen und danach gucken, was wirklich los ist. Diese Spökenkiekerei taugt doch nichts.«

Thore ließ das erst einmal sacken. Aber Johann hatte recht. Sie waren nach jener Nacht sprachlos geworden, sodass sie außerstande waren, unkompliziert miteinander umzugehen. Ihre Ehrlichkeit, das Unbedarfte, waren dadurch flüchtig geworden und hatten diese Leere zurückgelassen.

»Ich rede mit ihr«, sagte Thore. »Morgen nach der Versammlung. Danke!«

»Da nich für, min Jung. Da nich für.«

Kapitel 19

Der Gemeindesaal in Grootsiel war brechend voll. Menno hatte ganze Arbeit geleistet und das halbe Dorf motiviert zu kommen. Thore und Antea hingegen war es gemeinsam mit Wilko und Gabriela gelungen, auch viele Himmelshuser nach Grootsiel zu locken. Johann war selbstverständlich dabei, aber er wirkte blass und sehr nervös.

Antea klopfte das Herz bis zum Hals. Es war immens wichtig, dass es heute zu einer Einigung kam und sich die Dörfler nicht noch mehr an die Gurgel gingen.

Thore strahlte unerschütterlichen Optimismus aus. Er nickte Antea beruhigend zu. »Bleib locker. Wenn die alle kommen und wir Menno als Unterstützung haben, wird alles gut gehen, glaube mir!«

Antea war sich nicht so sicher. Die bitterbösen Blicke von Edzard, Hardy und Herwig sprachen eine andere Sprache.

Sie atmete tief durch, das mäßigte ihren Herzschlag etwas.

Bevor es losging, tickte Thore sie an. Es schien ihn ziemlich Überwindung zu kosten, denn die nächsten beiden Sätze wirkten etwas gequält. »Ich würde später noch gerne etwas mit dir trinken gehen. Wir müssen reden.«

Antea fand den Zeitpunkt, ihre Beziehung gerade jetzt anzusprechen, etwas unglücklich gewählt, aber ihr Herz machte sofort ein paar Freudensprünge bei der Aussicht, mit ihm allein zu sein. Sie hoffte so sehr, dass sie endlich einen Schritt aufeinander zumachen konnten – und das Unaussprechliche in Worte fassen.

»Gerne«, flüsterte sie.

Thores Lächeln war voller Wärme. So wie früher.

Sie konnten nicht weiterreden, denn Menno trat ans Mikrofon, das er auf der kleinen Bühne an der Frontseite des Saales aufgebaut hatte.

»Moin, Grootsieler. Moin, Himmelshuser!«, begann er und bedachte alle mit einem festen Blick.

Sofort sprang Edzard auf. »Givt dat denn hier keen Bier un keen Schluck?«

Viele Grootsieler trommelten johlend mit den Fäusten auf den Tischen herum. Menno hob mahnend die Hand. »Wir sind hier nicht zum Saufen, sondern weil wir uns mit den Himmelshusern einigen wollen. Da werdet ihr ja wohl eine Stunde ohne Alkohol auskommen. Deinen Lütten kannst du dir nachher im *Deichstübchen* abholen. Und jetzt ist Ruhe! Wir wollen vorankommen!«

Sofort wurde es still im Saal. Menno schien großen Einfluss zu haben, was Antea beruhigte, denn er hatte ja zugesagt, auf ihrer Seite zu sein.

Sie fragte sich, warum sie nicht gleich Kontakt mit ihm aufgenommen hatten. Ihnen wäre viel Stress erspart geblieben.

Menno führte zu Beginn seiner Rede aus, was das grundsätzliche Problem darstellte. Sogleich schlugen die Wogen hoch.

»Die wollen unseren Markt nur kaputt machen«, tönte Edzard und Herwig ergänzte: »Wo sie jahrelang ihren Mors nicht aus dem Quark bekommen haben. Und dann tun die sich über unseren Widerstand wundern!«

»So sieht das aus«, war zu hören.

»Die können doch auch zu uns auf den Markt kommen, und alles ist gut.«

Menno blieb entspannt. »Jetzt wird nicht diskutiert, jetzt hören wir erst Antea und Thore und was sie zu sagen haben. Also bitte ich um Ruhe, so höflich werdet ihr ja wohl sein.«

Antea griff nach dem Mikrofon. Es fühlte sich kalt in ihrer Hand an, und sie hoffte, dass keiner ihr Zittern bemerkte. Sie war so nervös! Zunächst atmete sie tief durch und hatte Thores »Du schaffst das!« in den Ohren.

Dieser eine Satz genügte, um Antea ihr Selbstvertrauen zurückzugeben.

»Wir wollen mit unserem Weihnachtsmarkt keinen Unfrieden zwischen den Dörfern«, begann sie.

»Den gibt es schon immer, und das ist jetzt nur die Krönung!« Wieder echauffierte sich Edzard.

Antea wollte sich von diesem Stinkstiefel auf keinen Fall aus der Ruhe bringen lassen und fuhr fort: »Wenn es für euch Grootsieler ein solches Problem ist, wird es euch beruhigen zu hören, dass wir keineswegs einen konkurrierenden Markt planen. Und auch sonst sind wir durchaus kompromissbereit …«

Gabriela sprang auf. »Sollten wir uns wirklich auf Kompromisse einlassen? Die Grootsieler sollten einfach akzeptieren, dass wir Himmelshuser machen können, was wir wollen.«

Hatte Gabriela gerade wirklich »wir Himmelshuser« gesagt? Das verschlug Antea kurz die Sprache. Wilkos stolzem Gesichtsausdruck nach hatte sie allerdings richtig gehört.

Thore hob mahnend die Hand. »So kommen wir nicht weiter. Bitte lasst Antea ausreden!«

Dankbar blickte Antea ihn an. »Wir werden unseren Weihnachtsmarkt auf jeden Fall stattfinden lassen.«

Ein Raunen ging durch den Saal. Es kam aus der Grootsieler Ecke.

Antea konzentrierte sich auf ihre nächsten Sätze. Ruhig bleiben, sagte sie sich. Ruhig bleiben. Aber das war einfacher gesagt als getan.

Thore bemerkte ihre Unsicherheit offenbar und sah sie fragend an. Antea nickte erleichtert und reichte ihm das Mikrofon.

»Bevor hier also die kleinen Wellen zu einer stürmischen Brandung werden, würde ich darum bitten, sich unser Konzept einmal anzuhören«, erklärte Thore mit ruhiger Stimme. »Ich bin mir sicher, dass danach alle entspannt nach Hause gehen werden und ihren Tee trinken können.«

»Een Bier und een Lütten«, rief Edzard, aber dieses Mal schenkte ihm niemand Beachtung.

Antea warf Thore einen dankbaren Blick zu. Hier, als Krisenmanager, harmonierten sie wie eh und je.

Bist du wieder okay?, schienen Thores Augen zu fragen. Sie nickte. »Bitte, Antea, erzähl doch mal, was ihr in Himmelshusen plant!«, sagte er und reichte ihr das Mikrofon zurück.

Sie stellte das Konzept vor. Dass es kein Markt wäre, wie er traditionell in Grootsiel stattfand. »Eine beleuchtete Kutterfahrt liegt bei uns auch gar nicht drin«, untermauerte sie die Ausführung. »Unser Schwerpunkt liegt auf der Historie. Es wird keinen Autoscooter oder Ähnliches geben. Wir setzen auf Kunsthandwerk und Kulinarik. Dieser Markt hat schließlich nur ein erklärtes Ziel: Johann soll in Himmelshusen bleiben!«

Danach war es still im Gemeindesaal. Doch schließlich brannte Applaus auf, der zunächst überwiegend von den Himmelshusern kam, dann aber etliche Grootsieler mitriss. Antea war erleichtert.

»Wir hätten da noch einen Vorschlag zur Güte«, setzte

sie nach. »Wir werden unseren Markt an einem anderen Wochenende stattfinden lassen als ihr in Grootsiel. Dann müssen sich die Besucher auch nicht entscheiden, sondern haben zwei wunderbare Veranstaltungen. Das war alles übrigens von Beginn an so geplant.«

»Dann gleich Butter bei die Fische und eine klare Ansage, damit ihr nicht hinterher ankommt und behauptet, alles wäre anders gewesen!«, kam ein Zwischenruf.

»Ihr wie immer am dritten Advent, wir eine Woche später am vierten?«, fragte Antea.

Durch den Saal hallte ein lautes Raunen. Das musste den Grootsielern entgegenkommen, schließlich waren sie die Ersten und mussten nichts verändern.

»Jo, so mok wi dat!«, sagte Edzard. »All up Stee!«

»Jo, das ist in Ordnung.«

Nun nickten noch mehr Grootsieler beifällig.

Antea und Thore wollten gerade Menno das abschließende Wort überlassen, als Gabriela schon wieder aufsprang.

»Das ist ja alles schön und gut. Aber es hätt diesen ganzen Quatsch mit der Sabotage doch gar nicht geben müssen! Dass wir eine ganz andere Art von Markt organisieren, wusste nach unserer Sitzung in Himmelshausen jeder, und Antea hat auch noch mal mit allen gesprochen. Es war nie geplant, Grootsiel Konkurrenz zu machen. Und wir veranstalten den Markt ja nicht einfach so, sondern für Johann. Wenn Hardy das den Grootsielern alles gleich gesagt hätte, statt gegen sein eigenes Dorf zu hetzen …«

Ihr wütender Blick schweifte zu Hardy, der sich jetzt sichtlich unwohl fühlte.

»Also … ik hebb dat nich gewusst«, stammelte er. »An dem Nachmittag, da gab es ja Bier und Schluck und …« Er brach ab, weil es im Saal wieder unruhig wurde.

Antea musste unbedingt vermeiden, dass ihnen der sicher geglaubte Frieden wegen Hardy erneut abhandenkam. »Wir wollen mal Gnade walten lassen. Nun wissen schließlich beide Dörfer, was wir vorhaben, und es hilft keinem, die Situation weiter mit Vorwürfen aufzumischen.« Antea schaute unsicher in die Menge, denn durch Gabrielas Einwurf wackelte das Fundament wieder heftig. Sie musste jetzt und gleich alles in trockene Tücher bringen.

»Können wir uns darauf einigen, dass wir in friedlicher Koexistenz unsere Märkte an zwei aufeinanderfolgenden Wochenenden stattfinden lassen? Ich bitte um Handzeichen! Wer dafür ist, jetzt abstimmen. Wer ist dafür?«

Was war sie erleichtert, dass fast alle Hände nach oben gingen. Sie warf einen Blick zu Thore, dessen Gesichtsfarbe nun wieder von bleich zu rosig wechselte.

Gabriela wirkte allerdings noch immer bockig. »Aber Hardy gebührt eine Lektion«, warf sie ein. »Er hat uns verraten und so ...«

Antea war klar, was sie mit »und so« meinte, nur durfte es jetzt auf keinen Fall in einen persönlichen Rachefeldzug gegen ihren unerwünschten Verehrer ausarten, sosehr sie Gabrielas Beweggründe auch verstehen konnte.

»Hardy kann sich um die Toiletten im Café neben der Mühle kümmern! Das ist schließlich sein Verantwortungsbereich«, schlug Wilko vor und wurde sofort mit einem dankbaren Lächeln Gabrielas belohnt. Aber er war noch nicht fertig. »Und dass da ein anständiges Café seine Pforten während des Marktes auftut. Im *Mühlencafé* ist es warm und kuschelig. Das kannst du dann auch gern mal im Winter öffnen.«

»Tolle Idee«, entfuhr es Gabriela. »Cool, Wilko.«

Er strahlte, als hätte sie ihm eben einen Ritterschlag verpasst, und er gefiel sich sichtlich in der Heldenrolle.

»Gut, dann ist das jetzt beschlossene Sache.« Zufrieden rieb Wilko seine kräftigen Hände aneinander.

Menno übernahm das Mikrofon wieder. »Danke, Antea, danke, Thore. Ich bin froh, dass der Zwist zwischen den Dörfern beigelegt ist. Und wenn sich noch einmal was anbahnt, sprecht erst mit mir. Auf dein Wohl, Johann. Du gehörst nach Himmelshusen.«

»Denn wullt wi mol sehn«, gab Johann zurück. Trotz des Erfolgs wirkte er bedrückt.

*

Wilko und Gabriela verließen den Gemeindesaal gemeinsam und blieben draußen stehen. Die Luft war kalt und klar, über ihnen schien bereits ein fast voller Mond, obwohl es erst dämmerte. Gabriela wandte das Gesicht zum Himmel und genoss ganz offensichtlich den Anblick, denn ein weiches Lächeln umspielte ihren Mund.

»Wie kommst du jetzt nach Hause?«, fragte Wilko vorsichtig. »Fährst du wieder mit Antea?«

Gabriela sah ihn an, eine unausgesprochene Frage im Blick.

»Ich kann dich mitnehmen«, sagte Wilko schnell. »Wenn du magst.«

»Gerne. Ich weiß ja, dass du ein guter Autofahrer bist. Mir wird leicht schlecht, wenn jemand unruhig fährt, dauernd beschleunigt und kurz darauf abbremst und … Entschuldige, ich plappere schon wieder zu viel.« Gabriela senkte den Blick. Sie wirkte unglaublich verlegen, nein verletzlich. So anders als sonst.

Wilko lächelte unwillkürlich. Gabriela geriet immer in einen Redeschwall, wenn sie nervös war, das wusste er inzwischen. Die Versammlung war jedoch vorbei, alles war gut gegangen, also konnte nur seine Frage Auslöser für die vielen Worte gewesen sein.

»Ich freue mich, wenn wir gemeinsam fahren.« Sein Herzschlag beschleunigte sich, als sie ihm in die Augen sah und stumm nickte.

»Ich sag Antea kurz Bescheid.« Schon hatte Gabriela sich umgedreht und ging um eine Gruppe von Himmelshusern und Grootsielern herum, die lautstark und begeistert alte Weihnachtsmarkterinnerungen austauschten.

Wilko schlenderte zu seinem Wagen und stieg ein. Er war unsicher, welches Vorgehen nun das beste war. Sollte er Gabriela nach Hause fahren und hoffen, dass sie ihn noch hineinbat? Nein, es war besser, sie gleich zu sich einzuladen. Ein guter, schwerer Rotwein aus Spanien – ein Tempranillo mit einer intensiven Note von Schwarzkirsche und Blaubeere mit samtigen Tanninen – stand bereit. Ein paar Lebkuchenherzen – die lecker mit Gelee gefüllten – hatte er in der Adventszeit ohnehin im Vorratsschrank. Falls sie ablehnte, wusste er immerhin Bescheid.

Nur, was würde sie zu seinem Wohnzimmer sagen, in dem noch immer die alten Möbel seiner Mutter standen? Einer so künstlerischen und unkonventionellen Frau musste die Einrichtung hoffnungslos alt und bieder vorkommen. Aber Moder war in ihren letzten Monaten, in denen sie nicht mehr allein hatte wohnen können, sehr glücklich gewesen, als er das Zimmer mit ihren Dingen bestückt hatte. Inzwischen war er bereit loszulassen, eine neue Lebensphase zu beginnen. Nur war er noch nicht dazu gekommen, diese Absicht auch äußerlich anzugehen.

Falls Gabriela also Anstoß daran nahm ... verbiegen lassen würde er sich nicht. Aber wenn er es ihr erklärte, würde sie es bestimmt verstehen.

Er schaute sich noch schnell in seinem Wagen um. Weil er damit ständig auf den Baustellen unterwegs war, fehlte dem Gefährt leider die Sauberkeit. Wilko klopfte rasch auf dem Beifahrersitz herum, sodass dort wenigstens keine Krümel mehr zu finden waren. Zum Glück war es inzwischen ziemlich dunkel, sodass der Dreck auf der Rückbank nicht auffiel. Vorsichtshalber beugte Wilko sich noch nach hinten und zupfte die graue Baudecke zurecht. Das schaffte er gerade noch rechtzeitig.

Die Beifahrertür öffnete sich, und Gabriela stieg ein. Der Saum ihres bunt gestreiften Kleids schob sich beim Hinsetzen nach oben und ließ wohlgeformte, schwarz bestrumpfte Beine sehen. Wilko schluckte. Er fragte sich, warum er früher nie bemerkt hatte, wie ansehnlich und wie begehrenswert diese Frau war.

»Alles klar, Antea und Thore nehmen Johann mit«, erklärte Gabriela und schnallte sich an. Sie zog das Kleid nicht wieder über die Knie, wie sie das während der Versammlung getan hatte. Das war ein gutes Zeichen. Sie fühlte sich wohl in seiner Gegenwart.

Wilko parkte aus und fuhr langsam an den Leuten vorbei, die immer noch vor dem Gemeindehaus standen und redeten. Grete starrte überaus interessiert in seinen Wagen, dann grinste sie. Verdammt, jetzt würde wieder ein Gesabbel losgehen, dass er und Gabriela …

Aber genau das war es ja, was er wollte, gestand er sich ein. Nicht das Getratsche natürlich. Sondern das Wilko-und-Gabriela. Er sehnte sich danach, mehr über diesen bunten fremden Vogel zu erfahren, der irgendwann hier aufgetaucht war, den er früher nie richtig angesehen hatte und der ihm nun nicht aus dem Kopf ging. Gabrielas geradlinige, ehrliche Art, ihre Freude an schönen Dingen und an gutem Essen –

bei keiner seiner Internet-Bekanntschaften hatte er auch nur Annäherndes gefunden. Und empfunden.

»Einen Penny für deine Gedanken«, sagte Gabriela.

»Und was mache ich mit einem Penny?« Wilko grinste und versuchte, einen leichten Ton anzuschlagen, um die Sache langsam anzugehen.

»Das weiß ich nicht. Aber er bringt Glück. Sicher kannst du ab und zu Glück gebrauchen.«

»O ja, kann ich«, ging Wilko auf ihre Worte ein. »Jetzt gleich zum Beispiel hätte ich gerne Glück, wenn ich dich frage, ob du noch auf ein Glas Wein mit zu mir kommst.«

Gabriela schürzte die Lippen. »Dafür benötigst du keinen Penny, den du nicht hast!«

»Heißt das ...?«

»Ja natürlich, sehr gerne. Wir hatten doch sowieso eine Verabredung zum Weintrinken. Oder hattest du das schon vergessen?«

Wilko warf einen schnellen Blick auf ihr Gesicht. Sie schaute nach vorn auf die Straße, wo im Licht der Scheinwerfer einzelne Schneeflocken tanzten.

»Es fängt an zu schneien«, sagte Wilko überflüssigerweise.

»Ich liebe Schnee«, verriet Gabriela. »Das ist immer, als ob die Welt mit Puderzucker bestreut wird.«

Wilko umklammerte das Lenkrad fester. Nicht, dass er vor Aufregung noch einen Unfall baute. »Ich gehe gerne spazieren, wenn es so richtig unter den Füßen knirscht.«

»Und die Hände vom Schneemannbauen so eisig sind, dass einem das kalte Wasser beim Heimkommen und Händewaschen ganz heiß vorkommt.«

Wieder sah Wilko zu Gabriela hinüber. Dieses Mal erwiderte sie seinen Blick. Die Atmosphäre im Wagen schien sich elektrisch aufzuladen, und Wilko hätte es nicht gewundert, wenn es plötzlich Funken gesprüht hätte. Er war froh, als sie sein Haus erreichten und aussteigen konnten. Die kalte Luft war gut, um seine überhitzten Gedanken abzukühlen.

Gabriela folgte ihm hinein, seltsamerweise immer noch schweigend, was ihn gewaltig irritierte. Sie zog ihre Stiefel aus, und überrascht stellte er fest, dass sie trotz des eher eleganten Outfits rote, selbst gestrickte Wollsocken trug.

»Du strickst?«, fragte er, um irgendetwas zu sagen, und deutete auf ihre Strümpfe.

»Selten. Die hier waren ein Geschenk meiner Freundin Lisbet. Ich bekomme nämlich immer so leicht kalte Füße.«

»Ein altes Frauenproblem – habe ich mir sagen lassen.« Nicht dass sie dachte, er schleppte reihenweise Frauen ab! »Komm rein, aber krieg keinen Schreck, hier stehen noch die Möbel von min Moder«, entschuldigte er sich.

»Du hattest sie bei dir aufgenommen, ich weiß. Ich hab sie am Anfang, als ich frisch hergezogen war, manchmal beim Bäcker getroffen. Sie aß so gern Berliner. Und ich mag die gar nicht, obwohl es die im Rheinland zu Karneval überall und in allen Varianten gibt. Das fand sie sehr lustig.«

»Du kanntest meine Mutter?«, fragte Wilko ungläubig.

»Sie war eine nette Frau.«

Gabriela betrat das Wohnzimmer, blieb stehen und sah sich um.

»Ich verstehe«, sagte sie. »Eiche rustikal.«

Immerhin schreckte sie nicht zurück.

»Wir können auch in mein Arbeitszimmer gehen, wenn es dir hier zu …«, setzte Wilko an.

»Nein.« Gabriela schüttelte den Kopf. »Lass uns bleiben. Ich fühle mich gerade, als wäre ich wieder sechzehn.«

Wilko trat näher an sie heran.

»Sechzehn? Und wir beide sind allein?«

»Sturmfreie Bude.« Sie drehte sich zu ihm um.

»Ich verstehe.« Wilkos Herz klopfte bis zum Hals, und auch andere Körperregionen ließen Gabrielas Blick nicht kalt.

»Verstehst du wirklich?«, flüsterte sie.

Er zog sie an sich, und sein Mund senkte sich auf ihre Lippen, die ihn weich und warm und willig empfingen. Gabriela schlang die Arme um ihn und erwiderte den Kuss mit unerwarteter Leidenschaft.

*

Der Schnee hatte Himmelshusen bereits weiß gepudert. Antea glitt ein seliges Lächeln übers Gesicht. Die Versammlung war wirklich gut gelaufen, und dass das Wetter sich jetzt auch noch weihnachtlich zeigte, nahm sie als gutes Omen.

»Kommt ihr mit rein?«, fragte Johann. Er sah noch immer traurig aus. Antea war es schon im Gemeindesaal aufgefallen.

Thore und sie schauten sich kurz an. Sie würden ihr Gespräch verschieben müssen, denn wenn Johann sie um ihre Gesellschaft bat, dann gab es einen Grund dafür. Vor allem, weil doch eigentlich alles gut gegangen war. Antea nickte ihrem Freund unmerklich zu, und wie früher verstanden sie sich ohne große Worte.

»Frau Holle schüttelt ihre Decken aber ordentlich aus«, sagte Johann, als er auf seinem Hof stand. »Moi.«

Er ging voraus und öffnete die Haustür. Antea und Thore folgten ihm in die Küche. Dort schlug ihnen der Geruch von Grünkohl entgegen, darunter mischte sich der von verbranntem Holz, denn der alte Ofen bollerte vor sich hin und versprach mit seiner Wärme Gemütlichkeit.

»Ich habe den Grünkohl vom Schlachter als Mittagstisch geholt«, erklärte Johann entschuldigend. »War ganz lecker, aber nicht mit dem zu vergleichen, den min Froo immer auf den Tisch gebracht hat. Nur für mich allein lohnt es sich nicht, so aufwendig zu kochen. Setzt euch!« Er wies auf die beiden Stühle, nahm selbst aber auf der Eckbank Platz.

»Tee?« Er sprang gleich wieder auf und füllte den Kessel mit Wasser.

Hilflos sahen Antea und Thore sich an. Sie wollten doch eigentlich ...

Johann nahm drei Tassen aus dem Schrank und stellte Kluntjes und Sahne auf den Tisch. Dabei wirkte er überaus geschäftig.

Irgendetwas stimmte nicht.

Das Wasser war heiß, und Johann goss den Tee in die vorbereitete Kanne. Erst als alles fertig war, setzte er sich wieder. »Bedient euch!«, forderte er Antea und Thore auf.

Sie nahmen sich Tee, aber Antea verspürte keine Lust darauf. Sie war viel zu gespannt auf das Gespräch mit Thore, und nun saßen sie in Johanns Küche fest! Es war wie verhext. Oder wie bei den beiden Königskindern, die nicht zueinanderkommen konnten.

»Ihr wundert euch bestimmt, warum ich euch zu mir reingebeten habe«, sagte Johann. Ihm zitterten die Hände. »Vor allem, wo ihr Jungvolk bestimmt an einem Sonntagabend was anderes zu tun habt, als die Zeit mit einem alten Mann zu verbringen.«

»So spät ist es ja noch nicht«, versuchte Antea ihn zu beruhigen, obwohl sie tatsächlich auf heißen Kohlen saß und am liebsten mit Thore verschwunden wäre.

»Es gibt allerdings einen triftigen Grund: Ich habe Post vom *Moi Diek* bekommen.« Johann stand auf und nahm aus der Schublade einen Brief, den er umständlich auseinanderfaltete.

»Was steht drin?« Thore goss sich Tee ein.

»Sie freuen sich auf mich«, antwortete er knapp.

»Hast du es denn nicht abgesagt?«, fragte Antea.

»Nein, das hat doch alles Stine angeleiert«, gab Johann zurück. »Und die weiß das mit dem Markt ja gar nicht.«

»Sie weiß von nichts?« Antea war fassungslos.

Johann zitterten die Hände, eine Träne lief über seine runzelige Wange und verfing sich im Bart. »Ich wollte es ihr vertellen«, begann er hilflos. »Aber sie hat gar nicht zugehört, sondern nur von dem *Moi Diek* geschnackt.« Johann nahm einen Schluck Tee. »Und dann war so viel los, und es lief wunnerbaar ...« Er atmete schwer. »Bis alles den Bach runterging. Mit der verschwundenen Genehmigung, der Sabotage und so. Danach habe ich mich nicht mehr getraut, es ihr zu sagen, und den Kopp in den Sand gesteckt. Vogelstraußmethode. Ik hebb hofft, dat regelt sich von selbst.«

Antea glaubte, nicht richtig zu hören. »Stine weiß also gar nichts von unserem Projekt?«, hakte sie noch einmal nach.

Johann schüttelte den Kopf. »Wie gesagt: Sie hat mir nicht zugehört, und danach war nicht mehr der rechte Zeitpunkt.«

Thore nagte nachdenklich auf seiner Unterlippe. »Dann ist dieses Haus also nicht gekündigt, sondern das Zimmer wird nach wie vor für dich freigehalten?«

»So sieht das aus«, bestätigte Johann.

»Aber die sind in den Einrichtungen doch immer froh, wenn jemand absagt, weil die Wartelisten so lang sind«, warf Antea ein.

Nun zitterten Johanns Hände noch heftiger. Er konnte nicht einmal mehr die Tasse in der Hand halten. »Dat givt da so een Knebel-Klausel, dat hett min Stine seggt, aber ik hebb dat vergeten ...«

»Was für eine Klausel?«, fiel Thore ihm ins Wort.

»Jo, wenn man nicht absagt, dann muss man Strafe zahlen. In Höhe einer Monatsmiete. Dat is een Stang Geld!«

»Wie viel?«, fragte Antea. Verdammt, auch darum hätte sie sich kümmern müssen. Wenigstens mal mit Stine reden, das hätte viel Ärger erspart, aber sie war davon ausgegangen, dass Johann das gemacht hatte.

»Zu teuer«, gab Johann mit zitternder Stimme Auskunft. »Das kann ich mir nicht leisten.«

»Ich kann mir nicht vorstellen, dass es solche Klauseln wirklich gibt«, sagte Thore. »Es wird doch bestimmt eine Kulanzregelung möglich sein!«

»Dat glöv ik nich.« Johann wirkte sehr verzweifelt.

Als Antea klar wurde, was das bedeutete, kamen ihr die Tränen. »Dann war alles umsonst. Das Geld vom Weihnachtsmarkt müssten wir in diesen Regress stecken. Da nützt es dir auch nichts, dass sich die Himmelshuser bereit erklärt haben, dich bei der Renovierung tatkräftig zu unterstützen.« Sie wischte sich die Tränen mit dem Ärmel aus dem Gesicht. »Was für ein Desaster!«

Thore blieb nach wie vor ruhig. »Gib mir bitte mal den Brief!«

Johann schob ihn über den Tisch.

»Seit wann hast du ihn?« Thore überflog das Schreiben kurz. »Da steht aber nichts von der Klausel.«

»Das hat ja auch nur Stine seggt, als sie angerufen hat«, erklärte Johann. »Aber ich konnte ja nicht nachfragen, weil mich die Deern ja nie zu Wort kommen lässt.«

»Seit wann hast du das Schreiben?«, fragte Thore erneut.

»Es kam gestern mit der Post. Erst habe ich es weggelegt. Ich wollte gar nicht wissen, was drinsteht, aber kurz bevor wir nach Grootsiel gefahren sind, habe ich dann doch reingeguckt. Na ja, da war es zu spät, die Veranstaltung abzusagen, und ich dachte, auch wenn der Markt nicht für mich ist, ist es doch moi, wenn Himmelshusen wieder einen hat.«

Das erklärte viel. Zum Beispiel, warum Johann während der Versammlung kein einziges Mal das Wort ergriffen hatte. Und weshalb er so in sich gekehrt gewesen war.

»Damit geben wir uns nicht zufrieden«, sagte Thore. »Ich kümmere mich noch heute Abend darum und fahre dorthin.«

»Es ist Sonntag«, gab Antea zu bedenken. »Da ist die Leitung vermutlich nicht zu sprechen.«

»Das ist mir egal. In so einer Einrichtung muss auch sonntags jemand sein, der uns weiterhelfen kann. Wenn es diese Klausel wirklich gibt, kann Johann die Summe nicht aufbringen, aber noch viel weniger soll er nach Emden.«

Antea war so froh, dass Thore nicht aufgeben wollte. Sie strich Johann über die faltige Hand. »Soll ich mal mit Stine reden? Mir hört sie bestimmt zu.«

»Dat wullst du don?«

»Für dich immer.«

Bedauernd schauten Antea und Thore sich an. Ihren gemeinsamen Abend mussten sie wohl verschieben. Johann ging nun vor!

Kapitel 20

Gabriela hatte vollkommen vergessen, wie es war, von einem Mann geküsst zu werden, der etwas davon verstand. Wilkos Lippen brachten ihren Körper zum Glühen und riefen tausend wirre Wünsche in ihr hervor, die sie als Sechzehnjährige nicht hätte benennen können. Manchmal war es besser, nicht mehr so jung zu sein.

Selbst das Ende des Kusses war aufregend, denn seine Arme zogen sie nur noch enger an seinen Körper, und sie konnte spüren, wie sich sein Brustkorb bei jedem seiner raschen Atemzüge hob und senkte. Er roch nach frischem Holz, nach Zitrusfrüchten und nach Wilko. Sie drückte ihre Nase in seinen Pullover und sog den Duft tief ein. Wilko.

Nun löste er seine Umarmung, trat einen kleinen Schritt zurück und räusperte sich. Gabriela hob den Kopf und sah ihn an. Wilko stand genauso im Bann ihrer plötzlichen Nähe wie sie.

»Ich hole jetzt besser mal den Wein«, sagte er zögernd. »Ist dir ein Tempranillo recht? Ich habe sonst auch noch einen badischen Grauburgunder im Kühlschrank.«

Gabriela schüttelte stumm den Kopf.

»Keinen Rotwein?«

»Später vielleicht.«

»Später? Und jetzt? Ein Mineralwasser?«

Anstelle einer Antwort schaute Gabriela ihm lange und tief in die Augen.

»Wann später?« Wilko erwiderte ihren Blick.

»Hinterher.«

Gabriela trat auf ihn zu und zog seinen Kopf zu sich, so, dass sie ihn küssen konnte. Die Berührung ihrer beider Lippen, die kleinen Liebkosungen, das alles machte sie trunkener als der angebotene Wein.

»Geht es dir nicht zu schnell?«, fragte Wilko zwischen zwei Küssen.

»Wir sind nicht mehr wirklich sechzehn«, murmelte Gabriela und schob Wilkos Pullover nach oben.

Wilko begann, ihr Kleid aufzuknöpfen. »Ich habe eine Treppe höher auch ein Schlafzimmer.«

»Und was machen wir dann noch hier unten?«

»Ein paar unnötige Sachen ablegen, mein Schlafzimmer ist vergleichsweise klein.« Wilko streifte Gabrielas Kleid von den Schultern und ließ es auf den Boden fallen.

Noch trug sie ein langärmeliges Shirt und die schwarze Strumpfhose mit den roten Wollsocken, die wenig romantisch wirkten, aber darunter wartete die neue Spitzenunterwäsche, die sie heute extra angezogen hatte.

»Und dein Bett ist eine harte Pritsche?«, erkundigte sie sich und widmete sich nun ihrerseits Wilkos Hemdknöpfen, die ihr keinerlei Widerstand entgegenbrachten.

»Falls du darauf stehst, muss ich dich enttäuschen – das Schlafzimmer ist nur so klein, weil das Bett so groß ist«, flüsterte Wilko und küsste sie auf den Hals.

Es war höchste Zeit, nach oben zu gehen.

Sie kehrten nicht zurück ins Wohnzimmer, sondern tranken irgendwann später den Wein im Bett sitzend.

»Du bist so still«, sagte Wilko.

»Ich bin immer still, wenn ich glücklich bin.« Gabriela lehnte ihren Kopf an seine Schulter.

»Das hätte ich früher wissen sollen. Dann hätte ich dich ja nur zu küssen brauchen, um dir das Wort abzuschneiden, als du mir damals erklärt hast, wie ich die Buden zu bauen habe.«

»Ich bin nicht sicher, dass das geklappt hätte.« Sie knuffte ihn scherzhaft in die Seite. »Geert hat mir immer erzählt, du wärst ein Langweiler, der am liebsten alte Fernsehserien schaut und keine Frauen mag. Dementsprechend war mein Bild von dir nicht gerade positiv.«

»Was?« Wilko fuhr auf. »Und ich dachte, er wäre ein Freund!«

»Geert hat eine gemeine Ader. Er muss andere kleinmachen, um sich groß zu fühlen.« Wie leicht es Gabriela fiel, dies nun klar zu erkennen und zu benennen.

»Diese Ader betraf auch dich. Ich erzähle dir lieber nicht, was er über dich gesagt hat.«

Gabriela kicherte. »Wenn er uns jetzt sehen könnte ...«

»Ich werde ihm aber immer dankbar sein, dass er dich nach Himmelshusen gebracht hat.« Wilko nahm einen großen Schluck Rotwein. »Allerdings muss ich dir gestehen, dass das mit den alten Fernsehserien leider wahr ist.«

Gabriela stöhnte laut auf. »Dann hoffe ich, du hast wenigstens *Bonanza*. Das würde ich zu gern wieder einmal sehen. Ich fand Hop Sing so toll!« Sie begann, die Erkennungsmelodie zu trällern.

Wilko hob siegessicher das Kinn. »Diesen Wunsch kann ich dir tatsächlich erfüllen. Willst du jetzt gleich?«

»Nein.«

»Hinterher?« Nun grinste er.

»Wir haben noch den ganzen Abend und die ganze Nacht.«

»Bleibst du?« Auf einmal sah er sehr ernst aus.

»Ja«, sagte sie spontan. Himmelshusen war in der letzten Zeit irgendwie heimlich, still und leise ihr Zuhause geworden, und was wollte sie mit einer Galerie in Köln, wo sie in Emden gut aufgestellt war? Sie würde Lisbet für Weihnachten absagen und …

Halt! Sie durfte nicht zu weit denken, nur weil sie und Wilko im Bett gelandet waren. Sie hatte seine Frage sicher falsch verstanden. Wilko hatte doch nur wissen wollen, ob sie diese Nacht blieb.

Ihr Ja stand noch im Raum.

»Das ist gut«, sagte er bedächtig und zog sie an sich. »Ich bin nämlich kein Mann für nur eine Nacht.«

Ein ungekanntes Glücksgefühl kullerte durch Gabrielas Bauch und tanzte in goldenen Farben.

*

Thore wusste nicht so recht, ob er erleichtert war oder nicht, dass sich das Treffen mit Antea nun doch verschob. Er hätte gern mit ihr gesprochen. Sie vielleicht wieder geküsst. Aber das konnte er schließlich nicht einfach so machen. Erst sollte alles geklärt sein.

»Wie gehen wir vor?«, fragte er. »Es ist noch keine sieben Uhr.«

Antea ließ wenig Hoffnung erkennen, das Ruder noch herumreißen zu können.

»Ich werde schon jemand finden«, antwortete Thore mit Bestimmtheit. »Das muss, so schnell es geht, geklärt werden.«

»Aber kannst du das für Johann überhaupt?«, gab Antea zu bedenken.

Mist, daran hatte Thore nicht gedacht. »Dann muss Johann mit, und wir erklären, warum sich die Situation entscheidend geändert hat.«

»Ich begleite euch auch«, sagte Antea. »Aber zuvor spreche ich mit Stine.« Sie warf einen Blick zur Uhr. »Wie spät ist es jetzt in Amerika?«

»An der Ostküste, wo min Stine lebt, sind sie sechs Stunden hinter uns«, erklärte Johann. »Das weiß ich genau.«

»Gut, dann ist sie wach«, sagte Antea.

»Nimm das Telefon im Flur«, bat Johann sie, als er bemerkte, dass Antea zu ihrem Handy griff. »Die Nummer hängt am Pinnbrett. Ich habe sie dort aufgeschrieben.«

Thore nickte Antea aufmunternd zu. Er hoffte, dass sie die Kuh noch vom Eis bekamen und ihre Bemühungen nicht im Sand verlaufen würden. So kurz vor der Zielgeraden, nachdem sie alle Hindernisse aus dem Weg geräumt hatten, wäre das ein Desaster.

Am meisten ärgerte Thore sich aber über sich selbst. An alles hatten sie gedacht. Nur nicht an das Wesentliche. Sie hätten Johann zumindest einmal fragen müssen, ob er mit Stine und dem *Moi Diek* alles geklärt hatte. Ein blöder Fehler, der sich nun rächte.

»Moin, hier spricht Antea«, hörte er.

»Ja, mit Johann ist alles im Lot, deshalb rufe ich nicht an.«

Thore sah, wie Antea Stine zuhörte und nickte. Wie schade, dass der alte Apparat von Johann nicht auf Mithören gestellt werden konnte. Antea hätte doch das Handy nehmen sollen.

»Es geht um das *Moi Diek*«, sagte sie jetzt. »Johann braucht das Zimmer nicht …«

Antea stoppte, offenbar war Stine ihr ins Wort gefallen.

»Nein, er hat mehrfach versucht, es dir zu sagen, Stine, aber du hast ihm nicht zugehört. Nun möchte ich dir ein paar Sachen erklären, bitte!«

Antea fummelte nervös am Kabel des Telefons herum, drehte es um ihr Handgelenk und ließ es wieder locker. Stine schien ziemlich aufgebracht zu sein, und Thore konnte das aus ihrer Sicht auch verstehen. Da war sie bemüht, für ihren Vater eine angemessene Lösung zu finden, weil sie sich aus der Ferne nicht um ihn kümmern konnte, und nun erfuhr sie so ganz nebenbei, dass Johanns Entscheidung eine andere war. Selbst wenn er versucht hatte, es ihr zu erklären, war es eine vertrackte Situation.

»Jetzt halt mal deinen Sabbel, Stine!« Das schien zu wirken. Antea konnte ihr nun berichten, was das Dorf für Johann geplant hatte und wie traurig er zuvor gewesen war, dass er Himmelshusen verlassen sollte. »Es ist sein Zuhause, verstehst du?«

Wieder hörte Antea Stine lange zu und kommentierte das Gespräch nur mit einem gelegentlichen »Hm« oder einem »Das ist klar«.

Endlich wurden Anteas Züge weicher, ihre Haltung entspannter. Die Schultern sanken, die Hände hörten auf, das Kabel zu malträtieren.

»Sollen wir das in Emden klären?«, fragte Antea schließlich. »Wir versprechen dir hoch und heilig, dass dein Vater hier versorgt wird und wir ihn nicht alleinlassen. Sollte es später nötig sein, dass er professionelle Hilfe braucht, schnacken wir erneut. Aber davon ist er meilenweit entfernt! Johann ist nicht gebrechlich, Stine. Er hat sogar die Buden für den Weihnachtsmarkt zusammengezimmert. Und uns fürstlich mit Schnittchen bewirtet. Zum Elführtje wird er bestimmt auch nicht mehr lange allein sein.«

Über Anteas Gesicht glitt ein Leuchten, bei dem, was Stine nun sagte.

»Das ist schön, wenn du dir alles vor Ort ansiehst. Danke, Stine. Bis Freitag dann!«

Antea legte den Hörer zurück in die Gabel und führte einen wahren Freudentanz auf. »Yes! Yes! Yes!«

»Was sagt sie?«, fragten Johann und Thore zeitgleich.

»Sie ist damit einverstanden, dass wir das Zimmer vorerst stornieren, aber natürlich nur unter der Bedingung, dass keinerlei Kosten entstehen. So ganz sicher war Stine nicht, was die Klausel angeht. Sie hat das wohl rausgehauen, als sie gemerkt hat, wie wenig begeistert Johann war. Stine kommt Freitag vor dem Weihnachtsmarkt und wird sich darum kümmern. Aber sie möchte auch mit Johann sprechen, wie alles weitergeht. Restlos überzeugt ist sie nicht, meinte aber, notfalls gäbe es ja noch die Tagespflege oder einen ambulanten Dienst, wenn es dann doch nötig ist. Aber für eine Pflegestufe geht es Johann ja ohnehin noch viel zu gut. Er kommt schließlich wunderbar allein zurecht.«

»Das klingt doch super«, sagte Thore.

»Aber ich will nicht bis zu ihrer Ankunft warten«, warf Johann ein. »Lasst uns das jetzt im *Moi Diek* klären. Sonst mache ich die nächsten Nächte kein Auge zu. Und ich bin mündig und kann selbst entscheiden.«

»Dann fahren wir gleich«, bestimmte Thore.

»Eins muss ich aber noch loswerden«, sagte Antea. »Stine hat tatsächlich gedacht, sie macht ihrem Vater mit dem Zimmer eine Freude, weil er so allein ist und das öfter erwähnt hat. Dass er das ganz anders sieht, trifft sie sehr. Sie wollte ganz sicher nicht über sein Leben bestimmen.«

»Se shall doch bloot mol anständig tohören«, sagte Johann mit einem breiten Grinsen. »Dann wäre alles in Butter!«

Thore rieb seine Hände und schaute aus dem Fenster. Der Schnee lag bereits ein paar Zentimeter hoch, und es sah nicht so aus, als würde es in der nächsten Zeit aufhören zu schneien.

»Gut, dann machen wir uns jetzt auf den Weg nach Emden. Beten wir, dort auch um diese Zeit am Wochenende jemanden zu erreichen.«

Antea sah es offenbar nach wie vor skeptisch, jetzt zum *Moi Diek* zu fahren. »Lass uns bei dem Wetter doch lieber anrufen, und sonst kümmern wir uns morgen darum.«

»Damit sie uns abwimmeln?«, fragte Thore. »Im Leben nicht! Jetzt wird gekämpft!« Er reckte die Faust in die Luft und musste dann selbst über sich lachen.

*

Die Fahrt nach Emden war eine Katastrophe. Die Straßen spiegelglatt, das Schneetreiben so heftig, dass Thore keine fünf Meter weit gucken konnte.

»Lass uns umkehren!«, meinte Johann. »Wenn wir im Graben landen, nützt es uns auch nichts.«

»Vielleicht habt ihr recht«, lenkte Thore ein. Aber dann erhellten sich seine Züge. »Es gibt noch Engel auf unserem Weg. Das Weihnachtswunder naht!«

Nun erkannte auch Antea, was er meinte. Aus der Dunkelheit schälte sich ein Stück weiter vorn ein orangefarbiges, blinkendes Ungetüm, das sich kurz darauf tatsächlich als Räumfahrzeug entpuppte.

»Dem folgen wir, und dann kommen wir sicher an.« Thore hängte sich hinter den Schneepflug.

»Und der Rückweg?«, fragte Antea.

»Da spendiere ich uns ein Hotel«, verkündete Johann.

»Ich muss morgen zur Arbeit«, entgegnete Antea.

»Da kann Thore dich immer noch hinbringen. Bis dahin ist bestimmt alles geräumt.« Johann wirkte sehr zufrieden.

Es dauerte, aber schließlich hatten sie Emden erreicht und es hörte auch auf zu schneien.

»Dann brauchen wir wohl doch kein Hotel mehr«, sagte Johann bedauernd. »Nun rein in die Löwenhöhle!«

Thore ging voraus. Das Portal des *Moi Diek* war freundlich erleuchtet, in der Eingangshalle wurden sie von einem geschmückten Weihnachtsbaum und einem überdimensionalen Tannenkranz, auf dem vier dicke rote Stumpenkerzen angebracht waren, empfangen.

»Sieht auf jeden Fall sehr gut aus hier«, flüsterte Johann. »Da hat sich min Stine jo nicht lumpen laten.«

Antea musste ihm beipflichten. Alles wirkte sehr feudal, und die Lage am Tief war einzigartig schön.

Es roch auch gut. Ein bisschen zitronig und frisch, aber nicht nach Desinfektionsmitteln oder gekochtem Essen, wie es oft in Krankenhäusern der Fall war. Es handelte sich eben nur um eine Wohnstätte.

Im geschmückten Speisesaal saßen die Bewohnerinnen und Bewohner an ansehnlich dekorierten Tischen und wurden vom Personal umsorgt.

»Denn man tau!«, sagte Johann. »Das wäre mein Preis gewesen!«

»Immerhin wirkt es hier doch ganz gemütlich«, meinte Antea.

»Jo, das stimmt, aber das ist kein Vergleich zu Himmelshusen. Hier ist es nett, bei uns is dat moi!«

Damit war alles gesagt.

Thore steuerte auf eine junge Frau zu, die ein Tablett in der Hand hielt. Sie lächelte freundlich. »Kann ich Ihnen behilflich sein?«

»Ja, wir suchen das Büro der Leitung«, erklärte Thore.

Die junge Frau, dem Schild am T-Shirt nach hieß sie Sandra Fried, schüttelte bedauernd den Kopf. »Das tut mir leid, aber Sie haben sich umsonst auf den Weg gemacht. Am Sonntagabend ist Frau Gremmermann nie im Haus. Ihre Sprechzeiten sind in der Woche von acht bis zwölf.«

Antea seufzte. Genau das hatte sie befürchtet.

Thore ließ sich allerdings nicht beirren. »Wer ist denn zuständig, wenn Frau Gremmermann nicht im Hause ist?«, fragte er.

»Frau Weghorn, aber sie ist keine Leitung. Moment!« Die junge Frau wandte sich um und deutete auf eine blonde Frau mit kinnlangem Haar und Hornbrille. »Ich hole sie!«

»Immerhin ist es hier nicht nur hübsch. Das Personal ist ebenfalls freundlich und hilfsbereit«, sagte Antea. Schlimm hätte es Johann wirklich nicht erwischt. Aber das *Moi Diek* war eben nicht Himmelshusen.

»Moin, ich bin Frau Weghorn. Was kann ich für Sie tun?« Die blonde Frau sah von Thore und Antea zu Johann und nickte auffordernd.

Johann setzte zu sprechen an. Antea zupfte ihn noch warnend am Ärmel, aber da sprudelten die Worte auch schon aus ihm heraus.

»Ik bün hier angemeldet, will jedoch nicht kommen und muss stornieren. Ohne das Strafgeld zu bezahlen«, fiel er gleich vollkommen undiplomatisch mit der Tür ins Haus.

Wider Erwarten lächelte Frau Weghorn. »Folgen Sie mir bitte ins Büro! Es ist zwar eine ungewöhnliche Zeit, um das zu besprechen, aber wenn Sie nun schon mal hier sind … Das Wohl unserer Gäste steht in unserem Haus immer an erster Stelle.«

»Auch das von denen, die sie gar nicht besuchen wollen?«, entfuhr es Johann.

»Natürlich.« Frau Weghorn durchquerte die Halle und bog rechts in einen Gang ab, in dem die Verwaltung untergebracht war. Die Flure waren hell gestrichen und überall prangte Weihnachtsdekoration. Hier ein Adventsgesteck, dort ein Sträußchen. Auf den Bilderrahmen saßen kleine Engel oder Weihnachtswichtel, und an den Türen hingen Tannenzweige mit silbernen Kugeln.

Frau Weghorn schloss eine Tür auf der rechten Seite auf. »Bitte treten Sie ein und nehmen Sie Platz. Möchten Sie ein Wasser trinken?«

»Ja, gern«, antwortete Antea, auch wenn ihr klar war, dass Johann so schnell es ging wieder von hier verschwinden wollte. Aber er hatte am Nachmittag bei der Versammlung schon nichts getrunken und zu Hause lediglich den Tee.

Thore nahm erst einen Schluck, bevor er, ruhig und besonnen wie immer, das Wort ergriff. Mit wenigen Sätzen fasste er die Situation zusammen.

»Gibt es eine Möglichkeit, Herrn Tichelboe ohne Kosten aus dem Vertrag zu entlassen?«

Frau Weghorn sah Thore fragend an. »Natürlich. Wie kommen Sie darauf, dass Kosten entstehen? Unsere Warteliste ist lang, und wenn er nicht einziehen möchte oder kann, ist das kein Problem!«

»Nicht?«, entfuhr es Johann. »Aber min Stine hett doch seggt …«

»Ich glaube, da sind ein paar Dinge durcheinandergeraten«, sagte Frau Weghorn. »Diese Klausel bezieht sich *nur* darauf, wenn das Zimmer – Krankheit oder Schlimmeres mal ausgenommen – sehr kurzfristig nicht bezogen und nicht abgesagt wird. Denn in dem Fall entstehen uns gewaltige

Kosten, weil wir es ja nicht belegen können. Bislang konnten wir uns aber auch dann immer einigen, vor allem, wenn es triftige Gründe gab. Wir müssen uns eben absichern.«

Thore stieß ein erleichtertes »Puh!« aus.

Johann nickte nur sinnig und kommentierte mit: »Dat ist moi!«

Und Antea?

Die wusste gar nicht, wohin mit ihrer Freude. Am liebsten wäre sie über die Flure von *Moi Diek* getanzt und hätte jeden Bewohner einzeln umarmt. Weil sie das nicht konnte, lächelte sie nur und spürte der Erleichterung ihres Herzens nach.

»Wir müssen sofort Gabriela und Wilko anrufen«, sagte sie schließlich.

Thore wirkte amüsiert. »Du bist sonst doch so einfühlsam. Meinst du nicht, da würden wir heute vielleicht und eventuell ein kleines bisschen stören?«

»O ja, das stimmt«, sagte sie kichernd. »Das ist eines der Weihnachtswunder, das unser Markt bewirkt hat.«

Ihr Blick fiel zu einem winzigen Engel auf dem Schreibtisch von Frau Weghorn. Sie glaubte kurz, dass er ihr zugezwinkert hatte.

Kapitel 21

Gabriela wachte wie jeden Morgen um sechs Uhr auf. Zu Hause schaltete sie das kleine Radio auf ihrem Nachttisch an, um bei gedimmtem Licht die Nachrichten und ein bisschen Musik zu hören, bevor sie aufstand.

Heute jedoch war alles anders, selbst die Dunkelheit, die sie umfing. Vor allem aber der warme Männerkörper, der neben ihr lag und auf dessen Rücken sie nun schaute. Wilko.

Gabriela lächelte und lag ganz still. Es war schön, die Empfindungen genüsslich auszukosten, die sich in ihr Bewusstsein schlichen. In Wilkos Schlafzimmer war es kälter, als sie es gewohnt war, doch unter der Decke war es mollig warm. Ihr Körper fühlte sich schwer und sehr entspannt an, und ihr Herz schien zum Bersten voll. Gabrielas linker Arm lag an Wilkos Rücken, und sie spürte jeden seiner gleichmäßigen Atemzüge wie ein Streicheln.

Wer hätte das je gedacht? Sie und Wilko Lüttjemann! Dabei hatte sie sich noch vor wenigen Wochen sehnlichst gewünscht, nach Köln zurückzuziehen und das ganze »Ostfriesische Abenteuer«, zu dem Geert sie überredet hatte, ad acta zu legen. Und jetzt?

Sie hatte in Antea, Thore und Johann Freunde gefunden. Selbst Grete, die Vorsitzende der Landfrauen und wahrscheinlich die größte Klatschbase in Himmelshusen, war bei der Versammlung auf sie zugekommen und hatte sie äußerst freundlich begrüßt. Was würde Grete wohl sagen, wenn sie wüsste, dass Gabriela nun hier in der Dunkelheit neben Wilko an sie dachte?

Gabriela konnte ein leichtes Kichern nicht zurückhalten.

»Du bist schon wach?«, hörte sie Wilko flüstern, dann drehte er sich langsam zu ihr um.

»Nein, ich träume noch«, wisperte Gabriela zurück.

Wilko legte seinen Arm um sie und zog sie an sich. »Das ist schön. Ich nämlich auch.«

Dicht an ihn gekuschelt genoss sie den Tagesbeginn.

Wilkos Magen knurrte plötzlich, und Gabriela musste unwillkürlich lachen.

»Ich hab auch schon Hunger«, gab sie zu. »Sollen wir aufstehen?«

»Hm«, murmelte Wilko. »Eigentlich will ich dich nicht loslassen.«

»Und wenn ich verspreche, nicht weiter fortzugehen als bis zum Badezimmer? Oder zum Bäcker für frische Brötchen?«

»Badezimmer ist genehmigt. Aber den Gang zum Bäcker kannst du dir sparen, ich habe so viele Aufbackbrötchen, dass wir tagelang hierbleiben können.«

»Wow, das war schon immer mein Traum. Ununterbrochen Aufbackbrötchen speisen, deren Teiglinge aus China importiert werden. Eine kulinarische Delikatesse!« Sie gab ihm einen Kuss auf die Wange. »Aber mit dir könnte ich mir trotzdem gerade nichts Schöneres vorstellen. Obwohl ich eigentlich in die Galerie muss.«

»Ich weiß, es ist Montag«, gab Wilko zu, »und die Arbeit ruft. Aber zuerst …«

Obwohl sie sich in der Finsternis nicht sehen konnten, fanden sich ihre Lippen ohne Schwierigkeiten.

Nach einem fast endlos scheinenden Kuss sagte Wilko:

»Und wenn du heute Abend kommst, würde ich gern mit dir über die Umgestaltung meines Wohnzimmers sprechen. Ich denke, es ist Zeit für einige Neuerungen.«

Gabriela legte ihre Hand an seine stoppelige Wange. »Ein paar Ideen habe ich bestimmt. Falls sie dir nicht gefallen oder ich wieder übers Ziel hinausschieße, weißt du ja jetzt, wie du mich zum Schweigen bringst.«

»Ja!«, sagte Wilko mit Inbrunst. »Obwohl – Schweigen? Ich erinnere mich da an so ein paar Seufzer ... Aber nun ab ins Bad, ich schiebe derweil die Brötchen in den Ofen. Und dann gehe ich duschen, und du darfst Tee kochen. Oder traust du dir das nicht zu?«

Gabriela zwinkerte ihm zu. »Doch. Ich lebe schließlich schon eine Weile in Ostfriesland, und euer Tee war bisher das Beste, was mir die Region geschenkt hat.«

»Bisher?«, fragte Wilko.

»Bisher.«

*

Die Vorbereitungen für den Weihnachtsmarkt gingen in den Endspurt. Am Freitagmorgen musste alles fertig sein, denn am späten Nachmittag würde Wilko als Vorsitzender des Bürgervereins das weihnachtliche Treiben offiziell eröffnen. Bis dahin blieb noch viel zu tun, und so ärgerte sich Thore, als er wegen der Erkrankung eines Kollegen für Dienstag und Mittwoch erneut zu abendlichen Überstunden verdonnert wurde.

Ausgerechnet jetzt! Falls es heute nicht klappte, mit Antea zu reden, würde er sie erst am Donnerstag wieder treffen können. Außer wenn er mitten in der Nacht bei ihr auftauchte und sie praktisch überfiel. Doch das kam jetzt natürlich nicht infrage. Er musste es vorsichtig angehen.

Es war unglaublich schade, dass ihre Verabredung wegen Johanns Problem nicht hatte stattfinden können. Nur kam er nicht drumherum, Antea erneut einzuladen. Ihre Augen waren ein einziges Strahlen gewesen, als sie sich verabredet hatten. Ja, sie hatte sich gefreut. Und doch war vieles anders geworden.

Er hatte einmal geglaubt, Antea vollkommen zu verstehen, all ihre Wünsche und Gedanken zu kennen. Seit jener Nacht jedoch wusste er gar nichts mehr. Außer natürlich, dass er sie liebte. Und manchmal hatte er den Eindruck, dass auch sie …

Egal. Jetzt war nicht die Zeit, darüber nachzugrübeln, was in Antea vor sich ging. Jetzt hieß es zupacken.

Als Thore an diesem Montagabend Himmelshusen erreichte, hatten jede Menge Helfer bereits begonnen, die Buden auf De Markt und rund um die Kirche aufzustellen. Er war erstaunt, wie viele Leute hier herumwuselten und kräftig mithalfen. Einige davon kannte er nur oberflächlich vom Sehen – bisher hatten die sich nicht für den Weihnachtsmarkt engagiert.

»Moin, Thore«, begrüßte ihn Grete, die sich mit zwei Glühweinkochern auf einem Tisch neben der Statue von Fischer-Piet aufgestellt hatte. »Wenn du Antea suchst, die ist auf der anderen Seite. Da gibt's noch ein Problem.«

Sie wies in Richtung der Kirche.

»Danke. Und du sorgst für unser leibliches Wohl?«

»Jo. Hast du einen Becher mit? Es gibt was mit und was ohne Alkohol.«

Thore schüttelte den Kopf. »Becher? Wusste ich nicht.«

»Antea hat sicher einen für dich«, sagte Grete. »Sonst hole ich bei mir zu Hause noch welche. Du wirst nicht der Einzige sein, der keinen mitgebracht hat.«

»Zuerst sollte ich mal arbeiten, das könnte in die Hose gehen, wenn ich mit Glühwein beginne.« Thore zwinkerte Grete zu. »Ich bin überrascht, wer alles hier ist, ein bisschen wird es sicher auch noch für mich zu tun geben. Aber super, dass es jetzt gut läuft.«

»Die Nachricht von unserer versöhnlichen Versammlung in Grootsiel hat die Runde gemacht«, erklärte Grete stolz. »Das hat tatsächlich ein paar Leute motiviert, die sich vorher zurückgehalten hatten, warum auch immer.«

»Sehr gut. So stehen die Buden ja spätestens morgen alle und können dekoriert werden.« Thore nickte Grete noch einmal zu, dann machte er sich auf die Suche nach Antea, die bestimmt am besten wissen würde, wo er Einsatz zeigen konnte.

Doch zunächst stieß er auf Wilko. Mit einem Hammer in der Hand dirigierte der gerade ein paar junge Männer und erklärte lautstark, wie genau sie die vorgefertigten Budenteile zusammenzufügen hatten. Als Wilko Thore sah, winkte er ihn zu sich.

»Nur ganz kurz: Ich habe vorhin mit Johann gesprochen«, sagte er. »Der ist überglücklich, dass du und Antea ihm gestern gleich noch geholfen habt. Er sieht auf einmal zehn Jahre jünger aus.«

Beinahe wäre Thore herausgerutscht: »Du auch«, denn auf Wilkos Gesicht lag ein ungewohntes Strahlen. Ihm schienen die Aufgaben, die er zu Johanns Rettung übernommen hatte, äußerst gutzutun. Doch als sich Wilkos Lächeln vertiefte und Thore seinem Blick folgte, drängte sich eine andere Erkenntnis auf. Dort drüben stand Gabriela mit einer Liste in der Hand und lächelte herüber, bevor sie sich wieder der Frau vom Strick- und Häkelclub zuwandte. Die beiden schienen über die Ausstattung der Bude zu diskutieren, aber das fand Thore weniger interessant als die Blicke, die Wilko und Gabriela gewechselt hatten. Also doch.

Ein kleiner neiderfüllter Stich fuhr ihm in den Magen. Er musste wirklich dringend mit Antea reden.

Doch als er sie endlich fand, hatte die außer einer freundlichen Begrüßung keine Zeit für ihn. Bei ihr lag schließlich die Oberaufsicht, und so kamen die Himmelshuser ständig mit all ihren Fragen zu ihr. Gerade erklärte sie Tant Foline, warum diese mit ihrem Seifenstand nicht direkt neben den Bratwürsten stehen sollte.

Und sogar Hardy schlenderte herum und packte mal hier und mal da mit an.

»Danke«, sagte Antea. »Ich bin froh, dass unser Streit beigelegt ist.«

»Wat mutt, dat mutt«, brummte Hardy, und Antea wusste, dass jetzt wirklich alles in Ordnung war.

Einer der jungen Burschen zerrte sie ein paar Meter zur Seite und zeigte ihr das gemalte Schild, auf dem mit kunstvoller Schrift und riesengroß *Johanns Wiehnachtsmarkt* zu lesen war. Er hatte den Namen mit Tannenzweigen und bunten Kugeln umrahmt, in der linken oberen Ecke hockte ein Engel in weißem Kleid, unter den Buchstaben lächelte ein pausbäckiger Weihnachtsmann mit freundlichem Blick.

Antea segnete es ab und kam zu Thore zurück.

»Viel los hier«, gelang es ihm gerade noch zu sagen, bevor eine junge Frau, deren Haar wirr unter der Mütze hervorragte, sich bei Antea erkundigte, wie und wo denn nun am Samstag die Flötengruppe spielen sollte und was für den Sonntag geplant war.

»Moment, Siemtje. Das habe ich gerade auch nicht im Kopf.« Antea schlug ihr dickes Notizbuch auf und suchte nach ihren Aufzeichnungen. Zu Thore sagte sie: »Tut mir so leid, aber was soll ich machen?« In ihrer Stimme lag echtes Bedauern. Sie schob nach: »Vielleicht nachher?«

Das war, so wie es aussah, nicht wahrscheinlich.

»Was machst du am Donnerstagabend?«, fragte Thore deshalb. »Ich muss morgen und übermorgen leider für einen kranken Kollegen einspringen. Und wir sollten uns etwas Zeit nehmen.«

Hier auf dem Markt war das ausgeschlossen.

»Da bin ich auf dem Geburtstag von meiner Kollegin Mieke.« Antea biss sich auf die Unterlippe. »Im Augenblick scheint alle Welt etwas dagegen zu haben, dass wir mal in Ruhe klönen.«

Bevor Thore antworten konnte, mischte sich Siemtje wieder ungeduldig ein. »Was ist denn nun?«

Antea seufzte schwer, zuckte mit den Achseln und wandte sich ihr zu.

»Also, hier ist der Plan für die musikalischen Darbietungen. Guck mal.«

Verdammt!

Enttäuscht setzte Thore seine Runde fort. Immerhin freute Johann sich sehr, ihn zu sehen, und schlug ihm kräftig auf die Schulter, während er mehrmals wiederholte, wie glücklich er war. Dann dirigierte er Thore zu einer Bude, wo zwei Männer »mit linken Händen«, wie Johann es nannte, mit dem Aufbau kämpften.

Wie auch immer, Thore hatte wie alle anderen genug zu tun, und als er schließlich erneut bei Grete auftauchte, füllte die ihm zum Aufwärmen einen alkoholfreien Punsch in einen großen roten Becher.

»Den darfst du! Und der Becher ist meiner«, sagte sie. »Ich habe mir schon gedacht, dass Antea vor unserem Weihnachtsmarkt keine Zeit hat, sich richtig um alles zu kümmern. Aber das wird, min Jung.«

Ob Grete damit den Markt meinte oder seine Beziehung zu Antea, konnte Thore nicht sagen. Er nahm einen kräftigen Schluck des heißen Trunks und hoffte inständig, dass der Satz einfach für beides galt.

Kapitel 22

Antea rieb sich den Rücken. Dass der Markt in der Endphase so anstrengend werden würde, hätte sie nicht gedacht. Auch wenn sie jetzt allein in ihrem Haus in der Binsenlohne saß, hatte sie noch immer die zahllosen Fragen der anderen im Ohr. »Antea – was, wie, wo?«

Mal tönte es schrill, dann wieder besonnen. Aber ständig hörte sie ihren Namen. Antea hier, Antea dort.

»Am Freitag ist es geschafft«, machte sie sich selbst Mut. »Dann können wir unser Werk genießen, und ich bin zuversichtlich, dass Johann sein Zuhause behalten kann. Das ist jeden Stress wert.«

Antea ging in die Küche. Von dort aus konnte sie in den Garten blicken. Eben hoppelte ein Kaninchen über den Rasen und verschwand im Gebüsch. Der Schnee gestern war leider nicht liegen geblieben. Wie schön wäre es aber, wenn der Markt mit einer weißen Schicht bedeckt wäre. Zuckerhütchen auf den Pfeilern, ihr beleuchteter Piet mit weißer Mütze und glitzernde Kristalle auf den Budendächern.

Antea sah alles vor ihrem geistigen Auge. Sie wagte nicht einmal, den Wetterbericht aufzurufen, damit sie prüfen konnte, wie es am Wochenende aussah. Zu sehr fürchtete sie schlaflose Nächte, falls sie einen Orkan ansagen würden – nicht untypisch im Winter. Oder das scheußlichste und gruseligste Schietwedder mit Dauerregen und Wind.

Nein, das wollte sie sich lieber nicht antun.

Wenn es so wäre, mussten sie eben eine Lösung finden. Aber insgeheim hoffte Antea auf Schnee. Sie nahm den Kessel zur Hand und setzte Wasser auf. Nach dem vielen Punsch – mit Alkohol und ohne – war ihr jetzt nach einem Pfefferminztee. Sie mochte den frischen Duft, er beruhigte ihre Nerven, und das hatte sie heute nötig. Es würde vermutlich die ganze Woche so anstrengend bleiben. Nach der Arbeit musste der Markt weiter aufgebaut werden, und alle, wirklich alle, verließen sich darauf, dass sie die Organisation im Griff hatte.

Das Wasser war heiß, Antea goss den Tee auf und ging mit dem Becher und einer Untertasse in die Stube. Dort war es inzwischen kuschelig warm, denn sie hatte gleich nach dem Nachhausekommen das Feuer im Kamin angezündet. Sie liebte die heimelige Atmosphäre, den Duft des abgebrannten Holzes und das leise Knacken, wenn die Funken stoben.

Sie setzte sich in ihren Ohrensessel und platzierte den Teebecher auf dem kleinen Beistelltisch daneben, dann schloss sie die Augen und ließ die letzten Stunden Revue passieren. Sämtliche Himmelshuser waren engagiert dabei. Sie brauchte sich darüber keine Sorgen mehr zu machen.

Schade nur, dass sie für Thore keine Zeit gehabt hatte.

Antea schreckte hoch. Thore!

Sie hatte ihm vorhin kaum Aufmerksamkeit geschenkt. Dabei hatte er schon gestern mit ihr reden wollen. Doch Johanns Problem war dazwischengekommen. Und vorhin war Thore zum Helfen erschienen, und sie – sie hatte keine Zeit gehabt. War sich vorgekommen wie eine Marionette, an der gleichzeitig an allen Schnüren gezogen wurde, und die Gefahr lief, auseinanderzufallen, weil keiner die passenden Fäden nahm und im abgestimmten Rhythmus daran zog.

Genau da war Thore aufgetaucht.

Antea schluckte. Sein Blick war dunkel gewesen. Warm und verletzlich, als sie ihn kaum beachtet hatte.

Sie hätte ihn in den Arm nehmen sollen. Ihn küssen. Diese Traurigkeit damit fortwischen. Und was hatte sie stattdessen getan?

Seine vorgeschlagene Verabredung am Donnerstag einfach weggewischt, weil sie bei Mieke eingeladen war.

»Als ob das wichtig ist«, murmelte Antea. Sie nahm den Beutel aus dem Teebecher und legte ihn auf der Untertasse ab. Dann umschlang sie das mit roten Rosen bemalte Gefäß mit beiden Händen und sog den minzigen Duft ein.

Sie hätte Thore nicht so vor den Kopf stoßen dürfen. Es gab nichts Wichtigeres für sie beide, als sich endlich auszusprechen. Jene Nacht zu erhellen. Klar Schiff zu machen.

Antea nahm einen Schluck, aber der Tee war noch zu heiß, und sie verbrannte ihre Zunge. Sie stellte die Tasse wieder ab. Dann griff sie nach dem Handy, das ebenfalls auf dem Beistelltisch lag, und wählte Thores Nummer.

Er nahm das Gespräch sofort an, fast als habe er auf ihren Anruf gewartet.

»Antea!« Thores Stimme klang so erfreut, dass sich ihr schlechtes Gewissen sofort meldete.

»Ich wollte nur sagen …«

»Was denn?«, unterbrach Thore sie.

»Es war blöd, dass ich vorhin so kurz ab war und keine Zeit hatte.«

»War ja viel los. Und ich bin so spät gekommen, dass ich dir kaum eine Stütze war. Aber du weißt ja, die Arbeit.«

Herrgott noch mal, warum fehlten ihnen schon wieder die Worte! Thore war ihr Freund, und sie redeten miteinander, als hätten sie sich erst gestern kennengelernt und wären noch dabei, sich abzuchecken. Eine einzige Nacht konnte so viel verändern.

Aber ich will das nicht mehr, schoss es Antea durch den Kopf. Ich will, dass endlich alles gut ist! Sie gab sich einen Ruck.

»Du hast mich wegen Donnerstag gefragt …«

»Ja?«, kam es leise zurück. Wie viel Hoffnung in einem einzigen Wort liegen konnte!

»Ich bin zwar eigentlich bei Mieke eingeladen, aber das ist nicht so wichtig. Ich kann ihr kurz gratulieren und dann …« Antea schluckte. »… dann können wir uns treffen.«

»Wirklich? Mann, das freut mich! Wohin wollen wir gehen?«

»Italiener?«, rutschte es ihr heraus. Doch nun wurde sie mutiger. Jetzt oder nie! »Ich glaube, mir ist nach Spaghetti Carbonara!«

Sie hörte Thore einmal tief durchatmen. Die erlösende Antwort folgte sogleich. »Mir auch, Antea. Mir auch.«

Ihr klopfte das Herz bis zum Hals. Sie hatten sich sehr wohl verstanden. Genau wie in jener Nacht, bevor es kompliziert geworden war.

Vierzehn waren sie gewesen und hatten nach dem Song zusammen getanzt. Tiefe, alles sagende Blicke, ein Lächeln, das Haut und Seele zugleich berührte und nur einen Weg zuließ: Weg von den anderen. Allein sein. Sie waren zusammen Hand in Hand in den Wald gelaufen, *Carbonara* summend. Doch dann hatte der Stammführer sie zurückgepfiffen, und der Zauber war verflogen.

Aber seitdem klopfte Anteas Herz stets schneller, wenn sie *Carbonara* hörte. Weil es ein erstes Versprechen gewesen war, das sie in all den Jahren nie eingelöst hatten. Und als es passiert war, konnten sie damit nicht umgehen. Zweimal kalte

Spaghetti ... Aber aller guten Dinge waren ja bekanntlich drei.

»Gut, dann ein Gespräch zu Carbonara«, wiederholte Antea.

»Ich hole dich ab«, versprach Thore. »Um halb sieben?«

Damit war zunächst alles gesagt.

Donnerstag. Donnerstag. Donnerstag, hämmerte es durch Anteas Kopf.

*

Gabriela wollte gerade ihre Galerie für die Mittagspause schließen, als das Glöckchen an der Tür einen weiteren Kunden meldete. Sie zupfte ihr Haar zurecht und strich das grüne Kleid glatt. Es passte im Farbton nicht ganz zu den dicken Strumpfhosen, aber heute Morgen hatte das Umziehen schnell gehen müssen, sie war nicht länger als fünfzehn Minuten zu Hause gewesen. Beim Gedanken an das gemeinsame Frühstück mit Wilko lächelte sie breit.

Vor *Strandleben sieben* stand ein Mann und betrachtete das Bild mit schief gelegtem Kopf.

Gabrielas Herz hüpfte fröhlich, als sie erkannte, wer dort stand. »Wilko!«

Er drehte sich zu ihr um. »Ich hatte in Emden zu tun und dachte, ich schau mal rein. Meinst du, das Bild hier wäre was für mein neues Wohnzimmer?«

»Du hast einen ausgezeichneten Geschmack. Es würde sich fantastisch an der Wand über dem Sofa machen. Dafür kannst du den gestickten Hirsch abnehmen.« Gabriela trat neben ihn, und ihre Hände fanden sich sofort.

Wilko warf einen Blick durch das Fenster. »Ist es erlaubt, die Galeriebesitzerin zu küssen?«, fragte er.

Gabriela zögerte mit ihrer Antwort keine Sekunde.

»Dir ja. Anderen nein.«

»Genau das wollte ich hören.« Wilko nahm sie in die Arme.

»Lass mich schnell zur Mittagspause schließen, dann können wir weitermachen«, murmelte Gabriela zwischen zwei Küssen.

Er schien sie nur ungern loszulassen, und Gabriela wollte das eigentlich auch nicht. Es tat so gut, an Wilkos Seite zu sein. Seinen Duft zu atmen, seine Haut zu spüren und sein Herz im Gleichtakt mit ihrem schlagen zu hören. Wann war sie zuletzt so glücklich gewesen? Sie fühlte sich im Einklang mit sich, mit der Welt und vor allem mit diesem Mann, der so plötzlich in ihr Leben gepoltert war. Jetzt musste sie aber erst mal den Laden zuschließen. Widerwillig löste sie sich nun doch von Wilko.

Gerade wollte sie den Schlüssel herumdrehen, als sie auf der anderen Straßenseite Nele Holthusen entdeckte, die winkend auf sie zukam.

»O nein«, flüsterte Gabriela und öffnete mit einem kleinen Seufzer die Tür.

»Gut, dass ich Sie noch erwische, Frau Schmitz, ich wollte Bescheid geben, dass für den Weihnachtsmarkt alles klar geht. Ein paar Bilder bringe ich fertig gemalt mit und auch die Fotos, die ich als Vorlagen genutzt habe, damit man sieht, wie genau die Porträts sind. Was halten Sie davon, wenn ich eine Polaroid-Kamera dabeihabe? Die Leute werden ja nicht gerade ein Foto von ihrem Liebling in der Tasche haben, aber es wäre doch schön, wenn es nicht nur ein Handyfoto gäbe.«

Sie holte tief Luft und sprach weiter, bevor Gabriela antworten konnte. »Und soll ich vielleicht noch ein paar Zeichnungen von Himmelshusen und anderen Orten aus der Umgebung machen? Ich denke dabei an Kohle ...«

»Das klingt alles ganz wundervoll«, erwiderte Gabriela

freundlich, aber bestimmt. »Im Moment habe ich aber leider nicht viel Zeit zum Plaudern. Können wir später telefonieren?«

Nele Holthusen warf einen Blick in die Galerie. »Ein Kunde, ich verstehe.«

Gabriela nickte und wünschte der Künstlerin einen schönen Tag. Dann schloss sie endlich die Tür ab.

»Das war die Malerin der *Strandleben*-Reihe«, erklärte sie Wilko. »Vielleicht hättest du mit ihr sprechen wollen, wenn dich das Gemälde interessiert?«

»Unser Strandleben kommt später«, sagte Wilko. »Jetzt entführe ich dich ganz gemütlich zum Essen. Ich habe einen Tisch für zwei Personen reserviert.«

»So sicher wusstest du, dass ich zusagen würde?«

Wilko hob die Brauen und schob leicht die Unterlippe vor. Zusammen mit dem Blick aus seinen blauen Augen sah das irgendwie ziemlich sexy aus. Gabriela beeilte sich, in ihren Mantel zu schlüpfen, die rote Mütze aufzusetzen und ihre Tasche umzuhängen.

Handschuhe zog sie keine an. Es war zu schön, Wilkos warme Hand in ihrer zu spüren, als sie zum Restaurant gingen. Es entpuppte sich als das, in dem sie erstmals mit Wilko zusammengesessen und die Mahlzeit seiner Verabredung aufgegessen hatte. Sie grinste ihn an, als sie sich an genau denselben Tisch setzten wie damals.

»Matjes nach Hausfrauenart?«, fragte er. »Wie beim letzten Mal?« Er stupste sie an.

Gabriela nickte.

Sie sprachen nicht viel, sondern genossen den Fisch und das Beisammensein.

»Zum Nachtisch noch eine Waffel auf dem Engelkemarkt?«, schlug Wilko schließlich vor.

»Ja! Obwohl meine Freundin Lisbet wahrscheinlich sagen würde …«

In diesem Moment klingelte Gabrielas Handy. Eigentlich wollte sie den Anruf wegdrücken, aber der Name *Lis* ließ sie zögern. Sie warf Wilko einen fragenden Blick zu.

»Geh ruhig ran, wenn's wichtig ist«, sagte er.

»Es ist wichtig.«

Gabriela nahm den Anruf an. »Hi, Lisbet, jetzt bist du mir zuvorgekommen.«

»Ich muss doch mal nach dem Rechten hören. Seit Tagen meldest du dich nicht, und ich weiß gar nicht, wann du jetzt nach Köln kommst. Du hast unseren Weihnachtsmarktbesuch nicht etwa vergessen? Ich hoff, du bist nicht malad.«

»Nein, nein, es geht mir gut. Sehr gut. Ich hab nur wenig Zeit und …«

Gabriela sah Wilko an und atmete einmal tief durch. Dann sagte sie: »Ich komm zu Weihnachten nicht nach Köln. Es ist etwas sehr Überraschendes passiert.«

»Wat denn?«

Wieder zögerte Gabriela, aber es war gut, jetzt das in Worte zu fassen, was einfach so mit ihr passiert war. »Ich habe mich verliebt.«

Wilkos Blick bei diesem offenen Geständnis war so glücklich und liebevoll, dass ihre Augen feucht wurden und ihr Herz überzufließen schien. Ja, es fühlte sich wunderbar an, zu sagen: »Ich bin verliebt!«

»Verliebt! O Jott, Liebelein, in wen denn? Etwa in einen Ostfriesen? Aber du hast doch immer gesagt …«

»Ich weiß«, gab Gabriela zu. »Ich dachte wirklich, auf einen kölschen Topf passt kein ostfriesischer Deckel, aber nun passt eben doch einer.«

»Erzähl!«, forderte Lisbet sie auf.

»Später. Jetzt habe ich anderes zu tun.«

Ihre Freundin kicherte wie ein Teenager. Sie fand diese Enthüllung offenbar äußerst aufregend.

»Ist er bei dir?«

»Ja.«

»Dann halt ich mich jetzt zurück. Grüße unbekannterweise, und mach nix, was ich nicht auch machen würde!«

Gabriela beendete das Gespräch mit einem Schmunzeln.

Wilko nahm ihre Hand. »Du bist also verliebt«, stellte er leise fest. »Wie gut! Dann bin ich nicht der Einzige in diesem Zustand.«

Gabriela schluckte. Nun hatte sie doch eigentlich ein recht reifes und gesetztes Alter erreicht, wie man denken sollte, aber sie konnte gar nicht aufhören zu grinsen.

»Was hältst du davon, wenn wir die Waffeln nicht auf dem Markt, sondern in meinem Büro in der Galerie essen?«, schlug sie vor.

»Du meinst dort, wo wir allein sind?«

Gabriela nickte.

»Du bist eine sehr umsichtige und praktisch denkende Frau«, stellte Wilko fest und winkte der Kellnerin, um zu zahlen. »Eine Frau ganz nach meinem Geschmack.«

Kapitel 23

Thore betrachtete den Berg Klamotten, der sich auf dem Bett türmte. Was sollte er bloß anziehen? Gefühlt war es das wichtigste Gespräch seines Lebens. Er durfte es nicht versauen, das würde er sich niemals verzeihen. Es ging um ihn und Antea. Um ihre Zukunft. Um ihre Liebe. Um alles.

Antea wollte mit ihm zum Italiener, Spaghetti Carbonara essen. Er hatte den Wink sehr wohl verstanden.

Ihm glitt ein Lächeln übers Gesicht, als er daran dachte, wie er damals – eine schreckliche Zahnspange im Mund – mit Antea im Upjeverschen Forst verschwinden wollte, obwohl er immer dachte, sie würde ihn mit den Drähten niemals küssen. Das war dann ja auch leider so, nur lag es nicht an der Spange, sondern daran, dass ihr Stammesführer Harald offenbar Komplikationen befürchtet hatte, wenn sich Pärchen bildeten. Im Prinzip konnte Thore das bis heute verstehen, aber dennoch hätte er ihm damals am liebsten einen Tritt in den Hintern verpasst.

Die Chance, Antea näherzukommen, war lange Zeit nie wieder so zum Greifen nah gewesen. Denn es hatte Julia gegeben. Lena, Kimberly und so weiter, und bei Antea waren es Andre und Tim, Joshua und Hauke gewesen.

In ihrer schönen Nacht hatten sie eigentlich an dieser früheren Verliebtheit angeknüpft, doch Antea war am nächsten Morgen so anders gewesen. Hatte seine Bemerkung über

Carbonara ins Lächerliche gezogen ... Aber jetzt, jetzt kam sie wieder damit. Sie wollte dort weitermachen, wo sie unterbrochen worden waren. Oder sich selbst dazu entschlossen hatten, sich zurückzuziehen.

Thore durchwühlte den Berg mit den Jeans und den Hoodies ein weiteres Mal. Schließlich entschied er sich für den marineblauen mit dem kleinen weißen Anker oben links.

Jetzt noch rasch unter die Dusche, und es konnte losgehen.

Thore ließ sich Zeit, sprühte sogar das Boss-Parfüm auf, von dem Antea einmal gesagt hatte, wie gern sie es riechen mochte. Er fuhr sich zum Schluss noch mal durchs Haar und war mit seinem Auftreten überaus zufrieden.

Thore nahm das Handy und kontrollierte die Uhrzeit. Wenn er sich jetzt sputete, wäre er auf die Minute pünktlich. Gerade als er das Telefon weglegen wollte, klingelte es, und Anteas Name erschien auf dem Display. Er ahnte Böses.

»Thore, es tut mir so leid«, sagte sie sofort. »Ich muss schon wieder absagen. Aber eben ist Stine gekommen, sie hat einen Flug eher genommen. Und nun brauchen sie und Johann meine Hilfe.«

Thore drückte sie enttäuscht weg und pfefferte das Handy auf die Couch.

Carbonara war kein gutes Omen für sie. Sie sollten das Gericht wechseln. Es brachte nicht zusammen, es zerstörte.

*

Antea hatte nicht nur einen Kloß im Hals, sondern auch noch einen Mehlsack im Bauch. Verdammt, warum hatte sich alles, wirklich alles gegen sie und Thore verschworen? Warum musste Stine ausgerechnet heute ankommen und nicht wie geplant morgen?

Aber was sollte sie machen? Johann hatte so bittend geklungen, sie konnte ihn unmöglich kurz vor dem finalen Countdown hängen lassen, schließlich machten sie das ja alles nur für ihn. Und wenn er mit Stine nicht allein zurechtkam, lag es in ihrer Verantwortung, ihm zu helfen, denn sie hatte Johann in diese Situation gebracht!

Aber Thore …

Er hatte sie einfach weggedrückt. Natürlich war er sauer. Wahrscheinlich nicht einmal auf sie, sondern auf alles, was ihnen ständig dazwischenfunkte. Eigentlich hatte Antea ihn noch bitten wollen, doch dazuzustoßen, vielleicht wäre es möglich gewesen, danach zu reden. Es musste ja kein Italiener sein, ein Spaziergang hätte genügt.

Aber Thore hatte aufgelegt.

Mit schweren Schritten schleppte sich Antea zu Johanns Haus. Sie wurde schon erwartet, denn auf dem Küchentisch stand das Teeservice, und Stine hatte Schwarzbrotschnittchen belegt und mit Gewürzgurken garniert.

Dann eben das und keine Spaghetti, dachte Antea ergeben.

In diesem Augenblick verfluchte sie sogar, dass sie den Weihnachtsmarkt organisiert hatte.

»Moin, Stine, moin Johann«, begrüßte Antea die beiden.

»Moin! Moi, dat du Tied hest. Din Hart sitt am rechten Fleck, min Deern«, sagte Johann. Er strahlte übers ganze Gesicht, und Antea leistete für ihre ketzerischen Gedanken eben im Stillen Abbitte.

»Ja, Stine, ich habe dir ja am Telefon schon alles erklärt«, begann Antea und nahm am Tisch Platz.

»Das hast du. Und ihr meint wirklich, dass genug Geld reinkommt, damit mein Vater bleiben kann?« Johanns Tochter wirkte sehr skeptisch. »Guck dich doch mal um, wie altbatsch das hier aussieht! Im *Moi Diek* ist alles modern, Papa hat Gesellschaft ...«

»Das Thema ist durch«, sagte Johann. »Ich habe das Zimmer schon abgesagt, da kriegen mich keine zehn Pferde hin.« Er griff nach seiner Pfeife und stopfte sie.

»Papa, du sollst drinnen nicht rauchen«, maßregelte Stine ihn.

»Dann gehe ich eben rut!«

»Schluss jetzt«, fuhr Antea dazwischen. »Stine, wir haben das alles mit dir besprochen, Johann kann wirklich selbst entscheiden, was gut für ihn ist.«

»Ich weiß«, antwortete Stine geknickt. »Aber als ich vorhin hier reingekommen bin, den alten Ofen gesehen habe und das Badezimmer ... Ich möchte so nicht leben.«

Antea sah Johanns Tochter verständnisvoll an. »Ich kann deine Bedenken gut verstehen. Aber dein Vater fühlt sich damit wohl, und er ist in Himmelshusen keineswegs einsam. Er hat Gesellschaft, er hat Freunde, er ist hier glücklich.«

Stine weichte sichtlich auf. »Ich sehe das schon. Dann hoffe ich mal, dass die Einnahmen ausreichen, dieses alte Haus anständig zu renovieren. Ein bisschen kann ich natürlich ebenfalls beisteuern, wo ich die Zimmerkosten spare.«

»Und ich habe auch was auf der hohen Kante«, warf Johann ein. »Ein Notgroschen, aber dann ist der wenigstens sinnvoll eingesetzt, wenn der Markt nicht genug abwirft.«

Antea strich ihm über den Unterarm.

»Es stehen auf jeden Fall viele Himmelshuser bereit, um mit anzupacken. Es muss lediglich für das Material reichen, und das besorgt Wilko über sein Bauunternehmen, das ist dann viel günstiger. Wir haben alles durchdacht.«

»Klingt zu schön, um wahr zu sein.« Stine seufzte.

»Wollen wir mal über den Markt gehen? Dann kann ich

dir zeigen, wie es morgen wird. Es muss nur noch das Wetter mitspielen.« Antea warf einen vorsichtigen Blick auf ihr Handy, aber Thore hatte sich nicht gemeldet. Sie hoffte, nein, sie betete, dass er morgen kam.

»Ja, das ist eine wundervolle Idee«, sagte Stine. »Dann essen wir auf, und du zeigst mir alles!«

*

Gabriela wollte sich noch einmal in Ruhe alle Buden ansehen, schließlich war dies der Vorabend der großen Weihnachtsmarkteröffnung.

»Ich verstehe, die künstlerische Konzeption!«, zog Wilko sie auf. Er liebte den irritierten Blick, den sie ihm zuwarf.

»Antea fand jedenfalls alle meine Vorschläge zur Dekoration ausgezeichnet und sehr passend, also haben wir das so umgesetzt«, sagte Gabriela würdevoll. »Ich will nur noch mal schnell schauen, ob das mit den Lichterketten jetzt klappt, heute Nachmittag hat es da wohl ein Problem gegeben.«

»Ich begleite dich«, sagte er.

Gemeinsam spazierten sie die Marktlohne hinauf zur Kirche.

Wilko gab gern zu, dass Gabrielas Idee, zur Dekoration nur die Farben rot, grün und gold zu verwenden, ein harmonisches Bild schufen. In einigen Buden sah man schon ein paar größere Gegenstände wie eine Kommode oder mehrere Strohballen, die eigentlichen Waren würden erst morgen gebracht und kaufanregend ausgelegt werden. Und um 17 Uhr würde er, Wilko Lüttjemann, Vorsitzender des Himmelshuser Bürgervereins, *Johanns Wiehnachtsmarkt* feierlich eröffnen. Auch mit Gabriela an seiner Seite.

Er beobachtete stolz, wie sie sich alles noch einmal ansah,

hier einen Tannenzweig, dort ein Stern der Deko zurechtrückte und schließlich den Hauptschalter für die Beleuchtung umlegte.

Auf einen Schlag gingen an allen Buden kleine Lichtlein an. Und sogar der Fischer-Piet leuchtete, als gäbe es kein Morgen.

»Klappt!«, rief Wilko ihr zu.

»Überall?«

»Überall, wo ich es sehen kann.«

Gabriela wollte auf Nummer sicher gehen. »Das reicht nicht. Lass uns einmal ganz um die Kirche gehen, es wäre zu blöde, wenn jetzt noch was schiefläuft.«

»Wie wunderschön!«, rief plötzlich eine fremde Stimme. Antea und Johann tauchten mit einer Frau hinter der Kirche auf.

»Moin!«, grüßte Johann. »Macht ihr Generalprobe? Das ist gut, dann kriegt meine Tochter gleich den richtigen Eindruck. Stine – erinnerst du dich an Wilko? Und das ist Gabriela. Die ist zwar nicht von hier, aber sie gehört doch zu uns.«

Wilko warf Gabriela einen kurzen Blick zu. Wie sie sich über Johanns Bemerkung freute! Schon jetzt war der Weihnachtsmarkt ein voller Erfolg, wenn man bedachte, wie er Menschen zusammengebracht hatte.

Nur Antea sah nicht wirklich glücklich aus, musste Wilko feststellen. Vielleicht war sie erschöpft von all der Arbeit und Organisation. Oder ...

Wo war eigentlich Thore? Den hatte er in den letzten Tagen kaum noch gesehen, obwohl er und Antea sonst fast immer im Doppelpack unterwegs waren.

Wilko öffnete den Mund, um Antea nach ihm zu fragen, doch dann schloss er ihn wieder. Besser, er rührte an keinen wunden Punkt. Stattdessen erkundigte er sich bei Stine nach ihrem Leben in Amerika und versicherte ihr, dass Johann in Himmelshusen bestens aufgehoben war.

Sie drehten alle gemeinsam eine Runde, danach schaltete Gabriela zufrieden das Licht wieder aus.

»Wir sehen uns dann morgen«, verabschiedete sie sich und griff nach Wilkos Hand, als hätte sie Angst, dass er sich ebenfalls von diesem Satz angesprochen fühlen würde.

»Zu mir oder zu dir?«, fragte Gabriela, als sie die Marktlohne hinuntergingen.

»Da wir gestern bei dir waren, gehen wir heute zu mir. Brauchst du noch was?«

»Ich nehm mir schnell was zum Umziehen mit. Und ich will noch mal schauen, ob das Katzenfutter weg ist. Leider habe ich die kleine Frau Mau seit ein paar Tagen nicht mehr gesehen. Du weißt nicht zufällig, wer eine Tigerkatze hat, die gerne draußen spazieren geht und in fremde Fenster guckt?«

Wilko zuckte mit den Achseln. »Nein, tut mir leid.«

Der Futternapf neben der Haustür war noch gefüllt; das Kätzchen war offenbar nicht gekommen. Mit einem sorgenvollen Seufzer ging Gabriela ins Haus.

Wilko musste nicht lange warten, schon ein paar Minuten später waren sie auf dem Weg zu ihm.

Auf einmal blieb Gabriela stehen.

»Hast du was vergessen?«, fragte Wilko.

»Nein – schau doch!« Sie hob ihr Gesicht zum Himmel und lächelte breit.

Es schneite!

Sie gingen nicht weiter, sondern sahen schweigend und glücklich zu, wie die Flocken größer und zahlreicher wurden.

»Und nun ist deine letzte Bestellung auch noch rechtzeitig angekommen«, sagte Wilko schließlich und wies auf das wirbelnde Weiß.

»Das verdanke ich nur meinem Freund – dem Fischer-Piet.« Gabriela ging zur Skulptur und gab ihr kurz die Hand. »Danke, werter Herr.« Sie drehte sich zu Wilko um. »Dem habe ich erklärt, wie wichtig die passende Stimmung für unseren Weihnachtsmarkt ist.«

»Also habe ich ihn ja doch nicht umsonst aufstellen lassen.«

»Nein, Herr Vorsitzender des Bürgervereins. Das war eine gute Idee. Glückwunsch!«

»Da nich für! Da nich für. Du solltest übrigens Mitglied werden.«

»Ich überleg's mir. Aber bei der Vorstandswahl wäre ich dann völlig befangen.«

»Wi sünd even nun een Büx un een Wams«, antwortete Wilko zufrieden. »Also wir gehören zusammen.«

Hand in Hand gingen sie weiter, bis sie das Haus erreichten und Wilko seinen Schlüsselbund aus der Jackentasche zog. Noch bevor er den Schlüssel ins Schloss gesteckt hatte, hörte er ein leises – Weinen?

Auch Gabriela lauschte. Dann drehte sie sich mit einem Ruck um und begann zu strahlen. »Frau Mau! Dass Sie mich gefunden haben!«

Eine kleine, schlanke Tigerkatze kam auf sie zu, blieb stehen und maunzte laut.

Wilko lachte. »Jetzt wissen also sogar schon die Katzen, dat du ook hier to Huus büst.«

Kapitel 24

Antea schickte einen dankbaren Blick zum Himmel. Es hatte in der letzten Nacht wirklich heftig geschneit, und die Welt war nicht nur wie mit Puderzucker bestäubt, sondern in eine ansehnliche Schneedecke gehüllt. Die Temperaturen versprachen, dass es die nächsten drei Tage kalt bleiben würde. *Johanns Wiehnachtsmarkt* war perfekt. Bei solchem Wetter würden viele Menschen nach Himmelshusen kommen, denn bei Schnee, vor allem, wenn er so selten fiel wie in Ostfriesland, trieb es die Leute an die frische Luft.

Dieses Wochenende würden sie den historischen Markt in Himmelshusen genießen, nachdem der Weihnachtsmarkt in Grootsiel am dritten Advent schon so wunderbar gewesen war.

Alles war gut. Fast alles.

Antea hob das Kinn. Thore hatte sich seit gestern nicht mehr gemeldet. Entweder war er doch sauer, weil sie ihn wegen Johann und Stine versetzt hatte, oder er steckte selbst schon wieder bis zum Hals in Arbeit. Sie würde es so gern wissen!

Nur dazu müsste er erst einmal nach Himmelshusen kommen, doch mittlerweile bezweifelte Antea, dass er das tun würde.

Sie stapfte weiter durch den Schnee, der so wunderbar unter den Sohlen ihrer dicken Boots knirschte. Weil die Sonne sich noch nicht hinter den Wolken hervorgekämpft hatte, würde es heute früh dämmern, was auf dem Weihnachtsmarkt von Vorteil war, denn dann kamen die zahlreichen Lichterketten richtig zur Geltung.

Antea und Gabriela hatten darauf geachtet, dass nur warm leuchtende und keine bunten Birnen verwendet wurden. Wie scheußlich hätte alles andere auf einem historischen Markt in dieser einzigartigen Atmosphäre von Himmelshusen gewirkt?

Sie näherte sich De Markt, und sofort schlug Anteas Herz schneller. Der Weihnachtsmarkt sah so wunderschön aus, dass sie erst einmal innehielt. Über dem Eingang hing das große Holzschild, daneben standen zwei kleine Mädchen, die sich als Weihnachtsengel verkleidet hatten mit Spendendosen in der Hand. Damit würden sie später über den Markt laufen und für Johann sammeln.

Antea schlenderte weiter. Die Wege zwischen den Buden hatten fleißige Hände bereits geräumt, damit auch Gäste mit Handicap gefahrlos den Markt besuchen konnten.

Von der Waffelbude wehte ein süßer Duft herüber. Am nächsten Stand gab es Punsch, Eiergrog und Kakao mit Rum. Für die Hartgesottenen wurde auch echter Grog mit oder ohne Würfelzucker angeboten. Die Bratwurstbude mit Wurst von frei laufenden Deichschweinen fehlte ebenso wenig wie die mit den Kartoffelpuffern und selbst gemachtem Apfelmus. Dazu der Landfrauenstand mit den ostfriesischen Delikatessen in Süß und Herb. Im *Mühlencafé* wurden Kaffee, Tee und Kuchen angeboten. Es duftete überall himmlisch!

Der beleuchtete Fischer-Piet fügte sich zum ersten Mal in seinem Dasein unauffällig und passend ins Himmelshuser Gefüge.

Den kulinarischen Genüssen schlossen sich die Kunsthandwerke zum Kaufen oder Mitmachen an. Die Spinnbude war so wundervoll zurechtgemacht, dass sich Antea am liebsten sofort ans Spinnrad gesetzt hätte. Die Besucher würden gleich wählen können, ob sie erst die Wolle kardieren und dann spinnen wollten. Möglich war auch, fertige und zum Teil mit Naturmaterialien gefärbte Wolle zu verwenden. Wer nur Interesse an hochwertiger Ware hatte, konnte sie natürlich auch bereits gesponnen oder sogar als fertigen Pullover, Schal oder Mütze erwerben.

Am nächsten Stand war es möglich, Kerzen zu ziehen oder ein wunderbar gestaltetes Licht mitzunehmen, das auch noch individuell verpackt wurde.

Gegenüber saß eine junge Frau und bot an, Porträts von Haustieren zu malen. Sie hatte schon einige Tierbilder mitgebracht, aber auch kleine Kohlezeichnungen von Himmelshusen und Grootsiel, ja sogar von Emden dabei.

Und auf der Bühne führten die Kleinkünstler ihre Kunststücke vor oder spielten kurze Szenen.

Antea durchquerte den Markt gleich zweimal, weil sie sich gar nicht sattsehen konnte an ihrem schönen Himmelshusen, das sich im winterlichen Glanz von der besten Seite zeigte.

Für einen Moment gelang es ihr sogar, Thore zu vergessen. Das hier war ihr Werk, sie hatte federführend daran mitgewirkt. Und es sicherte Johanns Zuhause.

Alles würde gut werden! Antea hörte schon die ersten Autos auf die große Wiese zurollen. Wilko hatte mit dem Bauern gesprochen, dass die Autos an diesem Wochenende dort parken durften. Da an dieser Stelle ohnehin ein Grünlandumbruch geplant war, weil wegen der Wechselnutzung eine Ackerfläche entstehen sollte, war es kein Problem, wenn die Grasnarbe Schaden nahm. Weitere Möglichkeiten, das Auto abzustellen, gab es an der Brauerei. Sie hatten an alles gedacht. Antea hoffte, die Flächen würden ausreichen.

»Antea!«

Sie fuhr herum, und schon legte sich eine Hand auf ihre Schulter.

»Johann! Ist es nicht wunderbar, wie schön alles geworden ist?«

»Das ist es, min Deern, und ich weiß, wem ich das zu verdanken habe. Nun lass uns mal tosamen een Punsch trinken, wenn du nachher Zeit hast.« Johann ließ sie los und winkte zum Abschied. Antea wusste, dass sie alles richtig gemacht hatte. Johann war jedes Opfer wert. Dennoch blieb da dieses hohle Gefühl im Bauch.

*

»... und darum heiße ich euch nun alle herzlich willkommen!«

Mit feierlichen Worten hatte Wilko den Sinn des Himmelshuser Weihnachtsmarktes erklärt. Und sie, Gabriela Schmitz, die Fremde aus Köln, stand neben Antea an seiner Seite. Nur Thore war nicht aufzufinden. Nachdem Wilko sie vorhin direkt vor Tant Folines Seifenbude geküsst hatte, dürfte wohl auch allen im Dorf klar sein, dass Gabriela nicht nur in ihrer Funktion als Mitorganisatorin von *Johanns Wiehnachtsmarkt* neben ihm stand.

Ja, es war alles sehr schnell gegangen, aber sie waren eben keine Teenager mehr, vor denen noch das ganze Leben lag.

Viele Leute waren gekommen, und von dem kleinen Podest neben dem Fischer-Piet, der segnend seine Arme über das Dorf ausbreitete, konnte Gabriela sehen, dass noch immer Menschen die Karklohne heraufströmten.

In einer Gruppe Männer entdeckte sie Menno aus Grootsiel, der ihr freundlich zunickte und den Glühweinbecher hob. Wie schön, dass auch Leute aus dem Nachbarort gekommen waren und zeigten, dass das Kriegsbeil endgültig begraben war! Na ja, zumindest was den Weihnachtsmarkt betraf. Dicke Freunde würden Himmelshusen und Grootsiel wohl nie werden, aber vielleicht gelang ihnen eine friedliche Koexistenz wie Köln und Düsseldorf. Sie musste unwillkürlich grinsen, als sie an die »verbotene Stadt« dachte.

»Drehen wir eine Runde?«, fragte Wilko.

»Nicht nur eine, denke ich.«

»Wilko, könntest du mal mitkommen und ...«, sprach ihn Harm Duden an.

Wilko nickte und warf Gabriela einen verständnisheischenden Blick zu.

Sie lächelte. »Ich schau inzwischen mal nach Nele Holthusen. Sie ist ja doch fremd hier.«

»Ich fürchte, so ganz frei sind wir heute nicht.« Wilko begrüßte Hardy mit einem kurzen Kopfnicken. Der steuerte gerade auf die Gruppe von Menno zu und reihte sich in die Clique ein.

»Kein Problem. Himmelshusen ist ein bisschen kleiner als Köln, da laufen wir uns schnell wieder über den Weg. Notfalls findest du mich später bei mir zu Hause. Und falls du verloren gehst – Frau Mau kennt den Weg!«

»Dat will ik wol don«, sagte Wilko und folgte Harm.

»Red lieber anständig mit mir, sonst könnte es mal sein, dass wir uns missverstehen!«, warnte ihn Gabriela scherzhaft.

»Du kannst dir dreien, als du wullt, de Mors blievt alltied achtern!«, gab Wilko zurück.

Gabriela zog die Brauen hoch.

»Du kannst dich drehen, so oft du willst, dein Hintern bliebt immer da, wo er ist. Hinten. Man kann die Welt eben nicht verändern. Und Ostfriesland auch nicht«, erklärte Wilko, warf Gabriela eine Kusshand zu und sprach in feinstem Hochdeutsch weiter: »Aber ich gebe mir Mühe, dass du immer verstehst, was ich sage. Alles andere wäre kontraproduktiv.«

Gabriela erwiderte seine Worte mit einem Luftkuss und ging dann zu Nele Holthusen.

Der ging es bestens. Um ihre Bude scharten sich mehrere Leute, die sich für ihre Tierbilder interessierten. Es war ein geschickter Schachzug gewesen, eine Polaroid-Kamera mitzubringen. Tant Foline hielt ihren Dackel liebevoll im Arm und wedelte mit einem Foto.

»Ich bringe ihn gleich wieder nach Hause«, erklärte sie Gabriela. »Der Trubel ist nichts für meinen kleinen Schatz. Aber diese Gelegenheit musste ich unbedingt wahrnehmen. Was für eine Künstlerin!« Tant Foline deutete auf die Beispielporträts, die Nele Holthusen mitgebracht hatte.

Es waren schlichte kleine Acrylbilder, aber mit den sorgfältigen, feinen Pinselstrichen ausgeführt, die auch die *Strandleben*-Gemälde auszeichneten. Und sie kamen hier bestens an.

Neben *Strandleben sieben* in ihrer Galerie hing inzwischen ein »Verkauft«-Schild. Es würde Wilkos Weihnachtsgeschenk werden und wunderbar über das neue Sofa passen, das sie gemeinsam ausgesucht hatten und das noch in diesem Jahr geliefert werden sollte. Zu ihrer beider Überraschung hatten sie festgestellt, dass sie den gleichen Geschmack hatten, was die Einrichtung eines Hauses betraf.

Und als Wilko ihr ein leeres Zimmer gezeigt und dazu gesagt hatte, dass dies ihr eigenes Reich werden könne, was immer sie daraus machen wolle, war ihr klar gewesen, dass sie die längste Zeit in der Warfenstraße gewohnt hatte.

Gabriela schob sich weiter durch die Menschenmenge und lauschte, was die Leute über den Markt redeten. Ihre kleine PR-Aktion mit einer überregionalen Zeitung, dem lokalen

Anzeigenblatt und Anteas Unterstützung durch die Tourist-Info hatte auf jeden Fall eine Menge Besucher angezogen. Und es gab nur begeistertes Echo!

Gabriela fand Wilko am Glühweinstand wieder. Er schüttelte einem Herrn im Anzug die Hand, der ein wenig fehl am Platz wirkte, aber durchaus zufrieden in die Runde blickte. Bevor sie die beiden erreicht hatte, war der Mann jedoch bereits gegangen.

»Wer war das?«, fragte Gabriela interessiert.

»Ein Spender! Ein Unternehmer aus Emden, der deinen Artikel gelesen hat und extra hergekommen ist, um mir einen Scheck zu überreichen.« Wilko zog ein Papier aus der Innentasche seiner Jacke. »Beziehungsweise die Quittung für die Überweisung auf unser Spendenkonto.«

Gabriela warf einen Blick auf die Summe und pfiff anerkennend. »Sollten wir das nicht gleich Johann, Antea und Thore sagen?«, fragte sie.

»Hast du Thore denn inzwischen gesehen?«

»Nein, ich hab mich auch schon gefragt, wo er steckt. Guck mal, da drüben stehen Antea und Johann.«

*

Antea klatschte, als Gabriela und Wilko ihr und Johann die Spendensumme verkündeten, die eben eingegangen war. Die allein war schon beachtlich, dabei waren die Erlöse der Buden noch gar nicht abgerechnet, und morgen und übermorgen ging es weiter. Johanns Zukunft in Himmelshusen war wohl tatsächlich gerettet. Sie würden sein Haus wunderbar renovieren und altersgerecht umbauen können.

Glücklich über die Freude, die sie weitergeben konnten, mischten sich Wilko und Gabriela wieder unter die Menge.

»Danke, min Deern!« Johann nahm Antea in den Arm und drückte ihr einen Kuss auf die Wange. »Ohne dich säße ich jetzt im *Moi Diek*. Zwar ganz feudal und mit Blick aufs Tief, aber ich könnte nicht in meinen Garten gehen und dem Zaunkönig zusehen, wie er nach kleinen Spinnen und Ameisen pickt. Ich würde die ersten Krokusse im Frühjahr nicht so schnell entdecken und schon gar nicht erkennen, wann die Büsche zu trocken sind oder zu viel Feuchtigkeit haben. Ich würde in der Nacht andere Menschen und Autos hören und nicht den Ruf der Waldohreule. Und der Vollmond, der kann mich in Himmelshusen auch besser ärgern.«

Johann grunzte zufrieden. »Ik bruk dat hier. Du glövst gar nich, wie doll.«

»Doch, das weiß ich. Mir geht es genauso. Jeder kennt jeden, jeder hilft, wo er kann. Wie schön, dass wir die Gemeinschaft wiederbeleben konnten. So wie früher. Alle halten zusammen.«

»Das war eine wunnerbaare Idee von dir und Thore.« Johann schaute sich um. »Wo steckt de Keerl denn eigentlich. Ik heb den heute noch gar nicht sehn.«

»Ich auch nicht«, antwortete Antea traurig. »Wir kommen im Augenblick irgendwie nicht zusammen. – Leider.«

Johanns Blick verfinsterte sich. »Hat er denn nicht mit dir gesprochen?«

Antea schüttelte heftig den Kopf. »Wir wollten, aber es kam immer etwas dazwischen. Wie verhext!«

»Harrijasses nej! Lass mich raten! Meist woar ik dat.«

Antea lächelte schief. »Ja, auch.«

»Ik mok dat wedder god!«

»Vielleicht kommt Thore ja gleich noch«, sagte Antea. »Ich hoffe es so sehr. Er muss sich doch dafür interessieren, ob unser Einsatz erfolgreich war.«

»Das tut er auch.«

Antea und Johann fuhren herum. Vor ihnen stand Thore mit zerknirschtem Gesicht. In der Hand hielt er eine Pappschale mit Currywurst. »Ist spät geworden, sorry. Aber jetzt bin ich ja da.«

»Und ik bün wech. Muss zu Stine.« Johann winkte kurz und verschwand, so schnell er konnte.

»Na, der hat es ja eilig«, sagte Antea, bloß um etwas zu sagen.

»Johann hat ein Gespür dafür, wenn jemand mit einem anderen allein sein will.« Thore lächelte Antea an. Da war er wieder. Dieser dunkle, warme Blick.

»Das möchtest du?«

»Ja, Antea.« Thore wirkte ein wenig hilflos, vor allem mit der Currywurstschale in der Hand. Er hielt sie Antea hin. »Von frei laufenden Deichschweinen mit hausgemachter Soße. Habe ich extra gekauft.«

»Für mich?« Antea wusste noch immer nicht, worauf Thore hinauswollte. »Warum?«

Er räusperte sich. »Mit Spaghetti Carbonara und dem Song von Spliff haben wir ja nicht so gute Erfahrungen gemacht«, begann er. »Aber es gibt von Grönemeyer doch den Hit mit der Currywurst, und ich dachte, das können wir ja alternativ mal probieren ...«

Antea nahm ihm die Pappschale aus der Hand und stellte sie auf der kleinen Mauer neben sich ab. »Die ist ja ohnehin schon kalt und schmeckt später auch noch. Oder eben nicht.« Sie ergriff Thores Hände.

Er zog Antea dicht an sich, und sie schauten sich tief in die Augen. Nein, sie mussten nicht reden. Und nicht *Carbonara* oder das Lied von der Currywurst singen. Sie mussten nur eins: sich endlich küssen.